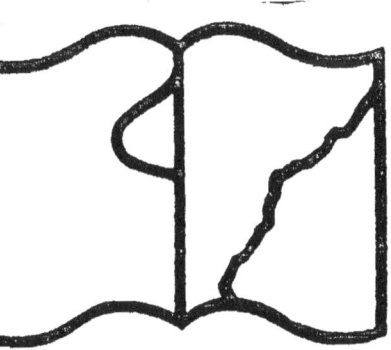

Couvertures supérieure et inférieure
détériorées

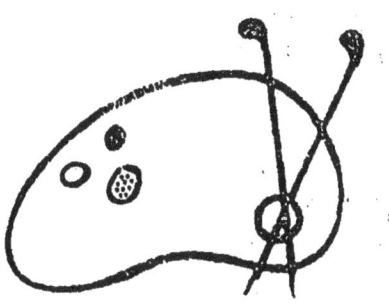

Début d'une série de documents
en couleur

LES INDES-NOIRES

PAR

JULES VERNE

Auteur des *Voyages extraordinaires*

Couronnés par l'Académie française.

BIBLIOTHÈQUE

D'ÉDUCATION ET DE RÉCRÉATION

J. HETZEL ET Cᵒ, 18, RUE JACOB

PARIS

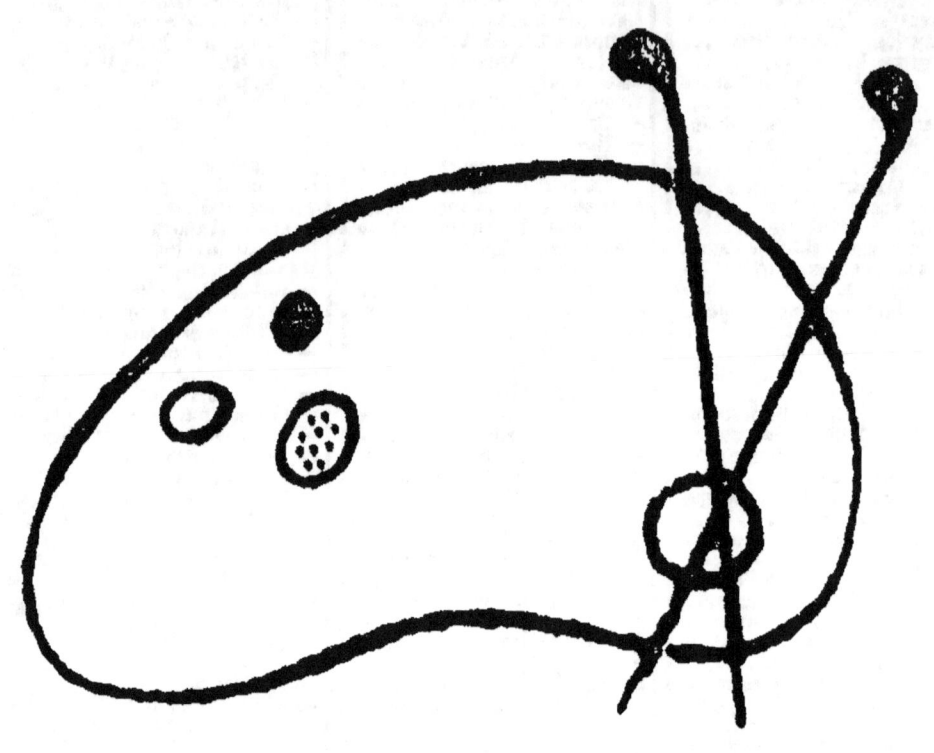

Fin d'une série de documents
en couleur

LES

INDES-NOIRES

LES VOYAGES EXTRAORDINAIRES

LES INDES-NOIRES

PAR

JULES VERNE

VINGTIÈME ÉDITION

BIBLIOTHÈQUE
D'ÉDUCATION ET DE RÉCRÉATION
J. HETZEL ET Cie, 18, RUE JACOB
PARIS

—

LES
INDES-NOIRES

CHAPITRE PREMIER

DEUX LETTRES CONTRADICTOIRES.

« *Mr. J. R. Starr, ingénieur*,
   30, *Canongate*.
      Édimbourg.

« Si monsieur James Starr veut se rendre demain aux houillères d'Aberfoyle, fosse Dochart, puits Yarow, il lui sera fait une communication de nature à l'intéresser.

« Monsieur James Starr sera attendu, toute la journée, à la gare de Callander, par Harry Ford, fils de l'ancien overman Simon Ford.

« Il est prié de tenir cette invitation secrète. »

· Telle fut la lettre que James Starr reçut par le premier courrier à la date du 3 décembre 18.., — lettre qui portait le timbre du bureau de poste d'Aberfoyle, comté de Stirling, Écosse.

La curiosité de l'ingénieur fut piquée au vif. Il ne lui vint même pas à la pensée que cette lettre pût renfermer une mystification. Il connaissait, de longue date, Simon Ford, l'un des anciens contre-maîtres des mines d'Aberfoyle, dont lui, James Starr, avait été, pendant vingt ans, le directeur, — ce que, dans les houillères anglaises, on appelle le « viewer ».

James Starr était un homme solidement constitué, auquel ses cinquante-cinq ans ne pesaient pas plus que s'il n'en eût porté que quarante. Il appartenait à une vieille famille d'Édimbourg, dont il était l'un des membres les plus distingués. Ses travaux honoraient la respectable corporation de ces ingénieurs qui dévorent peu à peu le sous-sol carbonifère du Royaume-Uni, aussi bien à Cardiff, à Newcastle que dans les bas comtés de l'Écosse. Toutefois, c'était plus particulièrement au fond de ces mystérieuses houillères d'Aberfoyle, qui confinent aux mines d'Alloa et occupent une partie du comté de Stirling, que le nom de Starr avait conquis l'estime générale. Là s'était écoulée presque toute son existence. En outre, James Starr faisait partie de la Société des antiquaires écossais, dont il avait été nommé président. Il comptait aussi parmi les membres les plus actifs de « Royal Institution », et la *Revue d'Édimbourg* publiait fréquemment de remarquables articles signés de lui. C'était, on le voit, un de ces savants pratiques auxquels est due la prospérité de l'Angleterre. Il tenait un haut rang dans cette vieille capitale de l'Écosse, qui, nonseulement au point de vue physique, mais encore au point de vue moral, a pu mériter le nom d' « Athènes du Nord ».

On sait que les Anglais ont donné à l'ensemble de leurs vastes houillères un nom très-significatif. Il les appellent très-justement les « Indes-Noires », et ces Indes ont peut-être plus contribué que les Indes orientales à accroître la surprenante richesse du Royaume-Uni. Là, en effet, tout un peuple de mineurs travaille, nuit et jour, à extraire du sous-sol britannique le charbon, ce précieux combustible, indispensable élément de la vie industrielle.

A cette époque, la limite de temps, assignée par les hommes spéciaux à l'épuisement des houillères, était fort reculée, et la disette n'était pas à craindre à court délai. Il y avait encore à exploiter largement les gisements carbonifères des deux mondes. Les fabriques, appropriées à tant d'usages divers, les locomotives, les locomobiles, les steamers, les usines à gaz, etc., n'étaient pas près de manquer du combustible minéral. Seulement, la consommation s'était tellement accrue pendant ces dernières années, que certaines couches avaient été épuisées jusque dans leurs plus maigres filons. Abandonnées maintenant, ces mines trouaient et sillonnaient inutilement le sol de leurs puits délaissés et de leurs galeries désertes.

Tel était, précisément, le cas des houillères d'Aberfoyle.

Dix ans auparavant, la dernière benne avait enlevé la dernière tonne de houille de ce gisement. Le matériel du « fond » (1), machines destinées à la traction mécanique sur les rails des galeries, berlines formant les trains subterranés, tramways souterrains, cages desservant les puits d'extraction, tuyaux dont l'air comprimé actionnait des perforatrices, — en un mot, tout ce qui constituait l'outillage d'exploitation avait été retiré des profondeurs des fosses et abandonné à la surface du sol. La houillère, épuisée, était comme le cadavre d'un mastodonte de grandeur fantastique, auquel on a enlevé les divers organes de la vie et laissé seulement l'ossature.

---

(1) L'exploitation d'une mine se divise en travaux du « fond » et travaux du « jour »; les uns s'accomplissant à l'intérieur, les autres à l'extérieur.

De ce matériel, il n'était resté que de longues échelles de bois, desservant les profondeurs de la houillère par le puits Yarow, — le seul qui donnât maintenant accès aux galeries inférieures de la fosse Dochart, depuis la cessation des travaux.

A l'extérieur, les bâtiments, abritant autrefois aux travaux du « jour », indiquaient encore la place où avaient été foncés les puits de ladite fosse, complétement abandonnée, comme l'étaient les autres fosses, dont l'ensemble constituait les houillères d'Aberfoyle.

Ce fut un triste jour, lorsque, pour la dernière fois, les mineurs quittèrent la mine, dans laquelle ils avaient vécu tant d'années.

L'ingénieur James Starr avait réuni ces quelques milliers de travailleurs, qui composaient l'active et courageuse population de la houillère. Piqueurs, rouleurs, conducteurs, remblayeurs, boiseurs, cantonniers, receveurs, basculeurs, forgerons, charpentiers, tous, femmes, enfants, vieillards, ouvriers du fond et du jour, étaient rassemblés dans l'immense cour de la fosse Dochart, autrefois encombrée du trop-plein de la houillère.

Ces braves gens, que les nécessités de l'existence allaient disperser, — eux qui, pendant de longues années, s'étaient succédé de père en fils dans la vieille Aberfoyle, — attendaient, avant de la quitter pour jamais, les derniers adieux de l'ingénieur. La Compagnie leur avait fait distribuer, à titre de gratification, les bénéfices de l'année courante. Peu de chose, en vérité, car le rendement des filons avait dépassé de bien peu les frais d'exploitation; mais cela devait leur permettre d'attendre qu'ils fussent embauchés, soit dans les houillères voisines, soit dans les fermes ou les usines du comté.

James Starr se tenait debout, devant la porte du vaste appentis, sous lequel avaient si longtemps fonctionné les puissantes machines à vapeur du puits d'extraction.

Simon Ford, l'overman de la fosse Dochart, alors âgé de cinquante-cinq ans, et quelques autres conducteurs de travaux l'entouraient.

James Starr se découvrit. Les mineurs, chapeau bas, gardaient un profond silence.

Cette scène d'adieux avait un caractère touchant, qui ne manquait pas de grandeur.

« Mes amis, dit l'ingénieur, le moment de nous séparer est venu. Les houillères d'Aberfoyle, qui, depuis tant d'années, nous réunissaient dans un travail commun, sont maintenant épuisées. Nos recherches n'ont pu amener la découverte d'un nouveau filon, et le dernier morceau de houille vient d'être extrait de la fosse Dochart! »

Et, à l'appui de sa parole, James Starr montrait aux mineurs un bloc de charbon qui avait été gardé au fond d'une benne.

« Ce morceau de houille, mes amis, reprit James Starr, c'est comme le dernier globule du sang qui circulait à travers les veines de la houillère! Nous le conserverons, comme nous avons conservé le premier fragment de charbon extrait, il y a cent cinquante ans, des gisements d'Aberfoyle. Entre ces deux morceaux, bien des générations de travailleurs se sont succédé dans nos fosses! Maintenant, c'est fini! Les dernières paroles que vous adresse votre ingénieur sont des paroles d'adieu. Vous avez vécu de la mine, qui s'est vidée sous votre main. Le travail a été dur, mais non sans profit pour vous. Notre grande famille va se disperser, et il n'est pas probable que l'avenir en réunisse jamais les membres épars. Mais n'oubliez pas que nous avons longtemps vécu ensemble, et que, chez les mineurs d'Aberfoyle, c'est un devoir de s'entr'aider. Vos anciens chefs ne l'oublieront pas, non plus. Quand on a travaillé ensemble, on ne saurait être des étrangers les uns pour les autres. Nous veillerons sur vous, et, partout où vous irez en honnêtes gens, nos recommandations vous suivront. Adieu donc, mes amis, et que le ciel vous assiste ! »

Cela dit, James Starr pressa dans ses bras le plus

vieil ouvrier de la houillère, dont les yeux s'étaient mouillés de larmes. Puis, les overmen des différentes fosses vinrent serrer la main de l'ingénieur, pendant que les mineurs agitaient leur chapeau et criaient :

« Adieu, James Starr, notre chef et notre ami ! »

Ces adieux devaient laisser un impérissable souvenir dans tous ces braves cœurs. Mais, peu à peu, il le fallut, cette population quitta tristement la vaste cour. Le vide se fit autour de James Starr. Le sol noir des chemins, conduisant à la fosse Dochart, retentit une dernière fois sous le pied des mineurs, et le silence succéda à cette bruyante animation, qui avait empli jusqu'alors la houillère d'Aberfoyle.

Un homme était resté seul près de James Starr.

C'était l'overman Simon Ford. Près de lui se tenait un jeune garçon âgé de quinze ans, son fils Harry, qui, depuis quelques années déjà, était employé aux travaux du fond.

James Starr et Simon Ford se connaissaient, et, se connaissant, s'estimaient l'un l'autre.

« Adieu, Simon, dit l'ingénieur.

— Adieu, monsieur James, répondit l'overman, ou plutôt, laissez-moi ajouter : Au revoir!

— Oui, au revoir, Simon ! reprit James Starr. Vous savez que je serais toujours heureux de vous retrouver et de pouvoir parler avec vous du passé de notre vieille Aberfoyle !

— Je le sais, monsieur James.

— Ma maison d'Édimbourg vous est ouverte !

— C'est loin, Édimbourg ! répondit l'overman en secouant la tête. Oui ! loin de la fosse Dochart !

— Loin, Simon ! Où comptez-vous donc demeurer ?

— Ici même, monsieur James ! Nous n'abandonnerons pas la mine, notre vieille nourrice, parce que son lait s'est tari ! Ma femme, mon fils et moi, nous nous arrangerons pour lui rester fidèles !

—Adieu donc, Simon, répondit l'ingénieur, dont la voix, malgré lui, trahissait l'émotion.

— Non, je vous répète : au revoir, monsieur James ! répondit l'overman, et non adieu ! Foi de Simon Ford, Aberfoyle vous reverra ! »

L'ingénieur ne voulut pas enlever cette dernière illusion à l'overman. Il embrassa le jeune Harry, qui le regardait de ses grands yeux émus. Il serra une dernière fois la main de Simon Ford et quitta définitivement la houillère.

Voilà ce qui s'était passé dix ans auparavant; mais, malgré le désir que venait d'exprimer l'overman de le revoir quelque jour, James Starr n'avait plus entendu parler de lui.

Et c'était après dix ans de séparation, que lui arri-

1.

vait cette lettre de Simon Ford, qui le conviait à reprendre sans délai le chemin des anciennes houillères d'Aberfoyle.

Une communication de nature à l'intéresser, qu'était-ce donc? La fosse Dochart, le puits Yarow! Quels souvenirs du passé ces noms rappelaient à son esprit! Oui! c'était le bon temps, celui du travail, de la lutte, — le meilleur temps de sa vie d'ingénieur!

James Starr relisait la lettre. Il la retournait dans tous les sens. Il regrettait, en vérité, qu'une ligne de plus n'eût pas été ajoutée par Simon Ford. Il lui en voulait d'avoir été si laconique.

Etait-il donc possible que le vieil overman eût découvert quelque nouveau filon à exploiter? Non!

James Starr se rappelait avec quel soin minutieux les houillères d'Aberfoyle avaient été explorées avant la cessation définitive des travaux. Il avait lui-même procédé aux derniers sondages, sans trouver aucun nouveau gisement dans ce sol ruiné par une exploitation poussée à l'excès. On avait même tenté de reprendre le terrain houiller sous les couches qui lui sont ordinairement inférieures, telles que le grès rouge dévonien, mais sans résultat. James Starr avait donc abandonné la mine avec l'absolue conviction qu'elle ne possédait plus un morceau de combustible.

« Non, se répétait-il, non ! Comment admettre que ce qui aurait échappé à mes recherches se serait révélé à celles de Simon Ford? Pourtant, le vieil overman doit bien savoir qu'une seule chose au monde peut m'intéresser, et cette invitation, que je dois tenir secrète, de me rendre à la fosse Dochart!... »

James Starr en revenait toujours là.

D'autre part, l'ingénieur connaissait Simon Ford pour un habile mineur, particulièrement doué de l'instinct du métier. Il ne l'avait pas revu depuis l'époque où les exploitations d'Aberfoyle avaient été abandonnées. Il ignorait même ce qu'était devenu le vieil overman. Il n'aurait pu dire à quoi il s'occupait, ni même où il demeurait, avec sa femme et son fils. Tout ce qu'il savait, c'est que rendez-vous lui était donné au puits Yarow, et qu'Harry, le fils de Simon Ford, l'attendrait à la gare de Callander pendant toute la journée du lendemain. Il s'agissait donc évidemment de visiter la fosse Dochart.

« J'irai, j'irai! » dit James Starr, qui sentait sa surexcitation s'accroître à mesure que s'avançait l'heure.

C'est qu'il appartenait, ce digne ingénieur, à cette catégorie de gens passionnés, dont le cerveau est toujours en ébullition, comme une bouilloire placée sur une flamme ardente. Il est de ces bouilloires dans

lesquelles les idées cuisent à gros bouillons, d'autres
où elles mijotent paisiblement. Or, ce jour-là, les
idées de James Starr bouillaient à plein feu.

Mais, alors, un incident très-inattendu se produisit. Ce fut la goutte d'eau froide, qui allait
momentanément condenser toutes les vapeurs de
ce cerveau.

En effet, vers six heures du soir, par le troisième
courrier, le domestique de James Starr apporta une
seconde lettre.

Cette lettre était renfermée dans une enveloppe
grossière, dont la suscription indiquait une main peu
exercée au maniement de la plume.

James Starr déchira cette enveloppe. Elle ne contenait qu'un morceau de papier, jauni par le temps,
et qui semblait avoir été arraché à quelque vieux
cahier hors d'usage.

Sur ce papier il n'y avait qu'une seule phrase, ainsi
conçue :

« Inutile à l'ingénieur James Starr de se déranger,
— la lettre de Simon Ford étant maintenant sans objet. »

Et pas de signature.

CHAPITRE II

CHEMIN FAISANT.

Le cours des idées de James Starr fut brusquement
arrêté, lorsqu'il eut lu cette seconde lettre, contradictoire de la première.

« Qu'est-ce que cela veut dire ? » se demanda-t-il.

James Starr reprit l'enveloppe à demi déchirée. Elle
portait, ainsi que l'autre, le timbre du bureau de poste
d'Aberfoyle. Elle était donc partie de ce même point
du comté de Stirling. Ce n'était pas le vieux mineur
qui l'avait écrite, — évidemment. Mais, non moins
évidemment, l'auteur de cette seconde lettre connaissait le secret de l'overman, puisqu'il contremandait

formellement l'invitation faite à l'ingénieur de se rendre au puits Yarow.

Etait-il donc vrai que cette première communication fût maintenant sans objet? Voulait-on empêcher James Starr de se déranger, soit inutilement, soit utilement? N'y avait-il pas là plutôt une intention malveillante de contrecarrer les projets de Simon Ford?

C'est ce que pensa James Starr, après mûre réflexion. Cette contradiction, qui existait entre les deux lettres, ne fit naître en lui qu'un plus vif désir de se rendre à la fosse Dochart. D'ailleurs, si, dans tout cela, il n'y avait qu'une mystification, mieux valait s'en assurer. Mais il semblait bien à James Starr qu'il convenait d'accorder plus de créance à la première lettre qu'à la seconde, — c'est-à-dire à la demande d'un homme tel que Simon Ford, plutôt qu'à cet avis de son contradicteur anonyme.

« En vérité, puisqu'on prétend influencer ma résolution, se dit-il, c'est que la communication de Simon Ford doit avoir une extrême importance! Demain, je serai au rendez-vous indiqué et à l'heure convenue! »

Le soir venu, James Starr fit ses préparatifs de départ. Comme il pouvait arriver que son absence se prolongeât pendant quelques jours, il prévint, par lettre, sir W. Elphiston, le président de « Royal Institution », qu'il ne pourrait assister à la prochaine séance de la Société. Il se dégagea également de deux ou trois affaires, qui devaient l'occuper pendant la semaine. Puis, après avoir donné l'ordre à son domestique de préparer un sac de voyage, il se coucha, plus impressionné que l'affaire ne le comportait peut-être.

Le lendemain, à cinq heures, James Starr sautait hors de son lit, s'habillait chaudement, — car il tombait une pluie froide, — et il quittait sa maison de la Canongate, pour aller prendre à Granton-pier le steamboat qui, en trois heures, remonte le Forth jusqu'à Stirling.

Pour la première fois, peut-être, James Starr, en traversant la Canongate (1), ne se retourna pas pour regarder Holyrood, ce palais des anciens souverains de l'Écosse. Il n'aperçut pas, devant sa poterne, les sentinelles revêtues de l'antique costume écossais, jupon d'étoffe verte, plaid quadrillé et sac de peau de chèvre à longs poils pendant sur la cuisse. Bien qu'il fût fanatique de Walter Scott, comme l'est tout vrai fils de la vieille Calédonie, l'ingénieur, ainsi qu'il ne manquait jamais de le faire, ne donna même pas un coup d'œil à l'auberge où Waverley descendit, et dans laquelle le tailleur lui apporta ce fameux costume en tartan de

---

(1) Principale et célèbre rue du vieil Édimbourg.

guerre qu'admirait si naïvement la veuve Flockhart. Il
ne salua pas, non plus, la petite place où les montagnards déchargèrent leurs fusils, après la victoire du
Prétendant, au risque de tuer Flora Mac Ivor. L'horloge de la prison tendait au milieu de la rue son
cadran désolé : il n'y regarda que pour s'assurer qu'il
ne manquerait point l'heure du départ. On doit avouer
aussi qu'il n'entrevit pas dans Nelher-Bow la maison
du grand réformateur John Knox, le seul homme que
ne purent séduire les sourires de Marie Stuart. Mais,
prenant par High-street, la rue populaire, si minutieusement décrite dans le roman de *l'Abbé*, il s'élança
vers le pont gigantesque de Bridge-street, qui relie
les trois collines d'Édimbourg.

Quelques minutes après, James Starr arrivait à la
gare du « General railway », et le train le débarquait,
une demi-heure après, à Newhaven, joli village de
pêcheurs, situé à un mille de Leith, qui forme le
port d'Édimbourg. La marée montante recouvrait
alors la plage noirâtre et rocailleuse du littoral. Les
premiers flots baignaient une estacade, sorte de jetée
supportée par des chaînes. A gauche, un de ces bateaux qui font le service du Forth, entre Édimbourg
et Stirling, était amarré au « pier » de Granton.

En ce moment, la cheminée du *Prince de Galles*
vomissait des tourbillons de fumée noire, et sa chau-

dière ronflait sourdement. Au son de la cloche, qui ne tinta que quelques coups, les voyageurs en retard se hâtèrent d'accourir. Il y avait là une foule de marchands, de fermiers, de ministres, ces derniers reconnaissables à leurs culottes courtes, à leurs longues redingotes, au mince liseré blanc qui cerclait leur cou.

James Starr ne fut pas le dernier à s'embarquer. Il sauta lestement sur le pont du *Prince de Galles*. Bien que la pluie tombât avec violence, pas un de ces passagers ne songeait à chercher un abri dans le salon du steam-boat. Tous restaient immobiles, enveloppés de leurs couvertures de voyage, quelques-uns se ranimant de temps à autre avec le gin ou le wisky de leur bouteille, — ce qu'ils appellent « se vêtir à l'intérieur ». Un dernier coup de cloche se fit entendre, les amarres furent larguées, et le *Prince de Galles* évolua pour sortir du petit bassin, qui l'abritait contre les lames de la mer du Nord.

Le Firth of Forth, tel est le nom que l'on donne au golfe creusé entre les rives du comté de Fife, au nord, et celles des comtés de Linlilhgow, d'Edimburgh et Haddington, au sud. Il forme l'estuaire du Forth, fleuve peu important, sorte de Tamise ou de Mersey aux eaux profondes, qui, descendu des flancs ouest du Ben-Lomond, se jette dans la mer à Kincardine.

Ce ne serait qu'une courte traversée que celle de

Granton-pier à l'extrémité de ce golfe, si la nécessité
de faire escale aux diverses stations des deux rives
n'obligeait à de nombreux détours. Les villes, les
villages, les cottages s'étalent sur les bords du Forth
entre les arbres d'une campagne fertile. James Starr,
abrité sous la large passerelle jetée entre les tambours, ne cherchait pas à rien voir de ce paysage,
alors rayé par les fines hachures de la pluie. Il s'inquiétait plutôt d'observer s'il n'attirait pas spécia-
lement l'attention de quelque passager. Peut-être, en
effet, l'auteur anonyme de la seconde lettre était-il sur
le bateau. Cependant, l'ingénieur ne put surprendre
aucun regard suspect.

Le *Prince de Galles*, en quittant Granton-pier, se dirigea vers l'étroit pertuis qui se glisse entre les deux
pointes de South-Queensferry et North-Queensferry,
au delà duquel le Forth forme une sorte de lac, praticable pour les navires de cent tonneaux. Entre les
brumes du fond apparaissaient, dans de courtes éclair-
cies, les sommets neigeux des monts Grampian.

Bientôt, le steam-boat eut perdu de vue le village
d'Aberdour, l'île de Colm, couronnée par les ruines
d'un monastère du douzième siècle, les restes du
château de Barnbougle, puis Donibristle, où fut
assassiné le gendre du régent Murray, puis l'îlot fortifié
de Garvie. Il franchit le détroit de Queensferry, laissa à

gauche le château de Rosyth, où résidait autrefois une branche des Stuarts à laquelle était alliée la mère de Cromwell, dépassa Blackness-Castle, toujours fortifié, conformément à l'un des articles du traité de l'Union, et longea les quais du petit port de Charleston, d'où s'exporte la chaux des carrières de lord Elgin. Enfin, la cloche du *Prince de Galles* signala la station de Crombie-Point.

Le temps était alors très-mauvais. La pluie, fouettée par une brise violente, se pulvérisait au milieu de ces mugissantes rafales, qui passaient comme des trombes.

James Starr n'était pas sans quelque inquiétude. Le fils d'Harry Ford se trouverait-il au rendez-vous? Il le savait par expérience : les mineurs, habitués au calme profond des houillères, affrontent moins volontiers que les ouvriers ou les laboureurs ces grands troubles de l'atmosphère. De Callander à la fosse Dochart et au puits Yarow, il fallait compter une distance de quatre milles. C'étaient là des raisons qui pouvaient, dans une certaine mesure, retarder le fils du vieil overman. Toutefois, l'ingénieur se préoccupait davantage de l'idée que le rendez-vous donné dans la première lettre eût été contremandé dans la seconde. — C'était, à vrai dire, son plus gros souci.

En tout cas, si Harry Ford ne se trouvait pas à l'arrivée du train à Callander, James Starr était bien décidé à se rendre seul à la fosse Dochart, et même, s'il le fallait, jusqu'au village d'Aberfoyle. Là, il aurait sans doute des nouvelles de Simon Ford, et il apprendrait en quel lieu résidait actuellement le vieil overman.

Cependant, le *Prince de Galles* continuait à soulever de grosses lames sous la poussée de ses aubes. On ne voyait rien des deux rives du fleuve, ni du village de Crombie, ni Torryburn, ni Torry-house, ni Newmills, ni Carriden-house, ni Kirk-grange, ni Salt-Pans, sur la droite. Le petit port de Bowness, le port de Grange-mouth, creusé à l'embouchure du canal de la Clyde, disparaissaient dans l'humide brouillard. Culróss, le vieux bourg et les ruines de son abbaye de Cîteaux, Kinkardine et ses chantiers de construction, auxquels le steam-boat fit escale, Ayrth-Castle et sa tour carrée du xiiie siècle, Clackmannan et son château, bâti par Robert Bruce, n'étaient même pas visibles à travers les rayures obliques de la pluie.

Le *Prince de Galles* s'arrêta à l'embarcadère d'Alloa pour déposer quelques voyageurs. James Starr eut le cœur serré en passant, après dix ans d'absence, près de cette petite ville, siége d'exploitation d'importantes houillères qui nourrissaient toujours une nombreuse population de travailleurs. Son imagination l'entraî-nait dans ce sous-sol, que le pic des mineurs creusait encore à grand profit. Ces mines d'Alloa, presque contiguës à celles d'Aberfoyle, continuaient à enrichir le comté, tandis que les gisements voisins, épuisés depuis tant d'années, ne comptaient plus un seul ouvrier !

Le steam-boat, en quittant Alloa, s'enfonça dans les nombreux détours que fait le Forth sur un parcours de dix-neuf milles. Il circulait rapidement entre les grands arbres des deux rives. Un instant, dans une éclaircie, apparurent les ruines de l'abbaye de Cambuskenneth, qui date du XII° siècle. Puis, ce furent le château de Stirling et le bourg royal de ce nom, où le Forth, traversé par deux ponts, n'est plus navigable aux navires de hautes mâtures.

A peine le *Prince de Galles* avait-il accosté, que l'ingénieur sautait lestement sur le quai. Cinq minutes après, il arrivait à la gare de Stirling. Une heure plus tard, il descendait du train à Callander, gros village situé sur la rive gauche du Teith.

Là, devant la gare, attendait un jeune homme, qui s'avança aussitôt vers l'ingénieur.

C'était Harry, le fils de Simon Ford.

CHAPITRE III

LE SOUS-SOL DU ROYAUME-UNI.

Il est convenable, pour l'intelligence de ce récit, de rappeler en quelques mots quelle est l'origine de la houille.

Pendant les époques géologiques, lorsque le sphéroïde terrestre était encore en voie de formation, une épaisse atmosphère l'entourait, toute saturée de vapeurs d'eau et largement imprégnée d'acide carbonique. Peu à peu, ces vapeurs se condensèrent en pluies diluviennes, qui tombèrent comme si elles eussent été projetées du goulot de quelques millions de milliards de bouteilles d'eau de Seltz. C'était, en effet, un liquide chargé d'acide carbonique qui se

déversait torrentiellement sur un sol pâteux, mal con-
solidé, sujet aux déformations brusques ou lentes, à la
fois maintenu dans cet état semi-fluide autant par les
feux du soleil que par les feux de la masse intérieure.
C'est que la chaleur interne n'était pas encore emma-
gasinée au centre du globe. La croûte terrestre, peu
épaisse et incomplétement durcie, la laissait s'épancher à travers ses pores. De là, une phénoménale végétation, — telle, sans doute, qu'elle se produit peut-
être à la surface des planètes inférieures, Vénus ou
Mercure, plus rapprochées que la terre de l'astre
radieux.

Le sol des continents, encore mal fixé, se couvrit
donc de forêts immenses. L'acide carbonique, si propre
au développement du règne végétal, abondait. Aussi
les végétaux se développaient-ils sous la forme arbo-
rescente. Il n'y avait pas une seule plante herbacée.
C'étaient partout d'énormes massifs d'arbres, sans
fleurs, sans fruits, d'un aspect monotone, qui n'auraient pu suffire à la nourriture d'aucun être vivant. La
terre n'était pas prête encore pour l'apparition du
règne animal.

Voici quelle était la composition de ces forêts anté-
diluviennes. La classe des cryptogames vasculaires y
dominait. Les calamites, variétés de prêles arbores-
centes, les lépidodendrons, sortes de lycopodes géants,

hauts de vingt-cinq ou trente mètres, larges d'un mètre à leur base, des astérophylles, des fougères, des sigillaires de proportions gigantesques, dont on a retrouvé des empreintes dans les mines de Saint-Étienne, — toutes plantes grandioses alors, auxquelles on ne reconnaîtrait d'analogues que parmi les plus humbles spécimens de la terre habitable, — tels étaient, peu variés dans leur espèce, mais énormes dans leur développement, les végétaux qui composaient exclusivement les forêts de cette époque.

Ces arbres noyaient alors leur pied dans une sorte d'immense lagune, rendue profondément humide par le mélange des eaux douces et des eaux marines. Ils s'assimilaient avidement le carbone qu'ils soutiraient peu à peu de l'atmosphère, encore impropre au fonctionnement de la vie, et on peut dire qu'ils étaient destinés à l'emmagasiner, sous forme de houille, dans les entrailles mêmes du globe.

En effet, c'était l'époque des tremblements de terre, de ces secouements du sol, dus aux révolutions intérieures et au travail plutonique, qui modifiaient subitement les linéaments encore incertains de la surface terrestre. Ici, des intumescences qui devenaient montagnes; là, des gouffres que devaient emplir des océans ou des mers. Et alors, des forêts entières s'enfonçaient dans la croûte terrestre, à travers les couches mouvantes, jusqu'à ce qu'elles eussent trouvé un point d'appui, tel que le sol primitif des roches granitoïdes, ou que, par le tassement, elles formassent un tout résistant.

En effet, l'édifice géologique se présente suivant cet ordre dans les entrailles du globe : le sol primitif, que surmonte le sol de remblai, composé des terrains primaires, puis les terrains secondaires dont les gisements houillers occupent l'étage inférieur, puis les terrains tertiaires, et au-dessus, le terrain des alluvions anciennes et modernes.

A cette époque, les eaux, qu'aucun lit ne retenait encore et que la condensation engendrait sur tous les points du globe, se précipitaient en arrachant aux roches, à peine formées, de quoi composer les schistes, les grés, les calcaires. Elles arrivaient au-dessus des forêts tourbeuses et déposaient les éléments de ces terrains qui allaient se superposer au terrain houiller. Avec le temps, — des périodes qui se chiffrent par millions d'années, — ces terrains se durcirent, s'étagèrent et enfermèrent sous une épaisse carapace de poudingues, de schistes, de grès compactes ou friables, de gravier, de cailloux, toute la masse des forêts enlisées.

Que se passa-t-il dans ce creuset gigantesque, où s'accumulait la matière végétale, enfoncée à des profondeurs variables? Une véritable opération chimique, une sorte de distillation. Tout le carbone que contenaient ces végétaux s'agglomérait, et peu à peu la houille se formait sous la double influence d'une pression énorme et de la haute température que lui fournissaient les feux internes, si voisins d'elle à cette époque.

Ainsi donc un règne se substituait à l'autre dans cette lente, mais irrésistible réaction. Le végétal se transformait en minéral. Toutes ces plantes, qui avaient vécu de la vie végétative sous l'active séve des premiers jours, se pétrifiaient. Quelques-unes des substances enfermées dans ce vaste herbier, incomplétement déformées, laissaient leur empreinte aux autres produits plus rapidement minéralisés, qui les pressaient comme eût fait une presse hydraulique d'une puissance incalculable. En même temps, des coquilles, des zoophytes, tels qu'étoiles de mer, polypiers, spirifères, jusqu'à des poissons, jusqu'à des lézards, entraînés par les eaux, laissaient sur la houille, tendre encore, leur impression nette et comme « admirablement tirée » (1).

---

(1) Il faut, d'ailleurs, remarquer que toutes ces plantes, dont les empreintes ont été retrouvées, appartiennent aux espèces aujourd'hui réservées aux zones équatoriales du globe. On peut donc en conclure que, à cette époque, la chaleur était égale sur toute la terre, soit qu'elle y fût apportée par des courants d'eaux chaudes, soit que les feux intérieurs se fissent sentir à sa surface à travers la croûte poreuse. Ainsi s'explique la formation de gisements carbonifères sous toutes les latitudes terrestres.

La pression semble avoir joué un rôle considérable dans la formation des gisements carbonifères. En effet, c'est à son degré de puissance que sont dues les diverses sortes de houilles dont l'industrie fait usage. Ainsi, aux plus basses couches du terrain houiller apparaît l'anthracite, qui, presque entièrement dépourvue de matière volatile, contient la plus grande quantité de carbone. Aux plus hautes couches se montrent, au contraire, le lignite et le bois fossile, substances dans lesquelles la quantité de carbone est infiniment moindre. Entre ces deux couches, suivant le degré de pression qu'elles ont subie, se rencontrent les filons de graphites, les houilles grasses ou maigres. On peut même affirmer que c'est faute d'une pression suffisante que la couche des marais tourbeux n'a pas été complétement modifiée.

Ainsi donc, l'origine des houillères, en quelque point du globe qu'on les ait découvertes, est celle-ci : engloutissement dans la croûte terrestre des grandes forêts de l'époque géologique, puis, minéralisation des végétaux obtenue avec le temps, sous l'influence de la pression et de la chaleur, et sous l'action de l'acide carbonique.

Cependant, la nature, si prodigue d'ordinaire, n'a pas enfoui assez de forêts pour une consommation qui comprendrait quelques milliers d'années. La houille

manquera un jour, — cela est certain. Un chômage
forcé s'imposera donc aux machines du monde entier,
si quelque nouveau combustible ne remplace pas le
charbon. A une époque plus ou moins reculée, il n'y
aura plus de gisements carbonifères, si ce n'est ceux
qu'une éternelle couche de glace recouvre au Groën-
land, aux environs de la mer de Baffin, et dont l'exploitation est à peu près impossible. C'est le sort inévitable.
Les bassins houillers de l'Amérique, prodigieusement
riches encore, ceux du lac Salé, de l'Orégon, de la
Californie, n'auront plus, un jour, qu'un rendement
insuffisant. Il en sera ainsi des houillères du cap
Breton et du Saint-Laurent, des gisements des Alle-
ghanis, de la Pensylvanie, de la Virginie, de l'Illinois, de
l'Indiana, du Missouri. Bien que les gîtes carbonifères
du Nord-Amérique soient dix fois plus considérables
que tous les gisements du monde entier, cent siècles
ne s'écouleront pas sans que le monstre à millions de
gueules de l'industrie ait dévoré le dernier morceau
de houille du globe.

La disette, on le comprend, se fera plus promptement sentir dans l'ancien monde. Il existe bien des
couches de combustible minéral en Abyssinie, à Natal,
au Zambèze, à Mozambique, à Madagascar, mais leur
exploitation régulière offre les plus grandes difficultés.
Celles de la Birmanie, de la Chine, de la Cochinchine,

du Japon, de l'Asie centrale, seront assez vite épuisées. Les Anglais auront certainement vidé l'Australie des produits houillers, assez abondamment enfouis dans son sol, avant le jour où le charbon manquera au Royaume-Uni. A cette époque, déjà, les filons carbonifères de l'Europe, atteints jusque dans leurs dernières veines, auront été abandonnés.

Que l'on juge par les chiffres suivants des quantités de houilles qui ont été consommées depuis la découverte des premiers gisements. Les bassins houillers de la Russie, de la Saxe et de la Bavière comprennent six cent mille hectares; ceux de l'Espagne, cent cinquante mille; ceux de la Bohême et de l'Autriche, cent cinquante mille. Les bassins de la Belgique, longs de quarante lieues, larges de trois, comptent également cent cinquante mille hectares, qui s'étendent sous les territoires de Liége, de Namur, de Mons et de Charleroi. En France, le bassin situé entre la Loire et le Rhône, Rive-de-Gier, Saint-Étienne, Givors, Épinac, Blanzy, le Creuzot, — les exploitations du Gard, Alais, la Grand'Combe, — celles de l'Aveyron à Aubin, — les gisements de Carmaux, de Bassac, de Graissessac, — dans le Nord, Anzin, Valenciennes, Lens, Béthune, recouvrent environ trois cent cinquante mille hectares.

Le pays le plus riche en charbon, c'est incontestablement le Royaume-Uni. Celui-ci, en exceptant l'Ir-

2.

lande, à laquelle manque presque absolument le combustible minéral, possède d'énormes richesses carbonifères, — mais épuisables comme toutes richesses. Le
plus important de ces divers bassins, celui de Newcastle, qui occupe le sous-sol du comté de Northumberland, produit par an jusqu'à trente millions de
tonnes, c'est-à-dire près du tiers de la consommation
anglaise et plus du double de la production française.
Le bassin du pays de Galles, qui a concentré toute une
population de mineurs à Cardiff, à Swansea, à New-
port, rend annuellement dix millions de tonnes de
cette houille si recherchée qui porte son nom. Au
centre, s'exploitent les bassins des comtés d'York, de
Lancastre, de Derby, de Stafford, moins productifs,
mais d'un rendement considérable encore. Enfin, dans
cette portion de l'Écosse située entre Édimbourg et
Glasgow, entre ces deux mers qui l'échancrent si profondément, se développe l'un des plus vastes gisements
houillers du Royaume-Uni. L'ensemble de ces divers
bassins ne comprend pas moins de seize cent mille
hectares, et produit annuellement jusqu'à cent millions
de tonnes du noir combustible.

Mais qu'importe! La consommation deviendra telle,
pour les besoins de l'industrie et du commerce, que
ces richesses s'épuiseront. Le troisième millénaire de
l'ère chrétienne ne sera pas achevé, que la main du

mineur aura vidé, en Europe, ces magasins dans lesquels, suivant une juste image, s'est concentrée la chaleur solaire des premiers jours (1).

Or, précisément à l'époque où se passe cette histoire, l'une des plus importantes houillères du bassin écossais avait été épuisée par une exploitation trop rapide. En effet, c'était dans ce territoire, qui se développe entre Édimbourg et Glasgow, sur une largeur moyenne de dix à douze milles, que se creusait la houillère d'Aberfoyle, dont l'ingénieur James Starr avait si longtemps dirigé les travaux.

Or, depuis dix ans, ces mines avaient dû être abandonnées. On n'avait pu découvrir de nouveaux gisements, bien que les sondages eussent été portés jusqu'à la profondeur de quinze cents et même de deux mille pieds, et lorsque James Starr s'était retiré, c'était avec la certitude que le plus mince filon avait été exploité jusqu'à complet épuisement.

Il était donc plus qu'évident que, en de telles condi-

(1) Voici, en tenant compte de la progression de la consommation de la houille, ce que les derniers calculs assignent, en Europe, à l'épuisement des combustibles minéraux :

France.... dans 1,140 ans.
Angleterre. — 800 —
Belgique... — 750 —
Allemagne. — 300 —

En Amérique, à raison de 500 millions de tonnes annuellement, les gîtes pourraient produire du charbon pendant 6,000 ans.

tions, la découverte d'un nouveau bassin houiller dans les profondeurs du sous-sol anglais aurait été un événement considérable. La communication annoncée par Simon Ford se rapportait-elle à un fait de cette nature? c'est ce que se demandait James Starr, c'est ce qu'il voulait espérer.

En un mot, était-ce un autre coin de ces riches Indes-Noires dont on l'appelait à faire de nouveau la conquête? il voulait le croire.

La seconde lettre avait un instant dérouté ses idées à ce sujet, mais maintenant il n'en tenait plus compte. D'ailleurs, le fils du vieil overman était là, l'attendant au rendez-vous indiqué. La lettre anonyme n'avait donc plus aucune valeur.

A l'instant où l'ingénieur prenait pied sur le quai, le jeune homme s'avança vers lui.

« Tu es Harry Ford? lui demanda vivement James Starr, sans autre entrée en matière.

— Oui, monsieur Starr.

— Je ne t'aurais pas reconnu, mon garçon! Ah! c'est que, depuis dix ans, tu es devenu un homme!

— Moi, je vous ai reconnu, répondit le jeune mineur, qui tenait son chapeau à la main. Vous n'avez pas changé, monsieur. Vous êtes celui qui m'a embrassé le jour des adieux à la fosse Dochart! Ça ne s'oublie pas, ces choses-là!

— Couvre-toi donc, Harry, dit l'ingénieur. Il pleut à torrents, et la politesse ne doit pas aller jusqu'au rhume !

— Voulez-vous que nous nous mettions à l'abri, monsieur Starr? demanda Harry Ford.

— Non, Harry. Le temps est pris. Il pleuvra toute la journée, et je suis pressé. Partons.

— A vos ordres, répondit le jeune homme.

— Dis-moi, Harry, le père se porte bien?

— Très-bien, monsieur Starr.

— Et la mère?...

— La mère aussi.

— C'est ton père qui m'a écrit, pour me donner rendez-vous au puits Yarow?

— Non, c'est moi.

— Mais Simon Ford m'a-t-il donc adressé une seconde lettre pour contremander ce rendez-vous? demanda vivement l'ingénieur.

— Non, monsieur Starr, répondit le jeune mineur.

— Bien ! » répondit James Starr, sans parler davantage de la lettre anonyme.

Puis, reprenant :

« Et peux-tu m'apprendre ce que me veut le vieux Simon? demanda-t-il au jeune homme.

— Monsieur Starr, mon père s'est réservé le soin de vous le dire lui-même.

— Mais tu le sais?...

— Je le sais.

— Eh bien, Harry, je ne t'en demande pas plus. En route donc, car j'ai hâte de causer avec Simon Ford.

— A propos, où demeure-t-il?

— Dans la mine.

— Quoi! Dans la fosse Dochart?

— Oui, monsieur Starr, répondit Harry Ford.

— Comment! ta famille n'a pas quitté la vieille mine depuis la cessation des travaux?

— Pas un jour, monsieur Starr. Vous connaissez le père. C'est là qu'il est né, c'est là qu'il veut mourir!

— Je comprends cela, Harry... Je comprends cela! Sa houillère natale! Il n'a pas voulu l'abandonner! Et vous vous plaisez là?...

— Oui, monsieur Starr, répondit le jeune mineur, car nous nous aimons cordialement, et nous n'avons que peu de besoins!

— Bien, Harry, dit l'ingénieur. En route! »

Et James Starr, suivant le jeune homme, se dirigea à travers les rues de Callander.

Dix minutes après, tous deux avaient quitté la ville.

CHAPITRE IV

LA FOSSE DOCHART

Harry Ford était un grand garçon de vingt-cinq ans, vigoureux, bien découplé. Sa physionomie un peu sérieuse, son attitude habituellement pensive, l'avaient, dès son enfance, fait remarquer entre ses camarades de la mine. Ses traits réguliers, ses yeux profonds et doux, ses cheveux assez rudes, plutôt châtains que blonds, le charme naturel de sa personne, tout concordait à en faire le type accompli du Lowlander, c'est-à-dire un superbe spécimen de l'Écossais de la plaine. Endurci presque dès son bas âge au travail de la houillère, c'était, en même temps qu'un solide compagnon, une brave et bonne nature. Guidé par son père, poussé par ses propres instincts, il avait travaillé, il s'était instruit de bonne heure, et, à un âge où l'on n'est guère qu'un apprenti, il était arrivé à se faire quelqu'un, — l'un des premiers de sa condition, — dans un pays qui compte peu d'ignorants, car il fait tout pour supprimer l'ignorance. Si, pendant les premières années de son adolescence, le pic ne quitta pas la main d'Harry Ford, néanmoins le jeune mineur ne tarda pas à acquérir les connaissances suffisantes pour s'élever dans la hiérarchie de la houillère, et il aurait certainement succédé à son père en qualité d'overman de la fosse Dochart, si la mine n'eût pas été abandonnée.

James Starr était un bon marcheur encore, et, cependant, il n'aurait pas suivi facilement son guide, si celui-ci n'eût modéré son pas.

La pluie tombait alors avec moins de violence. Les larges gouttes se pulvérisaient avant d'atteindre le sol. C'étaient plutôt des rafales humides, qui couraient dans l'air, soulevées par une fraîche brise.

Harry Ford et James Starr, — le jeune homme portant le léger bagage de l'ingénieur, — suivirent la rive gauche du fleuve pendant un mille environ. Après avoir longé sa plage sinueuse, ils prirent une route qui s'enfonçait dans les terres sous les grands arbres ruisselants. De vastes pâturages se développaient d'un côté et de l'autre, autour de fermes isolées. Quelques troupeaux paissaient tranquillement l'herbe toujours verte de ces prairies de la basse Écosse. C'étaient des vaches sans cornes, ou de petits moutons à laine soyeuse, qui ressemblaient aux moutons des bergeries d'enfants. Aucun berger ne se laissait voir, abrité qu'il était sans doute dans quelque creux d'arbre ; mais le « colley », chien particulier à cette contrée du Royaume-Uni et renommé pour sa vigilance, rôdait autour du pâturage.

Le puits Yarow était situé à quatre milles environ de Callander. James Starr, tout en marchant, ne laissait pas d'être impressionné. Il n'avait pas revu le pays depuis le jour où la dernière tonne des houillères d'Aberfoyle avait été versée dans les wagons du railway de Glasgow. La vie agricole remplaçait, maintenant, la vie industrielle, toujours plus bruyante, plus active. Le contraste était d'autant plus frappant que, pendant l'hiver, les travaux des champs subissent une sorte de chômage. Mais autrefois, en toute saison, la population des mineurs, au-dessus comme au-dessous, animait ce territoire. Les grands charrois de charbon passaient nuit et jour. Les rails, maintenant enterrés sur leurs traverses pourries, grinçaient sous le poids des wagons. A présent, le chemin de pierre et de terre se substituait peu à peu aux anciens

tramways de l'exploitation. James Starr croyait tra-
verser un désert.

L'ingénieur regardait donc autour de lui d'un œil
attristé. Il s'arrêtait par instants pour reprendre
haleine. Il écoutait. L'air ne s'emplissait plus à présent
des sifflements lointains et du fracas haletant des machines. A l'horizon, pas une de ces vapeurs noirâtres,
que l'industriel aime à retrouver, mêlées aux grands
nuages. Nulle haute cheminée cylindrique ou prisma-
tique vomissant des fumées, après s'être alimentée au
gisement même, nul tuyau d'échappement s'époumon-
nant à souffler sa vapeur blanche. Le sol, autrefois
sali par la poussière de la houille, avait un aspect
propre, auquel les yeux de James Starr n'étaient plus
habitués.

Lorsque l'ingénieur s'arrêtait, Harry Ford s'arrêtait aussi. Le jeune mineur attendait en silence. Il
sentait bien ce qui se passait dans l'esprit de son compagnon, et il partageait vivement cette impression, —
lui, un enfant de la houillère, dont toute la vie s'était
écoulée dans les profondeurs de ce sol.

« Oui, Harry, tout cela est changé, dit James Starr.
Mais, à force d'y prendre, il fallait bien que les tré-
sors de houille s'épuisassent un jour! Tu regrettes
ce temps!

— Je le regrette, monsieur Starr, répondit Harry.

Le travail était dur, mais il intéressait, comme toute lutte.

— Sans doute, mon garçon! La lutte de tous les instants, le danger des éboulements, des incendies, des inondations, des coups de grisou qui frappent comme la foudre! Il fallait parer à ces périls! Tu dis bien! C'était la lutte, et, par conséquent, la vie émouvante!

— Les mineurs d'Alloa ont été plus favorisés que les mineurs d'Aberfoyle, monsieur Starr!

— Oui, Harry, répondit l'ingénieur.

— En vérité, s'écria le jeune homme, il est à regretter que tout le globe terrestre n'ait pas été uniquement composé de charbon! Il y en aurait eu pour quelques millions d'années!

— Sans doute, Harry, mais il faut avouer, cependant, que la nature s'est montrée prévoyante en formant notre sphéroïde plus principalement de grès, de calcaire, de granit, que le feu ne peut consumer!

— Voulez-vous dire, monsieur Starr, que les humains auraient fini par brûler leur globe?...

— Oui! Tout entier, mon garçon, répondit l'ingénieur. La terre aurait passé jusqu'au dernier morceau dans les fourneaux des locomotives, des locomobiles, des steamers, des usines à gaz, et, certainement, c'est ainsi que notre monde eût fini un beau jour!

— Cela n'est plus à craindre, monsieur Starr. Mais aussi, les houillères s'épuiseront, sans doute, plus rapidement que ne l'établissent les statistiques!

— Cela arrivera, Harry, et, suivant moi, l'Angleterre a peut-être tort d'échanger son combustible contre l'or des autres nations!

— En effet, répondit Harry.

— Je sais bien, ajouta l'ingénieur, que ni l'hydraulique, ni l'électricité n'ont encore dit leur dernier mot, et qu'on utilisera plus complétement un jour ces deux forces. Mais n'importe! La houille est d'un emploi très-pratique et se prête facilement aux divers besoins de l'industrie! Malheureusement, les hommes ne peuvent la produire à volonté! Si les forêts extérieures repoussent incessamment sous l'influence de la chaleur et de l'eau, les forêts intérieures, elles, ne se reproduisent pas, et le globe ne se retrouvera jamais dans les conditions voulues pour les refaire! »

James Starr et son guide, tout en causant, avaient repris leur marche d'un pas rapide. Une heure après avoir quitté Callander, ils arrivaient à la fosse Dochart.

Un indifférent lui-même eût été touché du triste aspect que présentait l'établissement abandonné. C'était comme le squelette de ce qui avait été si vivant autrefois.

Dans un vaste cadre, bordé de quelques maigres arbres, le sol disparaissait encore sous la noire poussière du combustible minéral, mais on n'y voyait plus ni escarbilles, ni gailleteries, ni aucun fragment de houille. Tout avait été enlevé et consommé depuis longtemps.

Sur une colline peu élevée, se découpait la silhouette d'une énorme charpente que le soleil et la pluie rongeaient lentement. Au sommet de cette charpente apparaissait une vaste molette ou roue de fonte, et plus bas s'arrondissaient ces gros tambours, sur lesquels s'enroulaient autrefois les câbles qui ramenaient les cages à la surface du sol.

A l'étage inférieur, on reconnaissait la chambre délabrée des machines, autrefois si luisantes dans les parties du mécanisme faites d'acier ou de cuivre. Quelques pans de murs gisaient à terre au milieu de solives brisées et verdies par l'humidité. Des restes de balanciers auxquels s'articulait la tige des pompes d'épuisement, des coussinets cassés ou encrassés, des pignons édentés, des engins de basculage renversés, quelques échelons fixés aux chevalets et figurant de grandes arêtes d'ichthyosaures, des rails portés sur quelque traverse rompue que soutenaient encore deux ou trois pilotis branlants, des tramways qui n'auraient pas résisté au poids d'un wagonnet vide, — tel était l'aspect désolé de la fosse Dochart.

La margelle des puits, aux pierres éraillées, disparaissait sous les mousses épaisses. Ici, on reconnaissait les vestiges d'une cage, là les restes d'un parc
où s'emmagasinait le charbon, qui devait être trié
suivant sa qualité ou sa grosseur. Enfin, débris de
tonnes auxquelles pendait un bout de chaîne, fragments de chevalets gigantesques, tôles d'une chau-
dière éventrée, pistons tordus, longs balanciers qui se
penchaient sur l'orifice des puits de pompes, passe-
relles tremblant au vent, ponceaux frémissant au
pied, murailles lézardées, toits à demi effondrés qui
dominaient des cheminées aux briques disjointes, res-
semblant à ces canons modernes dont la culasse est
frettée d'anneaux cylindriques, de tout cela il sortait
une vive impression d'abandon, de misère, de tris-
tesse, que n'offrent pas les ruines du vieux château
de pierre, ni les restes d'une forteresse démantelée.

« C'est une désolation! » dit James Starr, en regardant le jeune homme, qui ne répondit pas.

Tous deux pénétrèrent alors sous l'appentis qui
recouvrait l'orifice du puits Yarow, dont les échelles
donnaient encore accès jusqu'aux galeries inférieures
de la fosse.

L'ingénieur se pencha sur l'orifice.

De là s'épanchait autrefois le souffle puissant de

l'air aspiré par les ventilateurs. C'était maintenant un abîme silencieux. Il semblait qu'on fût à la bouche de quelque volcan éteint.

James Starr et Harry mirent pied sur le premier palier.

A l'époque de l'exploitation, d'ingénieux engins desservaient certains puits des houillères d'Aberfoyle, qui, sous ce rapport, étaient parfaitement outillées : cages munies de parachutes automatiques, mordant sur des glissières en bois, échelles oscillantes, nommées « engine-men », qui, par un simple mouvement d'oscillation, permettaient aux mineurs de descendre sans danger ou de remonter sans fatigue.

Mais ces appareils perfectionnés avaient été enlevés, depuis la cessation des travaux. Il ne restait au puits Yarow qu'une longue succession d'échelles, séparées par des paliers étroits de cinquante en cinquante pieds. Trente de ces échelles, ainsi placées bout à bout, permettaient de descendre jusqu'à la semelle de la galerie inférieure, à une profondeur de quinze cents pieds. C'était la seule voie de communication qui existât entre le fond de la fosse Dochart et le sol. Quant à l'aération, elle s'opérait par le puits Yarow, que les galeries faisaient communiquer avec un autre puits dont l'orifice s'ouvrait à un niveau supérieur, — l'air chaud se déga-

geant naturellement par cette espèce de siphon ren-
versé.

« Je te suis, mon garçon, dit l'ingénieur, en faisant
signe au jeune homme de le précéder.

— A vos ordres, monsieur Starr.

— Tu as ta lampe?

— Oui, et plût au Ciel que ce fût encore la lampe
de sûreté dont nous nous servions autrefois !

— En effet, répondit James Starr, les coups de grisou ne sont plus à craindre maintenant ! »

Harry n'était muni que d'une simple lampe à huile,
dont il alluma la mèche. Dans la houillère, vide de
charbon, les fuites du gaz hydrogène protocarboné ne
pouvaient plus se produire. Donc, aucune explosion à
redouter, et nulle nécessité d'interposer entre la
flamme et l'air ambiant cette toile métallique qui em-
pêche le gaz de prendre feu à l'extérieur. La lampe de
Davy, si perfectionnée alors, ne trouvait plus ici son
emploi. Mais si le danger n'existait pas, c'est que la
cause en avait disparu, et, avec cette cause, le combustible qui faisait autrefois la richesse de la fosse Dochart.

Harry descendit les premiers échelons de l'échelle
supérieure. James Starr le suivit. Tous deux se trouvèrent bientôt dans une obscurité profonde que rom-
pait seul l'éclat de la lampe. Le jeune homme l'élevait

au-dessus de sa tête, afin de mieux éclairer son compagnon.

Une dizaine d'échelles furent descendues par l'ingénieur et son guide de ce pas mesuré habituel au mineur.

Elles étaient encore en bon état.

James Starr observait curieusement ce que l'insuffisante lueur lui laissait apercevoir des parois du sombre puits, qu'un cuvelage en bois, à demi pourri, revêtait encore.

Arrivés au quinzième palier, c'est-à-dire à mi-chemin, ils firent halte pour quelques instants.

« Décidément, je n'ai pas tes jambes, mon garçon, dit l'ingénieur en respirant longuement, mais enfin, cela va encore !

— Vous êtes solide, monsieur Starr, répondit Harry, et c'est quelque chose, voyez-vous, que d'avoir longtemps vécu dans la mine.

— Tu as raison, Harry. Autrefois, lorsque j'avais vingt ans, j'aurais descendu tout d'une haleine. Allons, en route ! »

Mais, au moment où tous deux allaient quitter le palier, une voix, encore éloignée, se fit entendre dans les profondeurs du puits. Elle arrivait comme une onde sonore qui se gonfle progressivement, et elle devenait de plus en plus distincte.

3.

« Eh ! qui vient là ? demanda l'ingénieur en arrêtant Harry.

— Je ne pourrais le dire, répondit le jeune mineur.

— Ce n'est pas le vieux père ?...

— Lui ! ...onsieur Starr, non.

— Quelque voisin, alors ?...

— Nous n'avons pas de voisins au fond de la fosse, répondit Harry. Nous sommes seuls, bien seuls.

— Bon ! laissons passer cet intrus, dit James Starr. C'est à ceux qui descendent de céder le pas à ceux qui montent. »

Tous deux attendirent.

La voix résonnait en ce moment avec un magnifique éclat, comme si elle eût été portée par un vaste pavillon acoustique, et bientôt quelques paroles d'une chanson écossaise arrivèrent assez nettement aux oreilles du jeune mineur.

« La chanson des lacs ! s'écria Harry. Ah ! je serais bien surpris si elle s'échappait d'une autre bouche que de celle de Jack Ryan.

— Et qu'est-ce, ce Jack Ryan, qui chante d'une si superbe façon ? demanda James Starr.

— Un ancien camarade de la houillère, » répondit Harry.

Puis, se penchant au-dessus du palier :

« Eh ! Jack ! cria-t-il.

« — C'est toi, Harry ? fut-il répondu. Attends-moi, j'arrive. »

Et la chanson reprit de plus belle.

Quelques instants après, un grand garçon de vingt-cinq ans, la figure gaie, les yeux souriants, la bouche joyeuse, la chevelure d'un blond ardent, apparaissait au fond du cône lumineux que projetait sa lanterne, et il prenait pied sur le palier de la quinzième échelle.

Son premier acte fut de serrer vigoureusement la main que venait de lui tendre Harry.

« Enchanté de te rencontrer ! s'écria-t-il. Mais, saint Mungo me protége ! si j'avais su que tu revenais à terre aujourd'hui, je me serais bien épargné cette descente au puits Yarow !

— Monsieur James Starr, dit alors Harry, en tournant sa lampe vers l'ingénieur, qui était resté dans l'ombre.

— Monsieur Starr ! répondit Jack Ryan. Ah ! monsieur l'ingénieur, je ne vous aurais pas reconnu. Depuis que j'ai quitté la fosse, mes yeux ne sont plus habitués, comme autrefois, à voir dans l'obscurité.

— Et moi, je me rappelle maintenant un gamin qui chantait toujours. Voilà bien dix ans de cela, mon garçon ! C'était toi, sans doute ?

— Moi-même, monsieur Starr, et, en changeant de

métier, je n'ai pas changé d'humeur, voyez-vous?
Bah! rire et chanter, cela vaut mieux, j'imagine, que
pleurer et geindre!

— Sans doute, Jack Ryan. — Et que fais-tu, depuis
que tu as quitté la mine?

— Je travaille à la ferme de Melrose, près d'Irvine,
dans le comté de Renfrew, à quarante milles d'ici.
Ah! ça ne vaut pas nos houillères d'Aberfoyle! Le
pic allait mieux à ma main que la bêche ou l'ai-
guillon! Et puis, dans la vieille fosse, il y avait des
coins sonores, des échos joyeux qui vous renvoyaient
gaillardement vos chansons, tandis que là-haut!...
Mais vous allez donc rendre visite au vieux Simon,
monsieur Starr?

— Oui, Jack, répondit l'ingénieur.

— Que je ne vous retarde pas...

— Dis-moi, Jack, demanda Harry, quel motif t'a
amené au cottage aujourd'hui?

— Je voulais te voir, camarade, répondit Jack Ryan,
et t'inviter à la fête du clan d'Irvine. Tu sais, je suis
le « piper » (1) de l'endroit! On chantera, on dan-
sera!

— Merci, Jack, mais cela m'est impossible.

---

(1) Le *piper* est le joueur de cornemuse en Ecosse.

— Impossible ?

—, Oui, la visite de M. Starr peut se prolonger, et je dois le reconduire à Callander.

— Eh ! Harry, la fête du clan d'Irvine n'arrive que dans huit jours. D'ici là, la visite de M. Starr sera terminée, je suppose, et rien ne te retiendra plus au cottage !

—. En effet, Harry, répondit James Starr. Il faut profiter de l'invitation que te fait ton camarade Jack !

— Eh bien ! j'accepte, Jack, dit Harry. Dans huit jours, nous nous retrouverons à la fête d'Irvine.

— Dans huit jours, c'est bien convenu, répondit Jack Ryan. Adieu, Harry ! Votre serviteur, monsieur Starr ! Je suis très-content de vous avoir revu ! Je pourrai donner de vos nouvelles aux amis. Personne ne vous a oublié, monsieur l'ingénieur.

— Et je n'ai oublié personne, dit James Starr.

— Merci pour tous, monsieur, répondit Jack Ryan.

— Adieu, Jack ! » dit Harry, en serrant une dernière fois la main de son camarade.

Et Jack Ryan, reprenant sa chanson, disparut bientôt dans les hauteurs du puits, vaguement éclairées par sa lampe.

Un quart d'heure après, James Starr et Harry descendaient la dernière échelle et mettaient le pied sur le sol du dernier étage de la fosse.

Autour du rond-point que formait le fond du puits Yarow rayonnaient diverses galeries qui avaient servi à l'exploitation du dernier filon carbonifère de la mine. Elles s'enfonçaient dans le massif de schistes et de grès, les unes étançonnées par des trapèzes de grosses poutres à peine équarries, les autres doublées d'un épais revêtement de pierre. Partout des remblais remplaçaient les veines dévorées par l'exploitation.

Les piliers artificiels étaient faits de pierres arrachées aux carrières voisines, et maintenant ils supportaient le sol, c'est-à-dire le double étage des terrains tertiaires et quaternaires, qui reposaient autrefois sur le gisement même. L'obscurité emplissait alors ces galeries, jadis éclairées soit par la lampe du mineur, soit par la lumière électrique, dont, pendant les dernières années, l'emploi avait été introduit dans les fosses. Mais les sombres tunnels ne résonnaient plus du grincement des wagonnets roulant sur leurs rails, ni du bruit des portes d'air qui se refermaient brusquement, ni des éclats de voix des rouleurs, ni du hennissement des chevaux et des mules, ni des coups de pic de l'ouvrier, ni des fracas du foudroyage qui faisait éclater le massif.

« Voulez-vous vous reposer un instant, monsieur Starr ? demanda le jeune homme.

— Non, mon garçon, répondit l'ingénieur, car j'ai hâte d'arriver au cottage du vieux Simon.

— Suivez-moi donc, monsieur Starr. Je vais vous guider, et, cependant, je suis sûr que vous reconnaîtriez parfaitement votre route dans cet obscur dédale des galeries.

— Oui, certes ! J'ai encore dans la tête tout le plan de la vieille fosse. »

Harry, suivi de l'ingénieur et levant sa lampe pour le mieux éclairer, s'enfonça dans une haute galerie, semblable à une contre-nef de cathédrale. Leur pied, à tous deux, heurtait encore les traverses de bois qui supportaient les rails à l'époque de l'exploitation.

Mais à peine avaient-ils fait cinquante pas, qu'une énorme pierre vint tomber aux pieds de James Starr.

« Prenez garde, monsieur Starr ! s'écria Harry, en saisissant le bras de l'ingénieur.

— Une pierre, Harry ! Ah ! ces vieilles voûtes ne sont plus assez solides, sans doute, et...

— Monsieur Starr, répondit Harry Ford, il me semble que la pierre a été jetée... et jetée par une main d'homme !...

— Jetée ! s'écria James Starr. Que veux-tu dire, mon garçon ?

— Rien, rien... monsieur Starr, répondit évasivement Harry, dont le regard, devenu sérieux, aurait voulu percer ces épaisses murailles. Continuons notre route. Prenez mon bras, je vous prie, et n'ayez aucune crainte de faire un faux pas.

— Me voilà, Harry ! »

Et tous deux s'avancèrent, pendant qu'Harry regardait en arrière, en projetant l'éclat de sa lampe dans les profondeurs de la galerie.

« Serons-nous bientôt arrivés ? demanda l'ingénieur.

— Dans dix minutes au plus.

— Bien.

— Mais, murmurait Harry, cela n'en est pas moins singulier ! C'est la première fois que pareille chose m'arrive. Il a fallu que cette pierre vînt tomber juste au moment où nous passions !...

— Harry, il n'y a eu là qu'un hasard !

— Un hasard... répondit le jeune homme en secouant la tête. Oui... un hasard... »

Harry s'était arrêté. Il écoutait.

« Qu'y a-t-il, Harry ? demanda l'ingénieur.

— J'ai cru entendre marcher derrière nous, » répondit le jeune mineur, qui prêta plus attentivement l'oreille.

Puis :

« Non! je me serai trompé, dit-il. Appuyez-vous bien sur mon bras, monsieur Starr. Servez-vous de moi comme d'un bâton...

— Un bâton solide, Harry, répondit James Starr. Il n'en est pas de meilleur qu'un brave garçon tel que toi! »

Tous deux continuèrent à marcher silencieusement à travers la sombre nef.

Souvent, Harry, évidemment préoccupé, se retournait, essayant de surprendre, soit un bruit éloigné, soit quelque lueur lointaine.

Mais, derrière et devant lui, tout n'était que silence et ténèbres.

CHAPITRE V

LA FAMILLE FORD.

Dix minutes après, James Starr et Harry sortaient enfin de la galerie principale.

. Le jeune mineur et son compagnon étaient arrivés au fond d'une clairière, — si toutefois ce mot peut servir à désigner une vaste et obscure excavation. Cette excavation, cependant, n'était pas absolument dépourvue de jour. Quelques rayons lui arrivaient par l'orifice d'un puits abandonné, qui avait été foncé dans les étages supérieurs. C'était par ce conduit que s'établissait le courant d'aération de la fosse Dochart. Grâce à sa moindre densité, l'air chaud de l'intérieur était entraîné vers le puits Yarow.

Donc, un peu d'air et de clarté pénétrait à la fois à travers l'épaisse voûte de schiste jusqu'à la clairière.

C'était là que Simon Ford habitait depuis dix ans, avec sa famille, une souterraine demeure, évidée dans le massif schisteux, à l'endroit même où fonctionnaient autrefois les puissantes machines, destinées à opérer la traction mécanique de la fosse Dochart.

Telle était l'habitation, — à laquelle il donnait volontiers le nom de « cottage », — où résidait le vieil overman. Grâce à une certaine aisance, due à une longue existence de travail, Simon Ford aurait pu vivre en plein soleil, au milieu des arbres, dans n'importe quelle ville du royaume; mais les siens et lui avaient préféré ne pas quitter la houillère, où ils étaient heureux, ayant mêmes idées, mêmes goûts. Oui! il leur plaisait, ce cottage, enfoui à quinze cents pieds au-dessous du sol écossais. Entre autres avantages, il n'y avait pas à craindre que les agents du fisc, les « stentmaters » chargés d'établir la capitation, vinssent jamais y relancer ses hôtes !

A cette époque, Simon Ford, l'ancien overman de la fosse Dochart, portait vigoureusement encore ses soixante-cinq ans. Grand, robuste, bien taillé, il eût été regardé comme l'un des plus remarquables

« sawneys » (1) du canton, qui fournissait tant de beaux hommes aux régiments de Highlanders.

Simon Ford descendait d'une ancienne famille de mineurs, et sa généalogie remontait aux premiers temps où furent exploités les gisements carbonifères en Écosse.

Sans rechercher archéologiquement si les Grecs et les Romains ont fait usage de la houille, si les Chinois utilisaient les mines de charbon bien avant l'ère chrétienne, sans discuter si réellement le combustible minéral doit son nom au maréchal ferrant Houillos, qui vivait en Belgique dans le xiie siècle, on peut affirmer que les bassins de la Grande-Bretagne furent les premiers dont l'exploitation fut mise en cours régulier. Au xie siècle, déjà, Guillaume le Conquérant partageait entre ses compagnons d'armes les produits du bassin de Newcastle. Au xiiie siècle, une licence d'exploitation du « charbon marin » était concédée par Henri III. Enfin, vers la fin du même siècle, il est fait mention des gisements de l'Écosse et du pays de Galles.

Ce fut vers ce temps que les ancêtres de Simon Ford pénétrèrent dans les entrailles du sol calédonien,

(1) Le sawney, c'est l'Écossais, comme John Bull est l'Anglais, et Paddy l'Irlandais.

pour n'en plus sortir, de père en fils. Ce n'étaient que de simples ouvriers. Ils travaillaient comme des forçats à l'extraction du précieux combustible. On croit même que les charbonniers mineurs, tout comme les sauniers de cette époque, étaient alors de véritables esclaves. En effet, au xviiie siècle, cette opinion était si bien établie en Écosse, que, pendant la guerre du Prétendant, on put craindre que vingt mille mineurs de Newcastle ne se soulevassent pour reconquérir une liberté — qu'ils ne croyaient pas avoir.

Quoi qu'il en soit, Simon Ford était fier d'appartenir à cette grande famille des houilleurs écossais. Il avait travaillé de ses mains, là même où ses ancêtres avaient manié le pic, la pince, la rivelaine et la pioche. A trente ans, il était overman de la fosse Dochart, la plus importante des houillères d'Aberfoyle. Il aimait passionnément son métier. Pendant de longues années, il exerça ses fonctions avec zèle. Son seul chagrin était de voir la couche s'appauvrir et de prévoir l'heure très-prochaine où le gisement serait épuisé.

C'est alors qu'il s'était adonné à la recherche de nouveaux filons dans toutes les fosses d'Aberfoyle, qui communiquaient souterrainement entre elles. Il avait eu le bonheur d'en découvrir quelques-uns pendant la dernière période d'exploitation. Son instinct de mineur le servait merveilleusement, et l'ingénieur

James Starr l'appréciait fort. On eût dit qu'il devi-
nait les gisements dans les entrailles de la houillère,
comme un hydroscope devine les sources sous la
couche du sol.

Mais le moment arriva, on l'a dit, où la matière
combustible manqua tout à fait à la houillère. Les
sondages ne donnèrent plus aucun résultat. Il fut
évident que le gîte carbonifère était entièrement
épuisé. L'exploitation cessa. Les mineurs se reti-
rèrent.

Le croira-t-on? Ce fut un désespoir pour le plus
grand nombre. Tous ceux qui savent que l'homme, au
fond, aime sa peine, ne s'en étonneront pas. Simon
Ford, sans contredit, fut le plus atteint. Il était, par
excellence, le type du mineur, dont l'existence est
indissolublement liée à celle de sa mine. Depuis sa
naissance, il n'avait cessé de l'habiter, et, lorsque les
travaux furent abandonnés, il voulut y demeurer encore. Il resta donc. Harry, son fils, fut chargé du
ravitaillement de l'habitation souterraine; mais quant
à lui, depuis dix ans, il n'était pas remonté dix fois à la
surface du sol.

« Aller là-haut! A quoi bon? » répétait-il, et il
ne quittait pas son noir domaine.

Dans ce milieu parfaitement sain, d'ailleurs, sou-
mis à une température toujours moyenne, le vieil

overman ne connaissait ni les chaleurs de l'été, ni les froids de l'hiver. Les siens se portaient bien. Que pouvait-il désirer de plus?

Au fond, il était sérieusement attristé. Il regrettait l'animation, le mouvement, la vie d'autrefois, dans la fosse si laborieusement exploitée. Cependant, il était soutenu par une idée fixe.

« Non! non! la houillère n'est pas épuisée! » répétait-il.

Et celui-là se serait fait un mauvais parti, qui aurait mis en doute devant Simon Ford qu'un jour l'ancienne Aberfoyle ressusciterait d'entre les mortes! Il n'avait donc jamais abandonné l'espoir de découvrir quelque nouvelle couche qui rendrait à la mine sa splendeur passée. Oui! il aurait volontiers, s'il l'avait fallu, repris le pic du mineur, et ses vieux bras, solides encore, se seraient vigoureusement attaqués à la roche. Il allait donc à travers les obscures galeries, tantôt seul, tantôt avec son fils, observant, cherchant, pour rentrer chaque jour fatigué, mais non désespéré, au cottage.

La digne compagne de Simon Ford, c'était Madge, grande et forte, la « goodwife », la « bonne femme », suivant l'expression écossaise. Pas plus que son mari, Madge n'eût voulu quitter la fosse Dochart. Elle partageait à cet égard toutes ses espérances et ses regrets. Elle l'encourageait, elle le poussait en avant, elle lui parlait avec une sorte de gravité, qui réchauffait le cœur du vieil overman.

« Aberfoyle n'est qu'endormie, Simon, lui disait-elle. C'est toi qui as raison. Ce n'est qu'un repos, ce n'est pas la mort ! »

Madge savait aussi se passer du monde extérieur et concentrer le bonheur d'une existence à trois dans le sombre cottage.

Ce fut là qu'arriva James Starr.

L'ingénieur était bien attendu. Simon Ford, debout sur sa porte, du plus loin que la lampe d'Harry lui annonça l'arrivée de son ancien « viewer », s'avança vers lui.

« Soyez le bienvenu, monsieur James ! lui cria-t-il d'une voix qui résonnait sous la voûte de schiste. Soyez le bienvenu au cottage du vieil overman! Pour être enfouie à quinze cents pieds sous terre, la maison de la famille Ford n'en est pas moins hospitalière!

— Comment allez-vous, brave Simon? demanda James Starr, en serrant la main que lui tendait son hôte.

— Très-bien, monsieur Starr. Et comment en serait-il autrement ici, à l'abri de toute intempérie de l'air? Vos ladies qui vont respirer à Newhaven ou à Porto-Bello (1), pendant l'été, feraient mieux de pas-

____

(1) Stations balnéaires des environs d'Édimbourg.

ser quelques mois dans la houillère d'Aberfoyle! Elles
ne risqueraient point d'y gagner quelque gros rhume,
comme dans les rues humides de la vieille capitale.

— Ce n'est pas moi qui vous contredirai, Simon,
répondit James Starr, heureux de retrouver l'overman
tel qu'il était autrefois! Vraiment, je me demande
pourquoi je ne change pas ma maison de la Canongate pour quelque cottage voisin du vôtre!

— A votre service, monsieur Starr. Je connais un de
vos anciens mineurs qui serait particulièrement enchanté de n'avoir entre vous et lui qu'un mur mitoyen?

— Et Madge?... demanda l'ingénieur.

— La bonne femme se porte encore mieux que moi,
si cela est possible! répondit Simon Ford, et elle se
fait une joie de vous voir à sa table. Je pense qu'elle se
sera surpassée pour vous recevoir.

— Nous verrons cela, Simon, nous verrons cela! dit
l'ingénieur, que l'annonce d'un bon déjeuner ne pouvait laisser indifférent, après cette longue marche.

— Vous avez faim, monsieur Starr?

— Positivement faim. Le voyage m'a ouvert l'appétit. Je suis venu par un temps affreux!...

— Ah! il pleut, là-haut! répondit Simon Ford d'un
air de pitié très-marqué.

— Oui, Simon, et les eaux du Forth sont agitées
aujourd'hui comme celles d'une mer!

4

— Eh bien, monsieur James, ici, il ne pleut jamais ! Mais je n'ai pas à vous peindre des avantages que vous connaissez aussi bien que moi ! Vous voilà arrivé au cottage. C'est le principal, et, je vous le répète, soyez le bienvenu ! »

Simon Ford, suivi d'Harry, fit entrer dans l'habitation James Starr, qui se trouva au milieu d'une vaste salle, éclairée par plusieurs lampes, dont l'une était suspendue aux solives coloriées du plafond.

La table, recouverte d'une nappe égayée de fraîches couleurs, n'attendait plus que les convives, auxquels quatre chaises, rembourrées de vieux cuir, étaient réservées.

« Bonjour, Madge, dit l'ingénieur.

— Bonjour, monsieur James, répondit la brave Écossaise, qui se leva pour recevoir son hôte.

— Je vous revois avec plaisir, Madge.

— Et vous avez raison, monsieur James, car il est agréable de retrouver ceux pour lesquels on s'est toujours montré bon.

— La soupe attend, femme, dit alors Simon Ford, et il ne faut pas la faire attendre, non plus que M. James. Il a une faim de mineur, et il verra que notre garçon ne nous laisse manquer de rien au cottage ! — A propos, Harry, ajouta le vieil overman en se retournant vers son fils, Jack Ryan est venu te voir.

— Je le sais, père ! Nous l'avons rencontré dans le puits Yarow.

— C'est un bon et gai camarade, dit Simon Ford. Mais il semble se plaire là-haut ! Ça n'avait pas du vrai sang de mineur dans les veines. — A table, monsieur James, et déjeunons copieusement, car il est possible que nous ne puissions souper que fort tard. »

Au moment où l'ingénieur et ses hôtes allaient prendre place :

« Un instant, Simon, dit James Starr. Voulez-vous que je mange de bon appétit ?

— Ce sera nous faire tout l'honneur possible, monsieur James, répondit Simon Ford.

— Eh bien, il faut pour cela n'avoir aucune préoccupation. — Or, j'ai deux questions à vous adresser.

— Allez, monsieur James.

— Votre lettre me parle d'une communication qui doit être de nature à m'intéresser ?

— Elle est très-intéressante, en effet.

— Pour vous ?...

— Pour vous et pour moi, monsieur James. Mais je désire ne vous la faire qu'après le repas et sur les lieux mêmes. Sans cela, vous ne voudriez pas me croire.

— Simon, reprit l'ingénieur, regardez-moi bien... là... dans les yeux. Une communication intéressante ?... Oui... Bon !... Je ne vous en demande pas davantage,

ajouta-t-il, comme s'il eût lu la réponse qu'il espérait
dans le regard du vieil overman.

— Et la deuxième question? demanda celui-ci.

— Savez-vous, Simon, quelle est la personne qui a
pu m'écrire ceci?» répondit l'ingénieur, en présentant
la lettre anonyme qu'il avait reçue.

Simon Ford prit la lettre, et il la lut très-attentive-
ment.

Puis, la montrant à son fils :

« Connais-tu cette écriture? dit-il.

— Non, père, répondit Harry.

— Et cette lettre était timbrée du bureau de poste
d'Aberfoyle? demanda Simon Ford à l'ingénieur.

— Oui, comme la vôtre, répondit James Starr.

— Que penses-tu de cela, Harry? dit Simon Ford,
dont le front s'assombrit un instant.

— Je pense, père, répondit Harry, que quelqu'un a
eu un intérêt quelconque à empêcher M. James Starr
de venir au rendez-vous que vous lui donniez.

— Mais qui? s'écria le vieux mineur. Qui donc a pu
pénétrer assez avant dans le secret de ma pensée?... »

Et Simon Ford, pensif, tomba dans une rêverie dont
la voix de Madge le tira bientôt.

« Asseyons-nous, monsieur Starr, dit-elle. La soupe
va refroidir. Pour le moment, ne songeons plus à cette
lettre ! »

Et, sur l'invitation de la vieille femme, chacun prit place à la table, — James Starr vis-à-vis de Madge, pour lui faire honneur, — le père et le fils l'un vis-à-vis de l'autre.

Ce fut un bon repas écossais. Et, d'abord, on mangea d'un « hotchpotch », soupe dont la viande nageait au milieu d'un excellent bouillon. Au dire du vieux Simon, sa compagne ne connaissait pas de rivale dans l'art de préparer le hotchpotch.

Il en était de même, d'ailleurs, du « cockyleeky », sorte de ragoût de coq, accommodé aux poireaux, qui ne méritait que des éloges.

Le tout fut arrosé d'une excellente ale, puisée aux meilleurs brassins des fabriques d'Édimbourg.

Mais le plat principal consista en un « haggis », pouding national, fait de viandes et de farine d'orge. Ce mets remarquable, qui inspira au poëte Burns l'une de ses meileures odes, eut le sort réservé aux belles choses de ce monde : il passa comme un rêve.

Madge reçut les sincères compliments de son hôte.

Le déjeuner se termina par un dessert composé de fromage et de « cakes », gâteaux d'avoine, finement préparés, accompagnés de quelques petits verres « d'usquebaugh », excellente eau-de-vie de grains, qui avait vingt-cinq ans, — juste l'âge d'Harry.

Ce repas dura une bonne heure. James Starr et Si-

mon Ford n'avaient pas seulement bien mangé, ils
avaient aussi bien causé, — principalement du passé
de la vieille houillère d'Aberfoyle.

Harry, lui, était plutôt resté silencieux. Deux fois
il avait quitté la table et même la maison. Il était
évident qu'il éprouvait quelque inquiétude depuis
l'incident de la pierre, et il voulait observer les alen-
tours du cottage. La lettre anonyme n'était pas faite,
non plus, pour le rassurer.

Ce fut pendant une de ces sorties que l'ingénieur dit
à Simon Ford et Madge:

« Un brave garçon que vous avez là, mes amis!

— Oui, monsieur James, un être bon et dévoué,
répondit vivement le vieil overman.

— Il se plaît avec vous, au cottage?

— Il ne voudrait pas nous quitter.

— Vous songerez à le marier, cependant?

— Marier Harry! s'écria Simon Ford. Et à qui?
A une fille de là-haut, qui aimerait les fêtes, la danse,
qui préférerait son clan à notre houillère! Harry
n'en voudrait pas!

— Simon, répondit Madge, tu n'exigeras pourtant
pas que jamais notre Harry ne prenne femme...

— Je n'exigerai rien, répondit le vieux mineur,
mais cela ne presse pas! Qui sait si nous ne lui trouverons point... »

Harry rentrait en ce moment, et Simon Ford se tut.

Lorsque Madge se leva de table, tous l'imitèrent et vinrent s'asseoir un instant à la porte du cottage.

« Eh bien, Simon, dit l'ingénieur, je vous écoute !

— Monsieur James, répondit Simon Ford, je n'ai pas besoin de vos oreilles, mais de vos jambes. — Vous êtes-vous bien reposé ?

— Bien reposé et bien refait, Simon. Je suis prêt à vous accompagner partout où il vous plaira.

— Harry, dit Simon Ford, en se retournant vers son fils, allume nos lampes de sûreté.

— Vous prenez des lampes de sûreté ! s'écria James Starr, assez surpris, puisque les explosions de grisou n'étaient plus à craindre dans une fosse absolument vide de charbon.

— Oui, monsieur James, par prudence !

— N'allez-vous pas aussi, mon brave Simon, me proposer de revêtir un habit de mineur ?

— Pas encore, monsieur James! pas encore! » répondit le vieil overman, dont les yeux brillaient singulièrement sous leurs profondes orbites.

Harry, qui était rentré dans le cottage, en ressortit presque aussitôt, rapportant trois lampes de sûreté.

Harry remit une de ces lampes à l'ingénieur, l'autre à son père, et il garda la troisième suspendue

à sa main gauche, pendant que sa main droite s'ar-
mait d'un long bâton.

« En route! dit Simon Ford, qui prit un pic solide,
déposé à la porte du cottage.

— En route! répondit l'ingénieur. — Au revoir,
Madge!

— Dieu vous assiste! répondit l'Écossaise.

— Un bon souper, femme, tu entends, s'écria Simon Ford. Nous aurons faim à notre retour, et nous
lui ferons honneur! »

CHAPITRE VI

QUELQUES PHÉNOMÈNES INEXPLICABLES.

On sait ce que sont les croyances superstitieuses dans les hautes et basses terres de l'Écosse. En certains clans, les tenanciers du laird, réunis pour la veillée, aiment à redire les contes empruntés au répertoire de la mythologie hyperboréenne. L'instruction, quoique largement et libéralement répandue dans le pays, n'a pas pu réduire encore à l'état de fictions ces légendes, qui semblent inhérentes au sol même de la vieille Calédonie. C'est encore le pays des esprits et des revenants, des lutins et des fées. Là apparaissent toujours le génie malfaisant qui ne s'éloigne que moyennant finances, le « Seer » des Highlanders,

qui, par un don de seconde vue, prédit les morts pro-
chaines, le « May Moullach », qui se montre sous la
forme d'une jeune fille aux bras velus et prévient les
familles des malheurs dont elles sont menacées, la fée
« Branshie », qui annonce les événements funestes,
les « Brawnies », auxquels est confiée la garde du mo-
bilier domestique, l'« Urisk », qui fréquente plus
particulièrement les gorges sauvages du lac Katrine,
— et tant d'autres.

Il va de soi que la population des houillères
écossaises devait fournir son contingent de légendes
et de fables à ce répertoire mythologique. Si les
montagnes des Hautes-Terres sont peuplées d'êtres
chimériques, bons ou mauvais, à plus forte raison les
sombres houillères devaient-elles êtres hantées jusque
dans leurs dernières profondeurs. Qui fait trembler le
gisement pendant les nuits d'orage, qui met sur la
trace du filon encore inexploité, qui allume le grisou
et préside aux explosions terribles, sinon quelque
génie de la mine?

C'était, du moins, l'opinion communément répandue parmi ces superstitieux Écossais. En vérité,
la plupart des mineurs croyaient volontiers au fantastique, quand il ne s'agissait que de phénomènes
purement physiques, et on eût perdu son temps
à vouloir les désabuser. Où la crédulité se fût-

elle développée plus librement qu'au fond de ces abîmes?

Or, les houillères d'Aberfoyle, précisément parce qu'elles étaient exploitées dans le pays des légendes, devaient se prêter plus naturellement à tous les incidents du surnaturel.

Donc les légendes y abondaient. Il faut dire, d'ailleurs, que certains phénomènes, inexpliqués jusqu'alors, ne pouvaient que fournir un nouvel aliment à la crédulité publique.

Au premier rang des superstitieux de la fosse Dochart, figurait Jack Ryan, le camarade d'Harry. C'était le plus grand partisan du surnaturel qui fût. Toutes ces fantastiques histoires, il les transformait en chansons, qui lui valaient de beaux succès pendant les veillées d'hiver.

Mais Jack Ryan n'était pas le seul à faire montre de sa crédulité. Ses camarades affirmaient, non moins hautement, que les fosses d'Aberfoyle étaient hantées, que certains êtres insaisissables y apparaissaient fréquemment, comme cela arrivait dans les Hautes-Terres. A les entendre, ce qui même aurait été extraordinaire, c'eût été qu'il n'en fût pas ainsi. Est-il donc, en effet, un milieu mieux disposé qu'une sombre et profonde houillère pour les ébats des génies, des lutins, des follets et autres acteurs des drames fantastiques? Le décor était tout dressé, pourquoi les personnages surnaturels n'y seraient-ils pas venus jouer leur rôle?

Ainsi raisonnaient Jack Ryan et ses camarades des houillères d'Aberfoyle. On a dit que les différentes fosses communiquaient entre elles par les longues galeries souterraines, ménagées entre les filons. Il existait ainsi sous le comté de Stirling un énorme massif, sillonné de tunnels, troué de caves, foré de puits, une sorte d'hypogée, de labyrinthe subterrané, qui offrait l'aspect d'une vaste fourmilière.

Les mineurs des divers fonds se rencontraient donc souvent, soit lorsqu'ils se rendaient sur les travaux d'exploitation, soit lorsqu'ils en revenaient. De là, une facilité constante d'échanger des propos et de faire circuler d'une fosse à l'autre les histoires qui tiraient leur origine de la houillère. Les récits se transmettaient ainsi avec une rapidité merveilleuse, passant de bouche en bouche et s'accroissant comme il convient.

Cependant, deux hommes plus instruits et de tempérament plus positif que les autres avaient toujours résisté à cet entraînement. Ils n'admettaient à aucun degré l'intervention des lutins, des génies ou des fées.

C'étaient Simon Ford et son fils. Et ils le prouvèrent

bien en continuant d'habiter la sombre crypte, après l'abandon de la fosse Dochart. Peut-être la bonne Madge avait-elle quelque penchant au surnaturel, comme toute Écossaise des Hautes-Terres. Mais ces histoires d'apparitions, elle était réduite à se les raconter à elle-même, — ce qu'elle faisait consciencieusement, d'ailleurs, pour ne point perdre les vieilles traditions.

Simon et Harry Ford eussent-ils été aussi crédules que leurs camarades, ils n'auraient abandonné la houillère ni aux génies, ni aux fées. L'espoir de découvrir un nouveau filon leur eût fait braver toute la fantastique cohorte des lutins. Ils n'étaient crédules, ils n'étaient croyants que sur un point : ils ne pouvaient admettre que le gisement carbonifère d'Aberfoyle fût totalement épuisé. On peut dire, avec quelque justesse, que Simon Ford et son fils avaient à ce sujet « la foi du charbonnier », cette foi en Dieu que rien ne peut ébranler.

C'est pourquoi depuis dix ans, sans y manquer un seul jour, obstinés, immuables dans leurs convictions, le père et le fils prenaient leur pic, leur bâton et leur lampe. Ils allaient ainsi tous les deux, cherchant, tâtant la roche d'un coup sec, écoutant si elle rendait un son favorable.

Tant que les sondages n'auraient pas été poussés

jusqu'au granit du terrain primaire, Simon et Harry Ford étaient d'accord que la recherche, inutile aujourd'hui, pouvait être utile demain, et qu'elle devait être reprise. Leur vie entière, ils la passeraient à essayer de rendre à la houillère d'Aberfoyle son ancienne prospérité. Si le père devait succomber avant l'heure de la réussite, le fils reprendrait la tâche à lui seul.

En même temps, ces deux gardiens passionnés de la houillère la visitaient au point de vue de sa conservation. Ils s'assuraient de la solidité des remblais et des voûtes. Ils recherchaient si un éboulement était à craindre, et s'il devenait urgent de condamner quelque partie de la fosse. Ils examinaient les traces d'infiltration des eaux supérieures, ils les dérivaient, ils les canalisaient pour les envoyer à quelque puisard. Enfin, ils s'étaient volontairement constitués les protecteurs et conservateurs de ce domaine improductif, duquel étaient sorties tant de richesses, maintenant dissoutes en fumées !

Ce fut pendant quelques-unes de ces excursions qu'il arriva à Harry, plus particulièrement, d'être frappé de certains phénomènes, dont il cherchait en vain l'explication.

Ainsi, plusieurs fois, lorsqu'il suivait quelque étroite contre-galerie, il lui sembla entendre des bruits analogues à ceux qu'auraient pu produire de violents coups de pic, frappés sur la paroi remblayée.

Harry, que le surnaturel, non plus que le naturel, ne pouvait effrayer, avait pressé le pas pour surprendre la cause de ce mystérieux travail.

Le tunnel était désert. La lampe du jeune mineur, promenée sur la paroi, n'avait laissé voir aucune trace récente de coups de pince ou de pic. Harry se demandait donc s'il n'était pas le jouet d'une illusion d'acoustique, de quelque bizarre ou fantasque écho.

D'autres fois, en projetant subitement une vive lumière vers une anfractuosité suspecte, il avait cru voir passer une ombre. Il s'était élancé... Rien, alors même qu'aucune issue n'eût permis à un être humain de se dérober à sa poursuite!

A deux reprises depuis un mois, Harry, visitant la partie ouest de la fosse, entendit distinctement des détonations lointaines, comme si quelque mineur eût fait éclater une cartouche de dynamite.

La dernière fois, après de minutieuses recherches, il avait reconnu qu'un pilier venait d'être éventré par un coup de mine.

A la clarté de sa lampe, Harry examina attentivement la paroi attaquée par la mine. Elle n'était point faite d'un simple remblayage de pierres, mais d'un pan de schiste, qui avait pénétré à cette profondeur dans l'étage du gisement houiller. Le coup de mine avait-il eu pour objet de provoquer la découverte d'un nouveau filon ? N'avait-on voulu que produire un éboulement de cette portion de la houillère? C'est ce que se demanda Harry, et, quand il fit connaître ce fait à son père, ni le vieil overman, ni lui ne purent résoudre la question d'une façon satisfaisante.

« C'est singulier, répétait souvent Harry. La présence dans la mine d'un être inconnu semble impossible, et, cependant, elle ne peut être mise en doute ! Un autre que nous voudrait-il donc chercher s'il n'existe pas encore quelque veine exploitable? Ou plutôt, ne tenterait-il pas d'anéantir ce qui reste des houillères d'Aberfoyle? Mais dans quel but? Je le saurai, quand il devrait m'en coûter la vie ! »

Quinze jours avant cette journée, pendant laquelle Harry Ford guidait l'ingénieur à travers le dédale de la fosse Dochart, il s'était vu sur le point d'atteindre le but de ses recherches.

Il parcourait l'extrémité du sud-ouest de la houillère, un puissant fanal à la main.

Tout à coup, il lui sembla qu'une lumière venait de s'éteindre, à quelques centaines de pieds devant lui, au fond d'une étroite cheminée, qui coupait obliquement le massif. Il se précipita vers la lueur suspecte...

Recherche inutile. Comme Harry n'admettait pas

pour les choses physiques d'explication surnaturelle, il en conclut que, certainement, un être inconnu rôdait dans la fosse. Mais, quoi qu'il fit, cherchant avec le plus extrême soin, scrutant les moindres anfractuosités de la galerie, il en fut pour sa peine, et ne put arriver à une certitude quelconque.

Harry s'en remit donc au hasard pour lui dévoiler ce mystère. De loin en loin, il vit encore apparaître des lueurs qui voltigeaient d'un point à l'autre comme des feux de Saint-Elme ; mais leur apparition n'avait que la durée d'un éclair, et il fallut renoncer à en découvrir la cause.

Si Jack Ryan et les autres superstitieux de la houillère eussent aperçu ces flammes fantastiques, ils n'auraient certainement pas manqué de crier au surnaturel !

Mais Harry n'y songeait même pas. Le vieux Simon non plus. Et lorsque tous deux causaient de ces phénomènes, dus évidemment à une cause purement physique :

« Mon garçon, répondait le vieil overman, attendons ! Tout cela s'expliquera quelque jour ! »

Toutefois, il faut observer que jamais, jusqu'alors, ni Harry, ni son père n'avaient été en butte à un acte de violence.

Si la pierre, tombée ce jour même aux pieds de

James Starr, avait été lancée par la main d'un malfaiteur, c'était le premier acte criminel de ce genre.

James Starr, interrogé, fut d'avis que cette pierre
s'était détachée de la voûte de la galerie. Mais Harry
n'admit pas une explication si simple. La pierre, suivant lui, n'était pas tombée, elle avait été lancée. A
moins de rebondir, elle n'eût jamais décrit une trajec-
toire, si elle n'eût été mue par une impulsion étrangère.

Harry voyait donc là une tentative directe contre lui
et son père, ou même contre l'ingénieur. Après ce
qu'on sait, peut-être conviendra-t-on qu'il était fondé
à le croire.

CHAPITRE VII

UNE EXPÉRIENCE DE SIMON FORD.

Midi sonnait à la vieille horloge de bois de la salle, lorsque James Starr et ses deux compagnons quittèrent le cottage.

La lumière, pénétrant à travers le puits d'aération, éclairait vaguement la clairière. La lampe d'Harry eût été inutile alors, mais elle ne devait pas tarder à servir, car c'était vers l'extrémité même de la fosse Dochart que le vieil overman allait conduire l'ingénieur.

Après avoir suivi sur un espace de deux milles la galerie principale, les trois explorateurs, — on verra qu'il s'agissait d'une exploration, — arrivèrent à l'orifice d'un étroit tunnel. C'était comme une contre-nef dont la voûte reposait sur un boisage, tapissé d'une mousse blanchâtre. Elle suivait à peu près la ligne que traçait, à quinze cents pieds au-dessus, le haut cours du Forth.

Pour le cas où James Starr eût été moins familiarisé qu'autrefois avec le dédale de la fosse Dochart, Simon Ford lui rappelait les dispositions du plan général, en les comparant au tracé géographique du sol.

James Starr et Simon Ford marchaient donc en causant.

En avant, Harry éclairait la route. Il cherchait, en projetant brusquement de vifs éclats lumineux vers les sombres anfractuosités, à découvrir quelque ombre suspecte.

« Irons-nous loin ainsi, vieux Simon? demanda l'ingénieur.

— Encore un demi-mille, monsieur James! Autrefois, nous aurions fait cette route en berline, sur les tramways à traction mécanique! Mais que ces temps sont loin!

— Nous nous dirigeons donc vers l'extrémité du dernier filon? demanda James Starr.

— Oui! Je vois que vous connaissez encore bien la mine.

— Eh! Simon, répondit l'ingénieur, il serait difficile d'aller plus loin, si je ne me trompe?

— En effet, monsieur James. C'est là que nos rive-laines ont arraché le dernier morceau de houille du gisement ! Je me le rappelle comme si j'y étais encore ! C'est moi qui ai donné ce dernier coup, et il a retenti dans ma poitrine plus violemment que sur la roche ! Tout n'était plus que grès ou schiste autour de nous, et, quand le wagonnet a roulé vers le puits d'extraction, je l'ai suivi, le cœur ému, comme on suit un convoi de pauvre ! Il me semblait que c'était l'âme de la mine qui s'en allait avec lui ! »

La gravité avec laquelle le vieil overman prononça ces paroles impressionna l'ingénieur, bien près de partager de tels sentiments. Ce sont ceux du marin qui abandonne son navire désemparé, ceux du laird qui voit abattre la maison de ses ancêtres !

James Starr avait serré la main de Simon Ford. Mais, à son tour, celui-ci venait de prendre la main de l'ingénieur, et la pressant fortement :

« Ce jour-là, nous nous étions tous trompés, dit-il. Non ! La vieille houillère n'était pas morte ! Ce n'était pas un cadavre que les mineurs allaient abandonner, et j'oserais affirmer, monsieur James, que son cœur bat encore !

— Parlez donc, Simon ! Vous avez découvert un nouveau filon ? s'écria l'ingénieur, qui ne fut pas maître de lui. Je le savais bien ! Votre lettre ne pouvait

5.

signifier autre chose ! Une communication à me faire, et cela dans la fosse Dochart ! Et quelle autre découverte que celle d'une couche carbonifère aurait pu m'intéresser ?...

— Monsieur James, répondit Simon Ford, je n'ai pas voulu prévenir un autre que vous...

— Et vous avez bien fait, Simon ! Mais dites-moi comment, par quels sondages, vous vous êtes assuré ?...

— Écoutez-moi, monsieur James, répondit Simon Ford. Ce n'est pas un gisement que j'ai retrouvé...

— Qu'est-ce donc ?

— C'est seulement la preuve matérielle que ce gisement existe.

— Et cette preuve ?...

— Pouvez-vous admettre qu'il se dégage du grisou des entrailles du sol, si la houille n'est pas là pour le produire ?

— Non, certes ! répondit l'ingénieur. Pas de charbon, pas de grisou ! Il n'y a pas d'effets sans cause...

— Comme il n'y a pas de fumée sans feu !

— Et vous avez constaté, à nouveau, la présence de l'hydrogène protocarboné ?...

— Un vieux mineur ne s'y laisserait pas prendre, répondit Simon Ford. J'ai reconnu là notre vieil ennemi, le grisou !

— Mais si c'était un autre gaz! dit James Starr. Le grisou est presque sans odeur, il est sans couleur! Il ne trahit véritablement sa présence que par l'explosion!...

— Monsieur James, répondit Simon Ford, voulez-vous me permettre de vous raconter ce que j'ai fait... et comment je l'ai fait... à ma façon, en excusant les longueurs? »

James Starr connaissait le vieil overman, et savait que le mieux était de le laisser aller.

« Monsieur James, reprit Simon Ford, depuis dix ans, il ne s'est pas passé un jour sans qu'Harry et moi, nous ayons songé à rendre à la houillère son ancienne prospérité, — non, pas un jour! S'il existait encore quelque gisement, nous étions décidés à le découvrir. Quels moyens employer? Les sondages? Cela ne nous était pas possible, mais nous avions l'instinct du mineur, et souvent on va plus droit au but par l'instinct que par la raison. — Du moins, c'est mon idée...

— Que je ne contredis pas, répondit l'ingénieur.

— Or, voici ce qu'Harry avait une ou deux fois observé pendant ses excursions dans l'ouest de la houillère. Des feux, qui s'éteignaient soudain, apparaissaient quelquefois à travers le schiste ou le remblai des galeries extrêmes. Par quelle cause ces feux s'allumaient-ils? je ne pouvais et je ne puis le dire encore.

Mais enfin, ces feux n'étaient évidemment dus qu'à la présence du grisou, et, pour moi, le grisou, c'était le filon de houille.

— Ces feux ne produisaient aucune explosion? demanda vivement l'ingénieur.

— Si, de petites explosions partielles, répondit Simon Ford, et telles que j'en provoquai moi-même, lorsque je voulus constater la présence de ce grisou. Vous vous souvenez de quelle manière on cherchait autrefois à prévenir les explosions dans les mines, avant que notre bon génie, Humphry Davy, eût inventé sa lampe de sûreté?

— Oui, répondit James Starr. Vous voulez parler du « pénitent »? Mais je ne l'ai jamais vu dans l'exercice de ses fonctions.

— En effet, monsieur James, vous êtes trop jeune, malgré vos cinquante-cinq ans, pour avoir vu cela. Mais moi, avec dix ans de plus que vous, j'ai vu fonctionner le dernier pénitent de la houillère. On l'appelait ainsi parce qu'il portait une grande robe de moine. Son nom vrai était le « fireman », l'homme du feu. A cette époque, on n'avait d'autre moyen de détruire le mauvais gaz qu'en le décomposant par de petites explosions, avant que sa légèreté l'eût amassé en trop grandes quantités dans les hauteurs des galeries. C'est pourquoi le pénitent, la face masquée,

la tête encapuchonnée dans son épaisse cagoule, tout
le corps étroitement serré dans sa robe de bure, allait
en rampant sur le sol. Il respirait dans les basses
couches, dont l'air était pur, et, de sa main droite, il
promenait, en l'élevant au-dessus de sa tête, une torche
enflammée. Lorsque le grisou se trouvait répandu
dans l'air de manière à former un mélange détonant,
l'explosion se produisait sans être funeste, et, en re-
nouvelant souvent cette opération, on parvenait à prévenir les catastrophes. Quelquefois, le pénitent, frappé
d'un coup de grisou, mourait à la peine. Un autre le
remplaçait. Ce fut ainsi jusqu'au moment où la lampe
de Davy fut adoptée dans toutes les houillères. Mais je
connaissais le procédé, et c'est en l'employant que j'ai
reconnu la présence du grisou, et, par conséquent,
celle d'un nouveau gisement carbonifère dans la fosse
Dochart. »

Tout ce que le vieil overman avait raconté du pénitent était rigoureusement exact. C'est ainsi que l'on
procédait autrefois dans les houillères pour purifier
l'air des galeries.

Le grisou, autrement dit l'hydrogène protocarboné
ou gaz des marais, incolore, presque inodore, ayant
un pouvoir peu éclairant, est absolument impropre à
la respiration. Le mineur ne saurait vivre dans un
milieu rempli de ce gaz malfaisant, — pas plus qu'on

ne pourrait vivre au milieu d'un gazomètre plein de
gaz d'éclairage. En outre, de même que celui-ci, qui
est de l'hydrogène bicarboné, le grisou forme un mélange détonant, dès que l'air y entre dans une proportion de huit et peut-être même de cinq pour cent.
L'inflammation de ce mélange se fait-elle par une
cause quelconque, il y a explosion, presque toujours
suivie d'épouvantables catastrophes.

C'est à ce danger que pare l'appareil de Davy, en
isolant la flamme des lampes dans un tube de toile
métallique, qui brûle le gaz à l'intérieur du tube, sans
jamais laisser l'inflammation se propager au dehors.
Cette lampe de sûreté a été perfectionnée de vingt fa-
çons. Si elle vient à se briser, elle s'éteint. Si, malgré
les défenses formelles, le mineur veut l'ouvrir, elle
s'éteint encore. Pourquoi donc les explosions se pro-
duisent-elles ? C'est que rien ne peut obvier à l'impru-
dence d'un ouvrier qui veut quand même allumer sa
pipe, ni au choc de l'outil qui peut produire une étin-
celle.

Toutes les houillères ne sont pas infectées par le
grisou. Dans celles où il ne s'en produit pas, on auto-
rise l'emploi de la lampe ordinaire. Telle est, entre
autres, la fosse Thiers, aux mines d'Anzin. Mais, lorsque la houille du gisement exploité est grasse, elle
renferme une certaine quantité de matières volatiles,

et le grisou peut s'échapper avec une grande abon-
dance. La lampe de sûreté seule est combinée de manière à empêcher des explosions d'autant plus terribles, que les mineurs qui n'ont pas été directement
atteints par le coup de grisou courent risque d'être
instantanément asphyxiés dans les galeries remplies
du gaz délétère, formé après l'inflammation, c'est-
à-dire d'acide carbonique.

Tout en marchant, Simon Ford apprit à l'ingénieur
ce qu'il avait fait pour atteindre son but, comment il
s'était assuré que le dégagement du grisou se faisait
au fond même de l'extrême galerie de la fosse, dans
sa portion occidentale, de quelle façon il avait provoqué à l'affleurement des feuillets de schistes quelques
explosions partielles, ou plutôt certaines inflamma-
tions, qui ne laissaient aucun doute sur la nature du
gaz, dont la fuite s'opérait à petite dose, mais d'une
manière permanente.

Une heure après avoir quitté le cottage, James Starr
et ses deux compagnons avaient franchi une distance
de quatre milles. L'ingénieur, entraîné par le désir et
l'espoir, venait de faire ce trajet sans aucunement songer à sa longueur. Il réfléchissait à tout ce que lui
disait le vieux mineur. Il pesait, mentalement, les
arguments que celui-ci donnait en faveur de sa thèse.
Il croyait, avec lui, que cette émission continue d'hy-

drogène protocarboné indiquait, avec certitude, l'existence d'un nouveau gisement carbonifère. Si ce n'eût été qu'une sorte de poche, pleine de gaz, comme il s'en rencontre quelquefois entre les feuillets, elle se fût promptement vidée, et le phénomène eût cessé de se produire. Mais loin de là. Au dire de Simon Ford, l'hydrogène se dégageait sans cesse, et l'on en pouvait conclure à l'existence de quelque important filon. Conséquemment, les richesses de la fosse Dochart pouvaient n'être pas entièrement épuisées. Toutefois, s'agissait-il d'une couche dont le rendement serait peu considérable, ou d'un gisement occupant un large étage du terrain houiller? c'était là, véritablement, la grosse question.

Harry, qui précédait son père et l'ingénieur, s'était arrêté.

« Nous voici arrivés! s'écria le vieux mineur. Enfin, grâce à Dieu, monsieur James, vous êtes là, et nous allons savoir... »

La voix si ferme du vieil overman tremblait légèrement.

« Mon brave Simon, lui dit l'ingénieur, calmez-vous! Je suis aussi ému que vous l'êtes, mais il ne faut pas perdre de temps! »

A cet endroit, l'extrême galerie de la fosse formait en s'évasant une sorte de caverne obscure. Aucun puits n'avait été foncé dans cette portion du massif, et la galerie, profondément ouverte dans les entrailles du sol, était sans communication directe avec la surface du comté de Stirling.

James Starr, vivement intéressé, examinait d'un œil grave l'endroit où il se trouvait.

On voyait encore sur la paroi terminale de cette caverne la marque des derniers coups de pic, et même quelques trous de cartouches, qui avaient provoqué l'éclatement de la roche, vers la fin de l'exploitation. Cette matière schisteuse était extrêmement dure, et il n'avait pas été nécessaire de remblayer les assises de ce cul-de-sac, au fond duquel les travaux avaient dû s'arrêter. Là, en effet, venait mourir le filon carbonifère, entre les schistes et les grès du terrain tertiaire. Là, à cette place même, avait été extrait le dernier morceau de combustible de la fosse Dochart.

« C'est ici, monsieur James, dit Simon Ford en soulevant son pic, c'est ici que nous attaquerons la faille (1), car, derrière cette paroi, à une profondeur plus ou moins considérable, se trouve assurément le nouveau filon dont j'affirme l'existence.

— Et c'est à la surface de ces roches, demanda

_____

(1) La faille est la portion du massif où manque le filon, et elle se compose ordinairement de grès ou de schiste.

James Starr, que vous avez constaté la présence du grisou?

— Là même, monsieur James, répondit Simon Ford, et j'ai pu l'allumer rien qu'en approchant ma lampe à l'affleurement des feuillets. Harry l'a fait comme moi.

— A quelle hauteur? demanda James Starr.

— A dix pieds au-dessus du sol, » répondit Harry.

James Starr s'était assis sur une roche. On eût dit que, après avoir humé l'air de la caverne, il regardait les deux mineurs, comme s'il se fût pris à douter de leurs paroles, si affirmatives cependant.

C'est que, en effet, l'hydrogène protocarboné n'est pas complétement inodore, et l'ingénieur était tout d'abord étonné que son odorat, qu'il avait très-fin, ne lui eût pas révélé la présence du gaz explosif. En tout cas, si ce gaz était mêlé à l'air ambiant, ce n'était qu'à bien faible dose. Donc, pas d'explosion à craindre, et l'on pouvait sans danger ouvrir la lampe de sûreté pour tenter l'expérience, ainsi que le vieux mineur l'avait déjà fait.

Ce qui inquiétait James Starr en ce moment, ce n'était donc pas qu'il y eût trop de gaz mélangé à l'air, c'était qu'il n'y en eût pas assez, — et même pas du tout.

« Se seraient-ils trompés? murmura-t-il. Non! Ce

sont des hommes qui s'y connaissent ! Et pourtant !... »

Il attendait donc, non sans une certaine anxiété, que le phénomène signalé par Simon Ford s'accomplît en sa présence. Mais, à ce moment, il paraît que ce qu'il venait d'observer, c'est-à-dire cette absence de l'odeur caractéristique du grisou, avait été aussi remarqué par Harry, car celui-ci, d'une voix altérée, dit :

« Père, il semble que la fuite du gaz ne se fait plus à travers les feuillets de schiste !

— Ne se fait plus !... » s'écria le vieux mineur.

Et Simon Ford, après avoir hermétiquement serré ses lèvres, aspira fortement du nez, à plusieurs reprises.

Puis, tout d'un coup, et d'un mouvement brusque :

« Donne ta lampe, Harry ! » dit-il.

Simon Ford prit la lampe d'une main qui s'agitait fébrilement. Il dévissa l'enveloppe de toile métallique qui entourait la mèche, et la flamme brûla à l'air libre.

Ainsi qu'on s'y attendait, il ne se produisit aucune explosion ; mais, ce qui était plus grave, il ne se fit pas même ce léger grésillement qui indique la présence du grisou à faible dose.

Simon Ford prit le bâton que tenait Harry, et, fixant la lampe à son extrémité, il l'éleva dans les couches d'air supérieures, là où le gaz, en raison de sa légèreté spécifique, aurait dû plutôt s'accumuler, en si minime quantité que ce fût.

La flamme de la lampe, droite et blanche, ne décela aucune trace d'hydrogène protocarboné.

« A la paroi ! dit l'ingénieur.

— Oui ! » répondit Simon Ford, en portant la lampe sur cette partie de la paroi à travers laquelle son fils et lui avaient, la veille encore, constaté la fuite du gaz.

Le bras du vieux mineur tremblait, tandis qu'il essayait de promener la lampe à la hauteur des fissures du feuillet de schiste.

« Remplace-moi, Harry, » dit-il.

Harry prit le bâton et présenta successivement la lampe aux divers points de la paroi où les feuillets semblaient se dédoubler... mais il secouait la tête, car ce léger craquement, particulier au grisou qui s'échappe, n'arrivait pas à son oreille.

L'inflammation ne se fit pas. Il était donc évident qu'aucune molécule de gaz ne fusait à travers la paroi.

« Rien ! » s'écria Simon Ford, dont le poing se tendit sous une impression de colère plutôt que de désappointement.

Un cri s'échappa alors de la bouche d'Harry.

« Qu'as-tu? demanda vivement James Starr.

— On a bouché les fissures du schiste !

— Dis-tu vrai ? s'écria le vieux mineur.

— Regardez, père ! »

Harry ne s'était pas trompé. L'obturation des fissures était nettement visible à la lumière de la lampe. Un lutage, récemment pratiqué et fait à la chaux, laissait voir sur la paroi une longue trace blanchâtre, mal dissimulée sous une couche de poussière de charbon.

« Lui ! s'écria Harry. Ce ne peut être que lui !

— Lui ! répéta James Starr.

— Oui ! répondit le jeune homme, cet être mystérieux qui hante notre domaine, celui que j'ai cent fois guetté sans pouvoir l'atteindre, l'auteur, dès à présent certain, de cette lettre qui voulait vous empêcher de venir au rendez-vous que vous donnait mon père, monsieur Starr, celui, enfin, qui nous a lancé cette pierre dans la galerie du puits Yarow ! Ah ! aucun doute n'est plus possible ! La main d'un homme est dans tout cela ! »

Harry avait parlé avec une telle énergie, que sa conviction passa instantanément et tout entière dans l'esprit de l'ingénieur. Quant au vieil overman, il n'était plus à convaincre. D'ailleurs, on se trouvait en présence d'un fait indéniable : l'obturation des fissures à travers lesquelles le gaz s'échappait librement la veille.

« Prends ton pic, Harry, s'écria Simon Ford. Monte sur mes épaules, mon garçon ! Je suis assez solide encore pour te porter ! »

Harry avait compris. Son père s'accota à la paroi. Harry s'éleva sur ses épaules, de manière que son pic pût atteindre la trace suffisamment visible du lutage. Puis, à coups redoublés, il entama la partie de roche schisteuse que ce lutage recouvrait.

Aussitôt un léger pétillement se produisit, semblable à celui que fait le vin de Champagne lorsqu'il s'échappe d'une bouteille, — bruit qui, dans les houillères anglaises, est connu sous le nom onomatopique de « puff ».

Harry saisit alors sa lampe, et il l'approcha de la fissure...

Une légère détonation se fit entendre, et une petite flamme rouge, un peu bleuâtre à son contour, voltigea sur la paroi, comme eût fait un follet de feu Saint-Elme.

Harry sauta aussitôt à terre, et le vieil overman, ne pouvant contenir sa joie, saisit les mains de l'ingénieur, en s'écriant :

« Hurrah ! hurrah ! hurrah ! monsieur James ! Le grisou brûle ! Donc, le filon est là ! »

CHAPITRE VIII

UN COUP DE DYNAMITE.

L'expérience annoncée par le vieil overman avait réussi. L'hydrogène protocarboné, on le sait, ne se développe que dans les gisements houillers. Donc, l'existence d'un filon du précieux combustible ne pouvait être mise en doute. Quelles étaient son importance et sa qualité? on les déterminerait plus tard.

Telles furent les conséquences que l'ingénieur déduisit du phénomène qu'il venait d'observer. Elles étaient en tout conformes à celles qu'en avait déjà tirées Simon Ford.

« Oui, se dit James Starr, derrière cette paroi s'étend une couche carbonifère que nos sondages n'ont pas su atteindre! Cela est fâcheux, puisque tout l'outillage de la mine, abandonnée depuis dix ans, est maintenant à refaire! N'importe! Nous avons retrouvé la veine que l'on croyait épuisée, et, cette fois, nous l'exploiterons jusqu'au bout!

— Eh bien, monsieur James, demanda Simon Ford, que pensez-vous de notre découverte? Ai-je eu tort de vous déranger? Regrettez-vous cette dernière visite faite à la fosse Dochart?

— Non, non, mon vieux compagnon! répondit James Starr. Nous n'avons pas perdu notre temps, mais nous le perdrions maintenant, si nous ne retournions immédiatement au cottage. Demain, nous reviendrons ici. Nous ferons éclater cette paroi à coups de dynamite. Nous mettrons à jour l'affleurement du nouveau filon, et, après une série de sondages, si la couche paraît être importante, je reconstituerai une Société de la Nouvelle-Aberfoyle, à l'extrême satisfaction des anciens actionnaires! Avant trois mois, il faut que les premières bennes de houille aient été extraites du nouveau gisement!

— Bien parlé, monsieur James! s'écria Simon Ford. La vieille houillère va donc rajeunir, comme une veuve qui se remarie! L'animation des anciens jours recommencera avec les coups de pioche, les coups de pic, les coups de mine, le roulement des wagons, le hennissement des chevaux, le grincement des bennes, le grondement des machines! Je reverrai donc tout c la, moi! — J'espère, monsieur James, que vous ne me trouverez pas trop vieux pour reprendre mes fonctions d'overman?

— Non, brave Simon, non, certes! Vous êtes resté plus jeune que moi, mon vieux camarade!

— Et, que saint Mungo nous protége! Vous serez encore notre « viewer »! Puisse la nouvelle exploitation durer de longues années, et fasse le Ciel que j'aie la consolation de mourir sans en avoir vu la fin! »

La joie du vieux mineur débordait. James Starr la partageait tout entière, mais il laissait Simon Ford s'enthousiasmer pour deux.

Seul, Harry demeurait pensif. Dans son souvenir reparaissait la succession des circonstances singulières, inexplicables, au milieu desquelles s'était opérée la découverte du nouveau gisement. Cela ne laissait pas de l'inquiéter pour l'avenir.

Une heure après, James Starr et ses deux compagnons étaient de retour au cottage.

L'ingénieur soupa avec grand appétit, approuvant du geste tous les plans que développait le vieil overman, et, n'eût été son impérieux désir d'être au lendemain, jamais il n'aurait mieux dormi que dans ce calme absolu du cottage.

6

Le lendemain, après un déjeuner substantiel, James Starr, Simon Ford, Harry et Madge elle-même reprenaient le chemin déjà parcouru la veille. Tous allaient là en vé..tables mineurs. Ils emportaient divers outils et des cartouches de dynamite, destinées à faire sauter la paroi terminale. Harry, en même temps qu'un puissant fanal, prit une grosse lampe de sûreté qui pouvait brûler pendant douze heures. C'était plus qu'il ne fallait pour opérer le voyage d'aller et de retour, en y comprenant les haltes nécessaires à l'exploration, — si une exploration devenait possible.

« A l'œuvre!» s'écria Simon, lorsque ses compagnons et lui furent arrivés à l'extrémité de la galerie.

Et sa main saisit une lourde pince qu'elle brandit avec vigueur.

« Un instant, dit alors James Starr. Observons si aucun changement ne s'est produit et si le grisou fuse toujours à travers les feuillets de la paroi.

—Vous avez raison, monsieur Starr, répondit Harry. Ce qui était bouché hier pourrait bien l'être encore aujourd'hui ! »

Madge, assise sur une roche, observait attentivement l'excavation et la muraille qu'il s'agissait d'éventrer.

Il fut constaté que les choses étaient telles qu'on les avait laissées. Les fissures des feuillets n'avaient subi aucune altération. L'hydrogène protocarboné fusait au travers, mais assez faiblement. Cela tenait sans doute à ce que, depuis la veille, il trouvait un libre passage pour s'épancher. Toutefois, cette émission était si peu importante, qu'elle ne pouvait former avec l'air intérieur un mélange détonant. James Starr et ses compagnons allaient donc pouvoir procéder en toute sécurité. D'ailleurs, cet air se purifierait peu à peu, en gagnant les hautes couches de la fosse Dochart, et le grisou, perdu dans toute cette atmosphère, ne pourrait plus produire aucune explosion.

« A l'œuvre, donc! » reprit Simon Ford.

Et bientôt, sous sa pince, vigoureusement maniée, la roche ne tarda pas à voler en éclats.

Cette faille se composait principalement de poudingues, interposés entre le grès et le schiste, tels qu'il s'en rencontre le plus souvent à l'affleurement des filons carbonifères.

James Starr ramassait les morceaux que l'outil abattait, et il les examinait avec soin, espérant y découvrir quelque indice de charbon.

Ce premier travail dura environ une heure. Il en résulta un évidement assez profond dans la paroi terminale.

James Starr choisit alors l'emplacement où devaient être forés les trous de mine, travail qui s'ac-

complit rapidement sous la main d'Harry avec le fleuret
et la massette (1). Des cartouches de dynamite furent
introduites dans ces trous. Dès qu'on y eut placé la
longue mèche goudronnée d'une fusée de sûreté,
qui aboutissait à une capsule de fulminate, elle
fut allumée au ras du sol. James Starr et ses compagnons se mirent à l'écart.

« Ah! monsieur James, dit Simon Ford, en proie à
une véritable émotion qu'il ne cherchait pas à dissi-
muler, jamais, non, jamais mon vieux cœur n'a battu
si vite ! Je voudrais déjà attaquer le filon !

— Patience, Simon, répondit l'ingénieur. Vous
n'avez pas la prétention de trouver derrière cette paroi une galerie tout ouverte?

— Excusez-moi, monsieur James, répondit le vieil
overman. J'ai toutes les prétentions possibles! S'il y
a eu bonne chance dans la manière dont Harry
et moi nous avons découvert ce gîte, pourquoi cette
chance ne continuerait-elle pas jusqu'au bout? »

L'explosion de la dynamite se produisit. Un roule-
lement sourd se propagea à travers le réseau des galeries souterraines.

James Starr, Madge, Harry et Simon Ford revinrent
aussitôt vers la paroi de la caverne.

---

(1) Sorte de marteau spécial au mineur.

« Monsieur James! monsieur James! s'écria le vieil overman. Voyez! La porte est enfoncée!.. »

Cette comparaison de Simon Ford était justifiée par l'apparition d'une excavation, dont on ne pouvait estimer la profondeur.

Harry allait s'élancer par l'ouverture...

L'ingénieur, extrêmement surpris, d'ailleurs, de trouver là cette cavité, retint le jeune mineur.

« Laisse le temps à l'air intérieur de se purifier, dit-il.

— Oui! gare aux mofettes (1)! » s'écria Simon Ford.

Un quart d'heure se passa dans une anxieuse attente. Le fanal, placé au bout d'un bâton, fut alors introduit dans l'excavation et continua de brûler avec un inaltérable éclat.

« Va donc, Harry, dit James Starr, nous te suivrons. »

L'ouverture produite par la dynamite était plus que suffisante pour qu'un homme pût y passer.

Harry, le fanal à la main, s'y introduisit sans hésiter et disparut dans les ténèbres.

James Starr, Simon Ford et Madge, immobiles, attendaient.

_____

(1) Nom donné aux exhalaisons mauvaises dans les houillères.

6.

Une minute, — qui leur parut bien longue, — s'écoula. Harry ne reparaissait pas, il n'appelait pas. En s'approchant de l'orifice, James Starr n'aperçut même plus la lueur de sa lampe, qui aurait dû éclairer cette sombre cavité.

Le sol avait-il donc manqué subitement sous les pieds d'Harry? Le jeune mineur était-il tombé dans quelque anfractuosité? Sa voix ne pouvait-elle plus arriver jusqu'à ses compagnons?

Le vieil overman, ne voulant rien écouter, allait s'introduire à son tour par l'orifice, lorsque parut une lueur, vague d'abord, qui se renforça peu à peu, et Harry fit entendre ces paroles :

« Venez, monsieur Starr! Venez, mon père! La route est libre dans la Nouvelle-Aberfoyle. »

CHAPITRE IX

LA NOUVELLE-ABERFOYLE

Si, par quelque puissance surhumaine, des ingénieurs eussent pu enlever d'un bloc et sur une épais-
seur de mille pieds toute cette portion de la croûte
terrestre qui supporte cet ensemble de lacs, de fleuves,
de golfes et les territoires riverains des comtés de
Stirling, de Dumbarton et de Renfrew, ils auraient
trouvé, sous cet énorme couvercle, une excavation
immense, et telle qu'il n'en existait qu'une autre au
monde qui pût lui être comparée, — la célèbre grotte
de Mammouth, dans le Kentucky.

Cette excavation se composait de plusieurs centaines d'alvéoles, de toutes formes et de toutes gran-

deurs. On eût dit une ruche, avec ses nombreux étages
de cellules, capricieusement disposées, mais une ruche
construite sur une vaste échelle, et qui, au lieu d'a-
beilles, eût suffi à loger tous les ichthyosaures, les
mégathériums et les ptérodactyles de l'époque géologique !

Un labyrinthe de galeries, les unes plus élevées que
les plus hautes voûtes des cathédrales, les autres
semblables à des contre-nefs, rétrécies et tortueuses,
celles-ci suivant la ligne horizontale, celles-là remon-
tant ou descendant obliquement en toutes directions,
—réunissaient ces cavités et laissaient libre communication entre elles.

Les piliers qui soutenaient ces voûtes, dont la courbe
admettait tous les styles, les épaisses murailles, solidement assises entre les galeries, les nefs elles-mêmes,
dans cet étage des terrains secondaires, étaient faits
de grès et de roches schisteuses. Mais, entre ces couches inutilisables, et puissamment pressées par elles,
couraient d'admirables veines de charbon, comme si le
sang noir de cette étrange houillère eût circulé à travers leur inextricable réseau. Ces gisements se développaient sur une étendue de quarante milles du nord
au sud, et ils s'enfonçaient même sous le canal du
Nord. L'importance de ce bassin n'aurait pu être éva-
luée qu'après sondages, mais elle devait dépasser celle

des couches carbonifères de Cardiff, dans le pays de Galles, et des gisements de Newcastle, dans le comté de Northumberland.

Il faut ajouter que l'exploitation de cette houillère allait être singulièrement facilitée, puisque, par une disposition bizarre des terrains secondaires, par un inexplicable retrait des matières minérales à l'époque géologique où ce massif se solidifiait, la nature avait déjà multiplié les galeries et les tunnels de la Nouvelle-Aberfoyle.

Oui, la nature seule! On aurait pu croire, tout d'abord, à la découverte de quelque exploitation abandonnée depuis des siècles. Il n'en était rien. On ne délaisse pas de telles richesses. Les termites humains n'avaient jamais rongé cette portion du sous-sol de l'É-cosse, et c'était la nature qui avait ainsi fait les choses. Mais, on le répète, nulle hypogée de l'époque égyptienne, nulle catacombe de l'époque romaine, n'auraient pu lui être comparées, — si ce n'est les célèbres grottes de Mammouth, qui, sur une longueur de plus de vingt milles, comptent deux cent vingt-six avenues, onze lacs, sept rivières, huit cataractes, trente-deux puits insondables et cinquante-sept dômes, dont quelques-uns sont suspendus à plus de quatre cent cinquante pieds de hauteur.

Ainsi que ces grottes, la Nouvelle - Aberfoyle

était, non l'œuvre des hommes, mais l'œuvre du Créateur.

Tel était ce nouveau domaine, d'une incomparable richesse, dont la découverte appartenait en propre au vieil overman. Dix ans de séjour dans l'ancienne houillère, une rare persistance de recherches, une foi absolue, soutenue par un merveilleux instinct de mineur, il lui avait fallu toutes ces conditions réunies pour réussir, là où tant d'autres auraient échoué. Pourquoi les sondages, pratiqués sous la direction de James Starr, pendant les dernières années d'exploitation, s'étaient-ils précisément arrêtés à cette limite, sur la frontière même de la nouvelle mine? cela était dû au hasard, dont la part est grande dans les recherches de ce genre.

Quoi qu'il en soit, il y avait là, dans le sous-sol écossais, une sorte de comté souterrain, auquel il ne manquait, pour être habitable, que les rayons du soleil, ou, à son défaut, la clarté d'un astre spécial.

L'eau y était localisée dans certaines dépressions, formant de vastes étangs, ou même des lacs plus grands que le lac Katrine, situé précisément au-dessus. Sans doute, ces lacs n'avaient pas le mouvement des eaux, les courants, le ressac. Ils ne reflétaient pas la silhouette de quelque vieux château gothique. Ni les bouleaux ni les chênes ne se penchaient sur leurs rives, les montagnes n'allongeaient pas de grandes ombres à leur surface, les steam-boats ne les sillonnaient pas, aucune lumière ne se réverbérait dans leurs eaux, le soleil ne les imprégnait pas de ses rayons éclatants, la lune ne se levait jamais sur leur horizon. Et pourtant, ces lacs profonds, dont la brise ne ridait pas le miroir, n'auraient pas été sans charme, à la lumière de quelque astre électrique, et, réunis par un lacet de canaux, ils complétaient bien la géographie de cet étrange domaine.

Quoiqu'il fût impropre à toute production végétale, ce sous-sol eût, cependant, pu servir de demeure à toute une population. Et qui sait si, dans ces milieux à température constante, au fond de ces houillères d'Aberfoyle, aussi bien que dans celles de Newcastle, d'Alloa ou de Cardiff, lorsque leurs gisements seront épuisés, — qui sait si la classe pauvre du Royaume-Uni ne trouvera pas refuge quelque jour ?

CHAPITRE X

ALLER ET RETOUR.

A la voix d'Harry, James Starr, Madge et Simon Ford s'étaient introduits par l'étroit orifice qui mettait en communication la fosse Dochart avec la nouvelle houillère.

Ils se trouvaient alors à la naissance d'une galerie assez large. On aurait pu croire qu'elle avait été percée de main d'homme, que le pic et la pioche l'avaient évidée pour l'exploitation d'un nouveau gisement. Les explorateurs devaient se demander si, par un singulier hasard, ils n'avaient pas été transportés dans quelque ancienne houillère, dont les plus vieux mineurs du comté n'auraient jamais connu l'existence.

Non ! C'étaient les couches géologiques qui avaient « épargné » cette galerie, à l'époque où se faisait le tassement des terrains secondaires. Peut-être quelque torrent l'avait-il parcourue autrefois, lorsque les eaux supérieures allaient se mélanger aux végétaux enlisés ; mais, maintenant, elle était aussi sèche que si elle eût été forée, quelques mille pieds plus bas, dans l'étage des roches granitoïdes. En même temps, l'air y circulait avec aisance, — ce qui indiquait que certains « éventoirs » naturels la mettaient en communication avec l'atmosphère extérieure.

Cette observation, qui fut faite par l'ingénieur, était juste, et l'on sentait que l'aération s'opérait facilement dans la nouvelle mine. Quant à ce grisou qui fusait naguère à travers les schistes de la paroi, il semblait qu'il n'eût été contenu que dans une simple « poche », vide maintenant, et il était certain que l'atmosphère de la galerie n'en conservait pas la moindre trace. Cependant, et par précaution, Harry n'avait emporté que la lampe de sûreté, qui lui assurait un éclairage de douze heures.

James Starr et ses compagnons éprouvaient alors une joie complète. C'était l'entière satisfaction de leurs désirs. Autour d'eux, tout n'était que houille. Une certaine émotion les rendait silencieux. Simon Ford, lui-même, se contenait. Sa joie débordait, non

7

en longues phrases, mais par petites interjections.

C'était peut-être imprudent, à eux, de s'engager si profondément dans la crypte. Bah! ils ne songeaient guère au retour. La galerie était praticable, peu sinueuse. Nulle crevasse n'en barrait le passage, nulle « pousse » n'y propageait d'exhalaisons malfaisantes. Il n'y avait donc aucune raison pour s'arrêter, et, pendant une heure, James Starr, Madge, Harry et Simon Ford allèrent ainsi, sans que rien pût leur indiquer quelle était l'exacte orientation de ce tunnel inconnu.

Et, sans doute, ils auraient été plus loin encore, s'ils ne fussent arrivés à l'extrémité même de cette large voie qu'ils suivaient depuis leur entrée dans la houillère.

La galerie aboutissait à une énorme caverne, dont on ne pouvait estimer ni la hauteur, ni la profondeur. A quelle altitude s'arrondissait la voûte de cette excavation, à quelle distance se reculait sa paroi opposée? les ténèbres qui l'emplissaient ne permettaient pas de le reconnaître. Mais, à la lueur de la lampe, les explorateurs purent constater que son dôme recouvrait une vaste étendue d'eau dormante, — étang ou lac, — dont les rives pittoresques, accidentées de hautes roches, se perdaient dans l'obscurité.

« Halte! s'écria Simon Ford, en s'arrêtant brusquement. Un pas de plus, et nous roulions peut-être dans quelque abîme!

— Reposons-nous donc, mes amis, répondit l'ingénieur. Aussi bien, il faudra songer à retourner au cottage.

— Notre lampe peut nous éclairer pendant dix heures encore, monsieur Starr, dit Harry.

— Eh bien, faisons halte, reprit James Starr. J'avoue que mes jambes en ont besoin! — Et vous, Madge, est-ce que vous ne vous ressentez pas des fatigues d'une aussi longue course?

— Mais pas trop, monsieur James, répondit la robuste Écossaise. Nous avions l'habitude d'explorer pendant des journées entières l'ancienne houillère d'Aberfoyle.

— Bah! ajouta Simon Ford, Madge ferait dix fois cette route, s'il le fallait! Mais j'insiste, monsieur James, ma communication valait-elle la peine de vous être faite? Osez dire non, monsieur James, osez dire non!

— Eh! mon vieux compagnon, il y a longtemps que je n'ai ressenti une telle joie! répondit l'ingénieur. Le peu que nous avons exploré de cette merveilleuse houillère semble indiquer que son étendue est très-considérable, au moins en longueur.

— En largeur et en profondeur aussi, monsieur James! répliqua Simon Ford.

— C'est ce que nous saurons plus tard.

— Et moi, j'en réponds! Rapportez-vous-en à mon instinct de vieux mineur. Il ne m'a jamais trompé!

— Je veux vous croire, Simon, répondit l'ingénieur en souriant. Mais enfin, tel que j'en puis juger par cette courte exploration, nous possédons les éléments d'une exploitation qui durera des siècles!

— Des siècles! s'écria Simon Ford. Je le crois bien, monsieur James! Il se passera mille ans et plus, avant que le dernier morceau de charbon ait été extrait de notre nouvelle mine!

— Dieu vous entende! répondit James Starr. Quant à la qualité de la houille qui vient affleurer ces parois...

— Superbe, monsieur James, superbe! répondit Simon Ford. Voyez cela vous-même! »

Et, ce disant, il détacha d'un coup de pic un fragment de roche noire.

« Voyez! voyez! répéta-t-il en l'approchant de sa lampe. Les surfaces de ce morceau de charbon sont luisantes! Nous aurons là de la houille grasse, riche en matières bitumineuses! Et comme elle se détaillera en gailleteries (1), presque sans poussière! Ah! monsieur James, il y a vingt ans, voici un gise-

_____

(1) Nom que les mineurs donnent aux moyennes sortes.

ment qui aurait fait une rude concurrence au Swansea
et au Cardiff! Eh bien, les chauffeurs se le disputeront
encore, et, s'il coûte peu à extraire de la mine, il ne
s'en vendra pas moins cher au dehors!

— En effet, dit Madge, qui avait pris le fragment de
houille et l'examinait en connaisseuse. C'est là du
charbon de bonne qualité. — Emporte-le, Simon, emporte-le au cottage! Je veux que ce premier morceau
de houille brûle sous notre bouilloire!

— Bien parlé, femme! répondit le vieil overman, et
tu verras que je ne me suis pas trompé.

— Monsieur Starr, demanda alors Harry, avez-vous
quelque idée de l'orientation probable de cette longue
galerie que nous avons suivie depuis notre entrée dans
la nouvelle houillère?

— Non, mon garçon, répondit l'ingénieur. Avec une
boussole, j'aurais peut-être pu établir sa direction générale. Mais, sans boussole, je suis ici comme un
marin en pleine mer, au milieu des brumes, lorsque
l'absence de soleil ne lui permet pas de relever sa position.

— Sans doute, monsieur James, répliqua Simon
Ford, mais, je vous en prie, ne comparez pas notre
position à celle du marin, qui a toujours et partout
l'abîme sous ses pieds! Nous sommes en terre ferme,
ici, et nous n'avons pas à craindre de jamais sombrer!

— Je ne vous ferai pas cette peine, vieux Simon, répondit James Starr. Loin de moi la pensée de déprécier la nouvelle houillère d'Aberfoyle par une comparaison injuste! Je n'ai voulu dire qu'une chose, c'est que nous ne savons pas où nous sommes.

— Nous sommes dans le sous-sol du comté de Stirling, monsieur James, répondit Simon Ford, et cela, je l'affirme comme si...

— Ecoutez! » dit Harry en interrompant le vieil overman.

Tous prêtèrent l'oreille, ainsi que le faisait le jeune mineur. Le nerf auditif, très-exercé chez lui, avait surpris un bruit sourd, comme eût été un murmure lointain. James Starr, Simon et Madge ne tardèrent pas à l'entendre eux-mêmes. Il se produisait, dans les couches supérieures du massif, une sorte de roulement, dont on percevait distinctement le *crescendo* et le *decrescendo* successif, si faible qu'il fût.

Tous quatre restèrent pendant quelques minutes, l'oreille tendue, sans proférer une parole.

Puis, tout à coup, Simon Ford de s'écrier :

« Eh! par saint Mungo! Est-ce que les wagonnets courent déjà sur les rails de la Nouvelle-Aberfoyle?

— Père, répondit Harry, il me semble bien que c'est le bruit que font des eaux en roulant sur un littoral.

— Nous ne sommes pourtant pas sous la mer! s'écria le vieil overman.

— Non, répondit l'ingénieur, mais il ne serait pas impossible que nous ne fussions sous le lit même du lac Katrine.

— Il faudrait donc que la voûte fût peu épaisse en cet endroit, puisque le bruit des eaux est perceptible?

— Peu épaisse, en effet, répondit James Starr, et c'est ce qui fait que cette excavation est si vaste.

— Vous devez avoir raison, monsieur Starr, dit Harry.

— En outre, il fait si mauvais temps au dehors, reprit James Starr, que les eaux du lac doivent être soulevées comme celles du golfe de Forth.

— Eh! qu'importe, après tout, répondit Simon Ford. La couche carbonifère n'en sera pas plus mauvaise pour se développer au-dessous d'un lac! Ce ne serait pas la première fois que l'on irait chercher la houille sous le lit même de l'Océan! Quand nous devrions exploiter tout le fonds et le tréfonds du canal du Nord, où serait le mal?

— Bien dit, Simon, s'écria l'ingénieur, qui ne put retenir un sourire en regardant l'enthousiaste overman. Poussons nos tranchées sous les eaux de la mer! Trouons comme une écumoire le lit de l'Atlantique! Allons rejoindre à coups de pioche nos frères des

États-Unis à travers le sous-sol de l'Océan! Fonçons jusqu'au centre du globe, s'il le faut, pour lui arracher son dernier morceau de houille!

— Croyez-vous rire, monsieur James? demanda Simon Ford d'un air tant soit peu goguenard.

— Moi, rire! vieux Simon! Non! Mais vous êtes si enthousiaste, que vous m'entraînez jusque dans l'impossible! Tenez, revenons à la réalité, qui est déjà belle. Laissons là nos pics, que nous retrouverons un autre jour, et reprenons le chemin du cottage! »

Il n'y avait pas autre chose à faire pour le moment. Plus tard, l'ingénieur, accompagné d'une brigade de mineurs et muni des lampes et ustensiles nécessaires, reprendrait l'exploration de la Nouvelle-Aberfoyle. Mais il était urgent de retourner à la fosse Dochart. La route était facile, d'ailleurs. La galerie courait presque droit à travers le massif jusqu'à l'orifice ouvert par la dynamite. Donc, nulle crainte de s'égarer.

Mais, au moment où James Starr se dirigeait vers la galerie, Simon Ford l'arrêta.

« Monsieur James, lui dit-il, vous voyez cette caverne immense, ce lac souterrain qu'elle recouvre, cette grève que les eaux viennent baigner à nos pieds? Eh bien! c'est ici que je veux transporter ma demeure, c'est ici que je me bâtirai un nouveau cottage, et, si quelques braves compagnons veulent suivre mon exemple, avant un an, on comptera un bourg de plus dans le massif de notre vieille Angleterre ! »

James Starr, approuvant d'un sourire les projets de Simon Ford, lui serra la main, et tous trois, précédant Madge, s'enfoncèrent dans la galerie, afin de regagner la fosse Dochart.

Pendant le premier mille, aucun incident ne se produisit. Harry marchait en avant, élevant la lampe au-dessus de sa tête. Il suivait soigneusement la galerie principale, sans jamais s'écarter dans les tunnels étroits qui rayonnaient à droite et à gauche. Il semblait donc que le retour dût s'accomplir aussi facilement que l'aller, lorsqu'une fâcheuse complication survint, qui rendit fort grave la situation des explorateurs.

En effet, à un moment où Harry levait sa lampe, un vif déplacement de l'air s'opéra, comme s'il eût été causé par un battement d'ailes invisibles. La lampe, frappée de biais, s'échappa des mains d'Harry, tomba sur le sol rocheux de la galerie et se brisa.

James Starr et ses compagnons furent subitement plongés dans une obscurité absolue. Leur lampe, dont l'huile s'était répandue, ne pouvait plus servir.

« Eh bien, Harry, s'écria Simon Ford, veux-tu donc que nous nous rompions le cou en retournant au cottage ? »

Harry ne répondit pas. Il réfléchissait. Devait-il voir

7.

encore la main d'un être mystérieux dans ce dernier
accident? Existait-il donc en ces profondeurs un ennemi dont l'inexplicable antagonisme pouvait créer,
un jour, de sérieuses difficultés? Quelqu'un avait-il
intérêt à défendre le nouveau gîte carbonifère contre
toute tentative d'exploitation? En vérité, cela était
absurde, mais les faits parlaient d'eux-mêmes, et ils
s'accumulaient de manière à changer de simples pré-
somptions en certitudes.

En attendant, la situation des explorateurs était assez mauvaise. Il leur fallait, au milieu de profondes
ténèbres, suivre pendant environ cinq milles la galerie
qui conduisait à la fosse Dochart. Puis, ils auraient
encore une heure de route avant d'avoir atteint le cottage.

« Continuons, dit Simon Ford. Nous n'avons pas un
instant à perdre. Nous marcherons en tâtonnant,
comme des aveugles. Il n'est pas possible de s'égarer.
Les tunnels qui s'ouvrent sur notre chemin ne sont
que de véritables boyaux de taupinières, et, en suivant
la galerie principale, nous arriverons inévitablement à
l'orifice qui nous a livré passage. Ensuite, c'est la vieille
houillère. Nous la connaissons, et ce ne sera pas la
première fois qu'Harry ou moi nous nous y serons trouvés dans l'obscurité. D'ailleurs, nous retrouverons là
les lampes que nous avons laissées. En route, donc!

— Harry, prends la tête. Monsieur James, suivez-le.
Madge, tu viendras après, et moi, je fermerai la marche.
Ne nous séparons pas surtout, et qu'on se sente les ta-
lons, sinon les coudes!»

Il n'y avait qu'à se conformer aux instructions du
vieil overman. Comme il le disait, en tâtonnant on ne
pouvait guère se tromper de route. Il fallait seulement
remplacer les yeux par les mains, et se fier à cet instinct qui, chez Simon Ford et son fils, était devenu
une seconde nature.

Donc, James Starr et ses compagnons marchèrent
dans l'ordre indiqué. Ils ne parlaient pas, mais ce
n'était pas faute de penser. Il devenait évident qu'ils
avaient un adversaire. Mais quel était-il, et comment
se défendre de ces attaques si mystérieusement prépa-
rées? Ces idées assez inquiétantes affluaient à leur cerveau. Cependant, ce n'était pas le moment de se dé-
courager.

Harry, les bras étendus, s'avançait d'un pas assuré.
Il allait successivement d'une paroi à l'autre de la galerie. Une anfractuosité, un orifice latéral se présen-
taient-ils, il reconnaissait à la main qu'il ne fallait pas
s'y engager, soit que l'anfractuosité fût peu profonde,
soit que l'orifice fût trop étroit, et il se maintenait ainsi
dans le droit chemin.

Au milieu d'une obscurité à laquelle les yeux ne pouvaient se faire, puisqu'elle était absolue, ce difficile retour dura deux heures environ. En supputant le temps écoulé, en tenant compte de ce que la marche n'avait pu être rapide, James Starr estimait que ses compagnons et lui devaient être bien près de l'issue.

En effet, presque aussitôt, Harry s'arrêta.

« Sommes-nous enfin arrivés à l'extrémité de la galerie ? demanda Simon Ford

— Oui, répondit le jeune mineur.

— Eh bien'! tu dois retrouver l'orifice qui établit la communication entre la Nouvelle-Aberfoyle et la fosse Dochart?

— Non, » répondit Harry, dont les mains crispées ne rencontraient que la surface pleine d'une paroi.

Le vieil overman fit quelques pas en avant et vint palper lui-même la roche schisteuse.

Un cri lui échappa.

Ou les explorateurs s'étaient égarés pendant le retour, ou l'étroit orifice, creusé dans la paroi par la dynamite, avait été bouché récemment!

Quoi qu'il en soit, James Starr et ses compagnons étaient emprisonnés dans la Nouvelle-Aberfoyle !

CHAPITRE XI

LES DAMES DE FEU.

Huit jours après ces événements, les amis de James Starr étaient fort inquiets. L'ingénieur avait disparu sans qu'aucun motif pût être allégué à cette disparition. On avait appris, en interrogeant son domestique, qu'il s'était embarqué à Granton-pier, et on savait par le capitaine du steam-boat *Prince de Galles* qu'il avait débarqué à Stirling. Mais, depuis ce moment, plus de traces de James Starr. La lettre de Simon Ford lui avait recommandé le secret, et il n'avait rien dit de son départ pour les houillères d'Aberfoyle.

Donc, à Édimbourg, il ne fut plus question que de l'absence inexplicable de l'ingénieur. Sir W. Elphiston, le président de «Royal Institution», communiqua à ses collègues la lettre que lui avait adressée James Starr, en s'excusant de ne pouvoir assister à la prochaine séance de la Société. Deux ou trois autres personnes produisirent aussi des lettres analogues. Mais, si ces documents prouvaient que James Starr avait quitté Édimbourg, — ce que l'on savait de reste,— rien n'indiquait ce qu'il était devenu. Or, de la part d'un tel homme, cette absence, en dehors de ses habitudes, devait surprendre d'abord, inquiéter ensuite, puisqu'elle se prolongeait.

Aucun des amis de l'ingénieur n'aurait pu supposer qu'il se fût rendu aux houillères d'Aberfoyle. On savait qu'il n'eût point aimé à revoir l'ancien théâtre de ses travaux. Il n'y avait jamais remis les pieds, depuis le jour où la dernière benne était remontée à la surface du sol. Cependant, puisque le steamboat l'avait déposé au débarcadère de Stirling, on fit quelques recherches de ce côté.

Les recherches n'aboutirent pas. Personne ne se rappelait avoir vu l'ingénieur dans le pays. Seul, Jack Ryan, qui l'avait rencontré en compagnie d'Harry sur un des paliers du puits Yarow, eût pu satisfaire la curiosité publique. Mais le joyeux garçon, on le sait, travaillait à la ferme de Melrose, à quarante milles dans le sud-ouest du comté de Renfrew, et il ne se doutait guère que l'on s'inquiétât à ce point de la disparition de James Starr. Donc, huit jours après sa visite au cottage, Jack Ryan eût continué à chanter de plus belle pendant les veillées du clan d'Irvine, — s'il n'eût eu, lui aussi, un motif de vive inquiétude dont il sera bientôt parlé.

James Starr était un homme trop considérable et trop considéré, non-seulement dans la ville, mais dans toute l'Écosse, pour qu'un fait le concernant pût passer inaperçu. Le lord prévôt, premier magistrat d'Édimbourg, les baillis, les conseillers, dont la plupart étaient des amis de l'ingénieur, firent commencer les plus actives recherches. Des agents furent mis en campagne, mais aucun résultat ne fut obtenu.

Il fallut donc insérer dans les principaux journaux du Royaume-Uni une note relative à l'ingénieur James Starr, donnant son signalement, indiquant la date à laquelle il avait quitté Édimbourg, et il n'y eut plus qu'à attendre. Cela ne se fit pas sans grande anxiété. Le monde savant de l'Angleterre n'était pas éloigné de croire à la disparition définitive de l'un de ses membres les plus distingués.

En même temps que l'on s'inquiétait ainsi de la personne de James Starr, la personne d'Harry était le sujet de préoccupations non moins vives. Seulement, au lieu d'occuper l'opinion publique, le fils du vieil

overman ne troublait que la bonne humeur de son ami
Jack Ryan.

On se rappelle que, lors de leur rencontre dans le
puits Yarow, Jack Ryan avait invité Harry à venir,
huit jours après, à la fête du clan d'Irvine. Il y avait
eu acceptation et promesse formelle d'Harry de se
rendre à cette cérémonie. Jack Ryan savait, pour
l'avoir constaté en maintes circonstances, que son
camarade était homme de parole. Avec lui, chose promise, chose faite.

Or, à la fête d'Irvine, rien n'avait manqué, ni les
chants, ni les danses, ni les réjouissances de toutes
sortes, rien, — si ce n'est Harry Ford.

Jack Ryan avait commencé par lui en vouloir, parce
que l'absence de son ami influait sur sa bonne humeur.
Il en perdit même la mémoire au milieu d'une de ses
chansons, et, pour la première fois, il resta court
pendant une gigue, qui lui valait d'ordinaire des applaudissements mérités.

Il faut dire ici que la note relative à James Starr,
et publiée dans les journaux, n'était pas encore tombée
sous les yeux de Jack Ryan. Ce brave garçon ne se
préoccupait donc que de l'absence d'Harry, se disant
bien qu'une grave circonstance avait seule pu l'empêcher de tenir sa promesse. Aussi, le lendemain de la
fête d'Irvine, Jack Ryan comptait-il prendre le rail-

way de Glasgow pour se rendre à la fosse Dochart, et il l'aurait fait, — s'il n'eût été retenu par un accident qui faillit lui coûter la vie.

Voici ce qui était arrivé pendant la nuit du 12 décembre. En vérité, le fait était de nature à donner raison à tous les partisans du surnaturel, et ils étaient nombreux à la ferme de Melrose.

Irvine, petite ville maritime du comté de Renfrew, qui compte environ sept mille habitants, est bâtie dans un brusque retour que fait la côte écossaise, presque à l'ouverture du golfe de Clyde. Son port, assez bien abrité contre les vents du large, est éclairé par un feu important qui indique les atterrissages, de telle façon qu'un marin prudent ne peut s'y tromper. Aussi, les naufrages étaient-ils rares sur cette portion du littoral, et les caboteurs ou longs-courriers, qu'ils voulussent, soit embouquer le golfe de Clyde pour se rendre à Glasgow, soit donner dans la baie d'Irvine, pouvaient-ils manœuvrer sans danger, même par les nuits obscures.

Lorsqu'une ville est pourvue d'un passé historique, si mince qu'il soit, lorsque son château a appartenu autrefois à un Robert Stuart, elle n'est pas sans posséder quelques ruines.

Or, en Écosse, toutes les ruines sont hantées par des

esprits. — Du moins, c'est l'opinion commune dans les Hautes et Basses-Terres.

Les ruines les plus anciennes, et aussi les plus mal famées de cette partie du littoral, étaient précisément celles de ce château de Robert Stuart, qui porte le nom de Dundonald-Castle.

A cette époque, le château de Dundonald, refuge de tous les lutins errants de la contrée, était voué au plus complet abandon. On allait peu le visiter sur le haut rocher qu'il occupait au-dessus de la mer, à deux milles de la ville. Peut-être quelques étrangers avaient-ils encore l'idée d'interroger ces vieux restes historiques, mais alors ils s'y rendaient seuls. Les habitants d'Irvine ne les y eussent point conduits, à quelque prix que ce fût. En effet, quelques histoires couraient sur le compte de certaines « Dames de feu » qui hantaient le vieux château.

Les plus superstitieux affirmaient avoir vu, de leurs yeux vu, ces fantastiques créatures. Naturellement, Jack Ryan était de ces derniers.

La vérité est que, de temps à autre, de longues flammes apparaissaient, tantôt sur un pan de mur à demi éboulé, tantôt au sommet de la tour qui domine l'ensemble des ruines de Dundonald-Castle.

Ces flammes avaient-elles forme humaine, comme on l'assurait? Méritaient-elles ce nom de « Dames de feu » que leur avaient donné les Écossais du littoral? Ce n'était évidemment là qu'une illusion de cerveaux portés à la crédulité, et la science eût expliqué physiquement ce phénomène.

Quoi qu'il en soit, les Dames de feu avaient dans toute la contrée la réputation bien établie de fréquenter les ruines du vieux château et d'y exécuter, parfois, d'étranges sarabandes, surtout pendant les nuits obscures. Jack Ryan, quelque hardi compagnon qu'il fût, ne se serait point hasardé à les accompagner aux sons de sa cornemuse.

« Le vieux Nick leur suffit ! disait-il, et il n'a pas besoin de moi pour compléter son orchestre infernal ! »

On le pense bien, ces bizarres apparitions formaient le texte obligé des récits pendant la veillée. Aussi, Jack Ryan possédait-il tout un répertoire de légendes sur les Dames de feu, et ne se trouvait-il jamais à court, quand il s'agissait d'en conter à leur sujet !

Donc, pendant cette dernière veillée, bien arrosée d'ale, de brandy et de wisky, qui avait terminé la fête du clan d'Irvine, Jack Ryan n'avait pas manqué de reprendre son thème favori, au grand plaisir et peut-être au grand effroi de ses auditeurs.

La veillée se faisait dans une vaste grange de la

ferma de Melrose, sur la limite du littoral. Un bon feu de coke brûlait dans un large trépied de tôle, au milieu de l'assemblée.

Il y avait gros temps au dehors. Des brumes épaisses roulaient sur les lames, qu'une forte brise de sud-ouest amenait du large. Une nuit très-noire, pas une seule éclaircie dans les nuages, la terre, le ciel et l'eau se confondant dans de profondes ténèbres, c'était là de quoi rendre difficiles les atterrages de la baie d'Irvine, si quelque navire s'y fût aventuré avec ces vents qui battaient en côte.

Le petit port d'Irvine n'est pas très-fréquenté, — du moins par les navires d'un certain tonnage. C'est un peu plus au nord que les bâtiments de commerce, à voile ou à vapeur, attaquent la terre, lorsqu'ils veulent donner dans le golfe de Clyde.

Ce soir-là, cependant, quelque pêcheur, attardé sur le rivage, eût aperçu, non sans surprise, un navire qui se dirigeait vers la côte. Si le jour se fût fait tout à coup, ce n'est plus avec surprise, mais avec effroi, que ce bâtiment eût été vu, courant vent arrière, avec toute la toile qu'il pouvait porter. L'entrée du golfe manquée, il n'existait aucun refuge entre les roches formidables du littoral. Si cet imprudent navire s'obstinait à s'en approcher encore, comment parviendrait-il à se relever?

La veillée allait finir sur une dernière histoire de Jack Ryan. Ses auditeurs, transportés dans le monde des fantômes, étaient bien dans les conditions voulues pour faire acte de crédulité, le cas échéant.

Tout à coup, des cris retentirent au dehors.

Jack Ryan suspendit aussitôt son récit, et tous quittèrent précipitamment la grange.

La nuit était profonde. De longues rafales de pluie et de vent couraient à la surface de la grève.

Deux ou trois pêcheurs, arc-boutés près d'un rocher, afin de mieux résister aux poussées de l'air, appelaient avec de grands éclats de voix.

Jack Ryan et ses compagnons coururent à eux.

Ces cris, ce n'était pas aux habitants de la ferme qu'ils s'adressaient, mais à un équipage qui, sans le savoir, courait à sa perte.

En effet, une masse sombre apparaissait confusément à quelques encâblures au large. C'était un navire, bien reconnaissable à ses feux de position, car il portait à sa hune de misaine un feu blanc, à tribord un feu vert, à bâbord un feu rouge. On le voyait donc par l'avant, et il était manifeste qu'il se dirigeait à toute vitesse vers la côte.

« Un navire en perdition? s'écria Jack Ryan.

— Oui, répondit un des pêcheurs, et maintenant il voudrait virer de bord, qu'il ne le pourrait plus !

— Des signaux, des signaux ! cria l'un des Écossais.

— Lesquels ? répliqua le pêcheur. Par cette bourrasque, on ne pourrait pas tenir une torche allumée ! »

Et, pendant que ces propos s'échangeaient rapidement, de nouveaux cris étaient poussés. Mais comment eût-on pu les entendre au milieu de cette tempête ? L'équipage du navire n'avait plus aucune chance d'échapper au naufrage.

« Pourquoi manœuvrer ainsi ? s'écriait un marin.

— Veut-il donc faire côte ? répondait un autre.

— Le capitaine n'a donc pas eu connaissance du feu d'Irvine ? demanda Jack Ryan.

— Il faut le croire, répondit un des pêcheurs, à moins qu'il n'ait été trompé par quelque... »

Le pêcheur n'avait pas achevé sa phrase, que Jack Ryan poussait un formidable cri. Fut-il entendu de l'équipage ? En tout cas, il était trop tard pour que le bâtiment pût se relever de la ligne des brisants qui blanchissait dans les ténèbres.

Mais ce n'était pas, comme on aurait pu le croire, un suprême avertissement que Jack Ryan avait tenté de faire parvenir au bâtiment en perdition. Jack Ryan tournait alors le dos à la mer. Ses compagnons, eux aussi, regardaient un point situé à un demi-mille en arrière de la grève.

C'était le château de Dundonald. Une longue flamme se tordait sous les rafales au sommet de la vieille tour.

« La Dame de feu ! » s'écrièrent avec grande terreur tous ces superstitieux Écossais.

Franchement, il fallait une bonne dose d'imagination pour trouver à cette flamme une apparence humaine. Agitée comme un pavillon lumineux sous la brise, elle semblait parfois s'envoler du sommet de la tour, comme si elle eût été sur le point de s'éteindre et, un instant après, elle s'y rattachait de nouveau par sa pointe bleuâtre.

« La Dame de feu ! la Dame de feu ! » criaient les pêcheurs et les paysans effarés.

Tout s'expliquait alors. Il était évident que le navire, désorienté dans les brumes, avait fait fausse route, et qu'il avait pris cette flamme, allumée au sommet du château de Dundonald, pour le feu d'Irvine. Il se croyait à l'entrée du golfe, située dix milles plus au nord, et il courait vers une franche terre, qui ne lui offrait aucun refuge !

Que pouvait-on faire pour le sauver, s'il en était temps encore ? Peut-être eût-il fallu monter jusqu'aux ruines et tenter d'éteindre ce feu, pour qu'il ne fût pas possible de le confondre plus longtemps avec le phare du port d'Irvine !

Sans doute, c'était ainsi qu'il convenait d'agir, sans retard ; mais lequel de ces Écossais eût eu la pensée, et, après la pensée, l'audace de braver la Dame de feu? Jack Ryan, peut-être, car il était courageux, et sa crédulité, si forte qu'elle fût, ne pouvait l'arrêter dans un généreux mouvement.

Il était trop tard. Un horrible craquement retentit au milieu du fracas des éléments.

· Le navire venait de talonner par son arrière. Ses feux de position s'éteignirent. La ligne blanchâtre du ressac sembla brisée un instant. C'était le bâtiment qui l'abordait, se couchait sur le flanc et se disloquait entre les récifs.

Et, à ce même instant, par une coïncidence qui ne pouvait être due qu'au hasard, la longue flamme disparut, comme si elle eût été arrachée par une violente rafale. La mer, le ciel, la grève furent aussitôt replongés dans les plus profondes ténèbres.

« La Dame de feu ! » avait une dernière fois crié Jack Ryan, lorsque cette apparition, surnaturelle pour ses compagnons et lui, se fut évanouie subitement.

Mais alors, le courage que ces superstitieux Écossais n'auraient pas eu contre un danger chimérique, ils le retrouvèrent en face d'un danger réel, maintenant qu'il s'agissait de sauver leurs semblables. Les éléments déchaînés ne les arrêtèrent pas. Au moyen de cordes lancées dans les lames, — héroïques autant qu'ils avaient été crédules, — ils se jetèrent au secours du bâtiment naufragé.

Heureusement, ils réussirent, non sans que quelques-uns, — et le hardi Jack Ryan était du nombre, — se fussent grièvement meurtris sur les roches; mais le capitaine du navire et les huit hommes de l'équipage purent être déposés, sains et saufs, sur la grève.

Ce navire était le brick norvégien *Motala*, chargé de bois du nord, faisant route pour Glascow.

Il n'était que trop vrai. Le capitaine, trompé par ce feu, allumé sur la tour du château de Dundonald, était venu donner en pleine côte, au lieu d'embouquer le golfe de Clyde.

Et maintenant, du *Motala*, il ne restait plus que de rares épaves, dont le ressac achevait de briser les débris sur les roches du littoral.

8

CHAPITRE XII

LES EXPLOITS DE JACK RYAN.

Jack Ryan et trois de ses compagnons, blessés comme lui, avaient été transportés dans une des chambres de la ferme de Melrose, où des soins leur furent immédiatement prodigués.

Jack Ryan avait été le plus maltraité, car, au moment où, la corde aux reins, il s'était jeté à la mer, les lames furieuses l'avaient rudement roulé sur les récifs. Peu s'en était fallu, même, que ses camarades ne l'eussent rapporté sans vie sur le rivage.

Le brave garçon fut donc cloué au lit pour quelques jours, — ce dont il enragea fort. Cependant, lorsqu'on lui eut permis de chanter autant qu'il le voudrait, il prit son mal en patience, et la ferme de Melrose retentit, à toute heure, des joyeux éclats de sa voix. Mais Jack Ryan, dans cette aventure, ne puisa qu'un plus vif sentiment de crainte à l'égard de ces brawnies et autres lutins qui s'amusent à tracasser le pauvre monde, et ce fut eux qu'il rendit responsables de la catastrophe du *Motala*. On fût mal venu à lui soutenir que les Dames de feu n'existaient pas, et que cette flamme, si soudainement projetée entre les ruines, n'était due qu'à un phénomène physique. Aucun raisonnement ne l'eût convaincu. Ses compagnons étaient encore plus obstinés que lui dans leur crédulité. A les entendre, une des Dames de feu avait méchamment attiré le *Motala* à la côte. Quant à vouloir l'en punir, autant mettre l'ouragan à l'amende ! Les magistrats pouvaient décréter toutes poursuites qui leur conviendraient. On n'emprisonne pas une flamme, on n'enchaîne pas un être impalpable. Et, s'il faut le dire, les recherches qui furent ultérieurement faites semblèrent donner raison, — au moins en apparence, — à cette façon superstitieuse d'expliquer les choses.

En effet, le magistrat, chargé de diriger une enquête relativement à la perte du *Motala*, vint interroger les divers témoins de la catastrophe. Tous furent d'accord sur ce point que le naufrage était dû à l'apparition

surnaturelle de la Dame de feu dans les ruines du
château de Dundonald.

On le pense bien, la justice ne pouvait se payer de
semblables raisons. Qu'un phénomène purement physique se fût produit dans ces ruines, pas de doute à
cet égard. Mais était-ce accident ou malveillance? c'est
ce que le magistrat devait chercher à établir.

Que ce mot « malveillance » ne surprenne pas. Il
ne faudrait pas remonter haut dans l'histoire armori-
caine pour en trouver la justification. Bien des pilleurs d'épaves du littoral breton ont fait ce métier
d'attirer les navires à la côte afin de s'en partager les
dépouilles. Tantôt un bouquet d'arbres résineux, en-
flammés pendant la nuit, guidait un bâtiment dans des
passes dont il ne pouvait plus sortir. Tantôt une torche,
attachée aux cornes d'un taureau et promenée au
caprice de l'animal, trompait un équipage sur la route
à suivre. Le résultat de ces manœuvres était inévitablement quelque naufrage, dont les pillards profi-
taient. Il avait fallu l'intervention de la justice et de
sévères exemples pour détruire ces barbares coutumes.
Or, ne pouvait-il se faire que, dans cette circonstance,
une main criminelle n'eût repris les anciennes traditions des pilleurs d'épaves ?

C'est ce que pensaient les gens de police, quoi qu'en
eussent Jack Ryan et ses compagnons. Lorsque ceux-ci

entendirent parler d'enquête, ils se divisèrent en deux camps : les uns se contentèrent de hausser les épaules ; les autres, plus craintifs, annoncèrent que, très-certainement, à provoquer ainsi les êtres surnaturels, on amènerait de nouvelles catastrophes.

Néanmoins, l'enquête fut faite avec beaucoup de soin. Les gens de police se transportèrent au château de Dundonald, et ils procédèrent aux recherches les plus rigoureuses.

Le magistrat voulut d'abord reconnaître si le sol avait conservé quelques empreintes de pas, pouvant être attribuées à d'autres pieds que des pieds de lutins. Il fut impossible de relever la plus légère trace, ni ancienne ni nouvelle. Cependant, la terre, encore toute humide des pluies de la veille, eût conservé le moindre vestige.

« Des pas de brawnies ! s'écria Jack Ryan, lorsqu'il connut l'insuccès des premières recherches. Autant vouloir retrouver les traces d'un follet sur l'eau d'un marécage ! »

Cette première partie de l'enquête ne produisit donc aucun résultat. Il n'était pas probable que la seconde partie en donnât davantage.

Il s'agissait d'établir, en effet, comment le feu avait pu être allumé au sommet de la vieille tour, quels éléments avaient été fournis à la combustion,

8.

et enfin quels résidus cette combustion avait laissés.

Sur le premier point, rien, ni restes d'allumettes, ni chiffons de papier, ayant pu servir à allumer un feu quelconque.

Sur le second point, néant non moins absolu. On ne retrouva ni herbes desséchées, ni fragments de bois, dont ce foyer, si intense, avait pourtant dû être largement alimenté pendant la nuit.

Quant au troisième point, il ne put être éclairci davantage. L'absence de toutes cendres, de tout résidu d'un combustible quelconque, ne permit pas même de retrouver l'endroit où le foyer avait dû être établi. Il n'existait aucune place noircie, ni sur la terre, ni sur la roche. Fallait-il donc en conclure que le foyer avait été tenu par la main de quelque malfaiteur? C'était bien invraisemblable, puisque, au dire des témoins, la flamme présentait un développement gigantesque, tel que l'équipage du *Motala* avait pu, malgré les brumes, l'apercevoir de plusieurs milles au large.

« Bon! s'écria Jack Ryan, la Dame de feu sait bien se passer d'allumettes! Elle souffle, cela suff. à embraser l'air autour d'elle, et son foyer ne laisse jamais de cendres! »

Il résulta donc de tout ceci que les magistrats en furent pour leur peine, qu'une nouvelle légende s'ajouta à tant d'autres, — légende qui devait perpétuer le souvenir de la catastrophe du *Motala* et affirmer plus indiscutablement encore l'apparition des Dames de feu.

Cependant, un si brave garçon que Jack Ryan, et d'une si vigoureuse constitution, ne pouvait demeurer longtemps alité. Quelques foulures et luxations n'étaient pas pour le coucher sur le flanc plus qu'il ne convenait. Il n'avait pas le temps d'être malade. Or, lorsque ce temps-là manque, on ne l'est guère dans ces régions salubres des Lowlands.

Jack Ryan se rétablit donc promptement. Dès qu'il fut sur pied, avant de reprendre sa besogne à la ferme de Melrose, il voulut mettre certain projet à exécution. Il s'agissait d'aller faire visite à son camarade Harry, afin de savoir pourquoi celui-ci avait manqué à la fête du clan d'Irvine. De la part d'un homme tel qu'Harry, qui ne promettait jamais sans tenir, cette absence ne s'expliquai t pas. Il était invraisemblable, d'ailleurs, que le fils du vieil overman n'eût pas entendu parler de la catastrophe du *Motala*, rapportée à grands détails par les journaux. Il devait savoir la part que Jack Ryan avait prise au sauvetage, ce qui en était adv enu pour lui, et c'eût été trop d'indifférence de la part d'Harry que de ne pas pousser jusqu'à la ferme pour se rrer la main de son ami Jack Ryan.

Si donc Harry n'était pas venu, c'est qu'il n'avait pu

venir. Jack Ryan eût plutôt nié l'existence des Dames de feu que de croire à l'indifférence d'Harry à son égard.

Donc, deux jours après la catastrophe, Jack Ryan quitta la ferme, gaillardement, comme un solide garçon qui ne se ressentait aucunement de ses blessures. D'un joyeux refrain lancé à pleine poitrine, il fit résonner les échos de la falaise, et se rendit à la gare du railway qui, par Glasgow, conduit à Stirling et à Callander.

Là, pendant qu'il attendait dans la gare, ses regards furent tout d'abord attirés par une affiche, reproduite à profusion sur les murs, et qui contenait l'avis suivant :

« Le 4 décembre dernier, l'ingénieur James Starr, d'Édimbourg, s'est embarqué à Granton-pier sur le *Prince de Galles*. Il a débarqué le même jour à Stirling. Depuis ce temps, on est sans nouvelles de lui.

« Prière d'adresser toute information le concernant au président de Royal Institution, à Édimbourg. »

Jack Ryan, arrêté devant une de ces affiches, la lut par deux fois, non sans donner les signes de la plus extrême surprise.

« Monsieur Starr ! s'écria-t-il. Mais, le 4 décembre, je l'ai précisément rencontré avec Harry sur les échelles du puits Yarow ! Voilà dix jours de cela ! Et, depuis ce temps, il n'aurait pas reparu ! Cela expliquerait-il

pourquoi mon camarade n'est pas venu à la fête d'Irvine ? »

Et, sans prendre le temps d'informer par lettre le
président de Royal Institution de ce qu'il savait relativement à James Starr, le brave garçon sauta dans le
train, avec l'intention bien arrêtée de se rendre tout
d'abord au puits Yarow. Cela fait, il descendrait jusqu'au fond de la fosse Dochart, s'il le fallait, pour retrouver Harry, et avec lui l'ingénieur James Starr.

Trois heures après, il quittait le train à la gare de
Callander, et se dirigeait rapidement vers le puits
Yarow.

« Ils n'ont pas reparu, se disait-il. Pourquoi? Est-ce
quelque obstacle qui les en a empêchés? Est-ce un
travail dont l'importance les retient encore au fond de
la houillère? Je le saurai! »

Et Jack Ryan, allongeant le pas, arriva en moins
d'une heure au puits Yarow.

Extérieurement, rien de changé. Même silence aux
abords de la fosse. Pas un être vivant dans ce désert.

Jack Ryan pénétra sous l'appentis en ruine qui recouvrait l'orifice du puits. Il plongea son regard dans
ce gouffre... Il ne vit rien. Il écouta... Il n'entendit
rien.

« Et ma lampe! s'écria-t-il. Ne serait-elle donc plus
à sa place? »

La lampe, dont Jack Ryan se servait pendant ses visites à la fosse, était ordinairement déposée dans un coin, près du palier de l'échelle supérieure.

Cette lampe avait disparu.

« Voilà une première complication! » dit Jack Ryan, qui commença à devenir très-inquiet.

Puis, sans hésiter, tout superstitieux qu'il fût :

« J'irai, dit-il, quand il devrait faire plus noir dans la fosse que dans le tréfonds de l'enfer! »

Et il commença à descendre la longue suite d'échelles, qui s'enfonçaient dans le sombre puits.

Il fallait que Jack Ryan n'eût point perdu de ses anciennes habitudes de mineur, et qu'il connût bien la fosse Dochart, pour se hasarder ainsi. Il descendait prudemment d'ailleurs. Son pied tâtait chaque échelon, dont quelques-uns étaient vermoulus. Tout faux pas eût entraîné une chute mortelle, dans ce vide de quinze cents pieds. Jack Ryan comptait donc chacun des paliers qu'il quittait successivement pour atteindre un étage inférieur. Il savait que son pied ne toucherait la semelle de la fosse qu'après avoir dépassé le trentième. Une fois là, il ne serait pas gêné, pensait-il, de retrouver le cottage, bâti, comme on sait, à l'extrémité de la galerie principale.

Jack Ryan arriva ainsi au vingt-sixième palier, et,

par conséquent, deux cents pieds, au plus, le sépa-
raient alors du fond.

A cet endroit, il baissa la jambe pour chercher le
premier échelon de la vingt-septième échelle. Mais sa
jambe, se balançant dans le vide, ne trouva aucun
point d'appui.

Jack Ryan s'agenouilla sur le palier. Il voulut saisir
avec la main l'extrémité de l'échelle... Ce fut en vain.

Il était évident que la vingt-septième échelle ne se
trouvait pas à sa place, et, par conséquent, qu'elle
avait été retirée.

« Il faut que le vieux Nick ait passé par là ! » se dit-
il, non sans éprouver un certain sentiment d'effroi.

Debout, les bras croisés, voulant toujours percer
cette ombre impénétrable, Jack Ryan attendit. Puis, il
lui vint à la pensée que, si lui ne pouvait descendre,
les habitants de la houillère, eux, n'avaient pu remonter. Il n'existait plus, en effet, aucune communication
entre le sol du comté et les profondeurs de la fosse. Si
cet enlèvement des échelles inférieures du puits Yarow
avait été pratiqué depuis sa dernière visite au cottage,
qu'étaient devenus Simon Ford, sa femme, son fils et
l'ingénieur? L'absence prolongée de James Starr prou-
vait évidemment qu'il n'avait pas quitté la fosse depuis
le jour où Jack Ryan s'était croisé avec lui dans le
puits Yarow. Comment, depuis lors, s'était fait le ravi-

taillement du cottage? Les vivres n'avaient-ils pas manqué à ces malheureux, emprisonnés à quinze cents pieds sous terre?

Toutes ces pensées traversèrent l'esprit de Jack Ryan. Il vit bien qu'il ne pouvait rien par lui-même pour arriver jusqu'au cottage. Y avait-il eu malveillance dans ce fait que les communications étaient interrompues? cela ne lui paraissait pas douteux. En tout cas, les magistrats aviseraient, mais il fallait les prévenir au plus vite.

Jack Ryan se pencha au-dessus du palier.

« Harry! Harry! » cria-t-il de sa voix puissante.

Les échos se renvoyèrent à plusieurs reprises le nom d'Harry, qui s'éteignit enfin dans les dernières profondeurs du puits Yarow.

Jack Ryan remonta rapidement les échelles supérieures, et revit la lumière du jour. Il ne perdit pas un instant. Tout d'une traite, il regagna la gare de Callander. Il ne lui fallut attendre que quelques minutes le passage de l'express d'Édimbourg, et, à trois heures de l'après-midi, il se présentait chez le lord-prévôt de la capitale.

Là, sa déclaration fut reçue. Les détails précis qu'il donna ne permettaient pas de soupçonner sa véracité. Sir W. Elphiston, président de Royal Institution, non-seulement collègue, mais ami particulier de James

Starr, fut aussitôt averti, et il demanda à diriger les recherches qui allaient être faites sans délai à la fosse Dochart. On mit à sa disposition plusieurs agents, qui se munirent de lampes, de pics, de longues échelles de cordes, sans oublier vivres et cordiaux. Puis, conduits par Jack Ryan, tous prirent immédiatement le chemin des houillères d'Aberfoyle.

Le soir même, sir W. Elphiston, Jack Ryan et les agents arrivèrent à l'orifice du puits Yarow, et ils descendirent jusqu'au vingt-septième palier, sur lequel Jack s'était arrêté, quelques heures auparavant.

Les lampes, attachées au bout de longues cordes, furent envoyées dans les profondeurs du puits, et l'on put alors constater que les quatre dernières échelles manquaient.

Nul doute que toute communication entre le dedans et le dehors de la fosse Dochart n'eût été intentionnellement rompue.

« Qu'attendons-nous, monsieur? demanda l'impatient Jack Ryan.

— Nous attendons que ces lampes soient remontées, mon garçon, répondit sir W. Elphiston. Puis, nous descendrons jusqu'au sol de la dernière galerie, et tu nous conduiras...

— Au cottage, s'écria Jack Ryan, et, s'il le faut, jusque dans les derniers abîmes de la fosse! »

9

Dès que les lampes eurent été retirées, les agents fixèrent au palier les échelles de corde, qui se déroulèrent dans le puits. Les paliers inférieurs subsistaient encore. On put descendre de l'un à l'autre.

Cela ne se fit pas sans de grandes difficultés. Jack Ryan, le premier, s'était suspendu à ces échelles vacillantes, et, le premier, il atteignit le fond de la houillère.

Sir W. Elphiston et les agents l'eurent bientôt rejoint.

Le rond-point, formé par le fond du puits Yarow, était absolument désert, mais sir W. Elphiston ne fut pas médiocrement surpris d'entendre Jack Ryan s'écrier :

« Voici quelques fragments des échelles, et ce sont des fragments à demi brûlés !

— Brûlés! répéta sir W. Elphiston. En effet, voilà des cendres refroidies depuis longtemps !

— Pensez-vous, monsieur, demanda Jack Ryan, que l'ingénieur James Starr ait eu intérêt à brûler ces échelles et à interrompre toute communication avec le dehors ?

— Non, répondit sir W. Elphiston, qui demeura pensif. — Allons, mon garçon, au cottage ! C'est là que nous saurons la vérité. »

Jack Ryan hocha la tête, en homme peu convaincu.

Mais, prenant une lampe des mains d'un agent, il s'avança rapidement à travers la galerie principale de la fosse Dochart.

Tous le suivaient.

Un quart d'heure plus tard, sir W. Elphiston et ses compagnons avaient atteint l'excavation au fond de laquelle était bâti le cottage de Simon Ford. Aucune lumière n'en éclairait les fenêtres.

Jack Ryan se précipita vers la porte, qu'il repoussa vivement.

Le cottage était abandonné.

On visita les chambres de la sombre habitation. Nulle trace de violence à l'intérieur. Tout était en ordre, comme si la vieille Madge eût encore été là. La réserve de vivres était même abondante, et eût suffi pendant plusieurs jours à la famille Ford.

L'absence des hôtes du cottage était donc inexplicable. Mais pouvait-on constater d'une manière précise à quelle époque ils l'avaient quitté? — Oui, car, dans ce milieu où ne se succédaient ni les nuits, ni les jours, Madge avait coutume de marquer d'une croix chaque quantième de son calendrier.

Ce calendrier était suspendu au mur de la salle. Or, la dernière croix avait été faite à la date du 6 décembre, c'est-à-dire un jour après l'arrivée de James Starr, — ce que Jack Ryan fut en mesure d'affirmer. Il était donc manifeste que depuis le 6 décembre, c'est-à-dire depuis dix jours, Simon Ford, sa femme, son fils et son hôte avaient quitté le cottage. Une nouvelle exploration de la fosse, entreprise par l'ingénieur, pouvait-elle donner la raison d'une si longue absence? Non, évidemment.

Ainsi, du moins, le pensa sir W. Elphiston. Après avoir minutieusement inspecté le cottage, il fut très-embarrassé sur ce qu'il convenait de faire.

L'obscurité était profonde. L'éclat des lampes, balancées aux mains des agents, étoilait seulement ces impénétrables ténèbres.

Soudain, Jack Ryan poussa un cri.

« Là ! là ! » dit-il.

Et son doigt montrait une assez vive lueur, qui s'agitait dans l'obscur lointain de la galerie.

« Mes amis, courons sur ce feu! répondit sir W. Elphiston.

— Un feu de brawnie! s'écria Jack Ryan. A quoi bon ? Nous ne l'atteindrons jamais ! »

Le président de Royal Institution et les agents, peu enclins à la crédulité, s'élancèrent dans la direction indiquée par la lueur mouvante. Jack Ryan, prenant bravement son parti, ne resta pas le dernier en route.

Ce fut une longue et fatigante poursuite. Le falot lumineux semblait porté par un être de petite taille

mais singulièrement agile. A chaque instant, cet être
disparaissait derrière quelque remblai; puis, on le
revoyait au fond d'une galerie transversale. De rapides
crochets le mettaient ensuite hors de vue. Il semblait
avoir définitivement disparu, et, soudain, la lueur de
son falot jetait de nouveau un vif éclat. En somme,
on gagnait peu sur lui, et Jack Ryan persistait à croire,
non sans raison, qu'on ne l'atteindrait pas.

Pendant une heure de cette inutile poursuite, sir
W. Elphiston et ses compagnons s'enfoncèrent dans
la portion sud-ouest de la fosse Dochart. Ils en arrivaient, eux aussi, à se demander s'ils n'avaient pas
affaire à quelque follet insaisissable.

A ce moment, cependant, il sembla que la distance
commençait à diminuer entre le follet et ceux qui cherchaient à l'atteindre. Etait-ce fatigue de l'être quelconque qui fuyait, ou cet être voulait-il attirer sir
W. Elphiston et ses compagnons là où les habitants
du cottage avaient peut-être été attirés eux-mêmes ? Il
eût été malaisé de résoudre la question.

Toutefois, les agents, voyant s'amoindrir cette distance, redoublèrent leurs efforts. La lueur, qui avait
toujours brillé à plus de deux cents pas en avant d'eux,
se tenait maintenant à moins de cinquante. Cet intervalle diminua encore. Le porteur du falot devint plus
visible. Quelquefois, lorsqu'il retournait la tête, on

pouvait reconnaître le vague profil d'une figure humaine, et, à moins qu'un lutin n'eût pris cette forme,
Jack Ryan était forcé de convenir qu'il ne s'agissait
point là d'un être surnaturel.

Et alors, tout en courant plus vite :

« Hardi, camarades! criait-il! Il se fatigue! Nous
l'atteindrons bientôt, et, s'il parle aussi bien qu'il dé-
tale, il pourra nous en dire long! »

Cependant, la poursuite devenait plus difficile alors.
En effet, au milieu des dernières profondeurs de la
fosse, d'étroits tunnels s'entrecroisaient comme les
allées d'un labyrinthe. Dans ce dédale, le porteur du
falot pouvait aisément échapper aux agents. Il lui suffisait d'éteindre sa lanterne et de se jeter de côté au
fond de quelque refuge obscur.

« Et, au fait, pensait sir W. Elphiston, s'il veut
nous échapper, pourquoi ne le fait-il pas? »

Cet être insaisissable ne l'avait pas fait jusqu'alors ;
mais, au moment où cette pensée traversait l'esprit de
sir W. Elphiston, la lueur disparut subitement, et les
agents, continuant leur poursuite, arrivèrent presque
aussitôt devant une étroite ouverture que les roches
schisteuses laissaient entre elles, à l'extrémité d'un
étroit boyau.

S'y glisser, après avoir ravivé leurs lampes, s'élancer à travers cet orifice qui s'ouvrait devant eux, ce

fut pour sir W. Elphiston, Jack Ryan et leurs compagnons l'affaire d'un instant.

Mais ils n'avaient pas fait cent pas dans une nouvelle galerie, plus large et plus haute, qu'ils s'arrêtaient soudain.

Là, près de la paroi, quatre corps étaient étendus sur le sol, — quatre cadavres peut-être !

« James Starr ! dit sir W. Elphiston.

— Harry ! Harry ! » s'écria Jack Ryan, en se précipitant sur le corps de son camarade.

C'étaient, en effet, l'ingénieur, Madge, Simon et Harry Ford, qui étaient étendus là, sans mouvement.

Mais, alors, l'un de ces corps se redressa, et l'on entendit la voix épuisée de la vieille Madge murmurer ces mots :

« Eux ! eux, d'abord ! »

Sir W. Elphiston, Jack Ryan, les agents, essayèrent de ranimer l'ingénieur et ses compagnons, en leur faisant avaler quelques gouttes de cordial. Ils y réussirent presque aussitôt. Ces infortunés, séquestrés depuis dix jours dans la Nouvelle-Aberfoyle, mouraient d'inanition.

Et, s'ils n'avaient pas succombé pendant ce long emprisonnement, — James Starr l'apprit à sir W. Elphiston, — c'est que trois fois ils avaient trouvé près d'eux un pain et une cruche d'eau ! Sans doute, l'être

secourable auquel ils devaient de vivre encore n'avait
pas pu faire davantage !...

Sir W. Elphiston se demanda si ce n'était pas là
l'œuvre de cet insaisissable follet qui venait de les attirer précisément à l'endroit où gisaient James Starr
et ses compagnons.

Quoi qu'il en soit, l'ingénieur, Madge, Simon et
Harry Ford étaient sauvés. Ils furent reconduits au cottage, en repassant par l'étroite issue que le porteur du
falot semblait avoir voulu indiquer à sir W. Elphiston.

Et si James Starr et ses compagnons n'avaient pu
retrouver l'orifice de la galerie que leur avait ouvert la
dynamite, c'est que cet orifice avait été solidement
bouché au moyen de roches superposées, que, dans
cette profonde obscurité, ils n'avaient pu ni reconnaître ni disjoindre.

Ainsi donc, pendant qu'ils exploraient la vaste
crypte, toute communication avait été volontairement
fermée par une main ennemie entre l'ancienne et la
Nouvelle-Aberfoyle !

CHAPITRE XIII

COAL-CITY.

Trois ans après les évenements qui viennent d'être racontés, les Guides Joanne ou Murray recommandaient, « comme grande attraction », aux nombreux touristes qui parcouraient le comté de Stirling, une visite de quelques heures aux houillères de la Nouvelle-Aberfoyle.

Aucune mine, en n'importe quel pays du nouveau ou de l'ancien monde, ne présentait un plus curieux aspect.

Tout d'abord, le visiteur était transporté sans danger ni fatigue jusqu'au sol de l'exploitation, à quinze cents pieds au-dessous de la surface du comté.

9.

En effet, à sept milles, dans le sud-ouest de Callander, un tunnel oblique, décoré d'une entrée monumentale, avec tourelles, créneaux et mâchicoulis, affleurait le sol. Ce tunnel, à pente douce, largement évidé, venait aboutir directement à cette crypte si singulièrement creusée dans le massif du sol écossais.

Un double railway, dont les wagons étaient mus par une force hydraulique, desservait, d'heure en heure, le village qui s'était fondé dans le sous-sol du comté, sous le nom un peu ambitieux peut-être de « Coal-city », c'est-à-dire la Cité du Charbon.

Le visiteur, arrivé à Coal-city, se trouvait dans un milieu où l'électricité jouait un rôle de premier ordre, comme agent de chaleur et de lumière.

En effet, les puits d'aération, quoiqu'ils fussent nombreux, n'auraient pas pu mêler assez de jour à l'obscurité profonde de la Nouvelle-Aberfoyle. Cependant, une lumière intense emplissait ce sombre milieu, où de nombreux disques électriques remplaçaient le disque solaire. Suspendus sous l'intrados des voûtes, accrochés aux piliers naturels, tous alimentés par des courants continus que produisaient des machines électro-magnétiques, — les uns soleils, les autres étoiles, — ils éclairaient largement ce domaine. Lorsque l'heure du repos arrivait, un interrupteur suffisait à produire artificiellement la nuit dans ces profonds abîmes de la houillère.

Tous ces appareils, grands ou petits, fonctionnaient dans le vide, c'est-à-dire que leurs arcs lumineux ne communiquaient aucunement avec l'air ambiant. Si bien que, pour le cas où l'atmosphère eût été mélangée de grisou dans une proportion détonante, aucune explosion n'eût été à craindre. Aussi l'agent électrique était-il invariablement employé à tous les besoins de la vie industrielle et de la vie domestique, aussi bien dans les maisons de Coal-city que dans les galeries exploitées de la Nouvelle-Aberfoyle.

Il faut dire, avant tout, que les prévisions de l'ingénieur James Starr, — en ce qui concernait l'exploitation de la nouvelle houillère, — n'avaient point été déçues. La richesse des filons carbonifères était incalculable. C'était dans l'ouest de la crypte, à un quart de mille de Coal-city, que les premières veines avaient été attaquées par le pic des mineurs. La cité ouvrière n'occupait donc pas le centre de l'exploitation. Les travaux du fond étaient directement reliés aux travaux du jour par les puits d'aération et d'extraction, qui mettaient les divers étages de la mine en communication avec le sol. Le grand tunnel, où fonctionnait le railway à traction hydraulique, ne servait qu'au transport des habitants de Coal-city.

On se rappelle quelle était la singulière conforma-
tion de cette vaste caverne, où le vieil overman et ses
compagnons s'étaient arrêtés pendant leur première
exploration. Là, au-dessus de leur tête, s'arrondissait
un dôme de courbure ogivale. Les piliers qui le soutenaient allaient se perdre dans la voûte de schiste, à
une hauteur de trois cents pieds, — hauteur presque
égale à celle du « Mammouth-Dôme », des grottes du
Kentucky.

On sait que cette énorme halle, — la plus grande de
toute l'hypogée américaine, — peut aisément contenir
cinq mille personnes. Dans cette partie de la Nouvelle-
Aberfoyle, c'était même proportion et aussi même disposition. Mais, au lieu des admirables stalactites de la
célèbre grotte, le regard s'accrochait ici à des intumescences de filons carbonifères, qui semblaient jaillir de
toutes les parois sous la pression des failles schisteuses. On eût dit des rondes-bosses de jais dont les
paillettes s'allumaient sous le rayonnement des disques

Au-dessous de ce dôme s'étendait un lac comparable
pour son étendue à la Mer morte des « Mammouth-
Caves », — lac profond dont les eaux transparentes
fourmillaient de poissons sans yeux, et auquel l'ingénieur donna le nom de lac Malcolm.

C'était là, dans cette immense excavation naturelle,
que Simon Ford avait bâti son nouveau cottage, et il ne

l'eût pas échangé pour le plus bel hôtel de Princes-
street, à Édimbourg. Cette habitation était située au
bord du lac, et ses cinq fenêtres s'ouvraient sur les
eaux sombres, qui s'étendaient au delà de la limite du
regard.

Deux mois après, une seconde habitation s'était
élevée dans le voisinage du cottage de Simon Ford. Ce
fut celle de James Starr. L'ingénieur s'était donné
corps et âme à la Nouvelle-Aberfoyle. Il avait, lui aussi,
voulu l'habiter, et il fallait que ses affaires l'y obligeas-
sent impérieusement pour qu'il consentît à remonter
au dehors. Là, en effet, il vivait au milieu de son
monde de mineurs.

Depuis la découverte des nouveaux gisements, tous
les ouvriers de l'ancienne houillère s'étaient hâtés
d'abandonner la charrue et la herse pour reprendre le
pic ou la pioche. Attirés par la certitude que le travail
ne leur manquerait jamais, alléchés par les hauts prix
que la prospérité de l'exploitation allait permettre d'affecter à la main-d'œuvre, ils avaient abandonné le dessus du sol pour le dessous, et s'étaient logés dans la
houillère, qui, par sa disposition naturelle, se prêtait
à cette installation.

Ces maisons de mineurs, construites en briques,
s'étaient peu à peu disposées d'une façon pittoresque,
les unes sur les rives du lac Malcolm, les autres sous

ces arceaux, qui semblaient faits pour résister à la
poussée des voûtes comme les contreforts d'une cathédrale. Piqueurs qui abattent la roche, rouleurs qui
transportent le charbon, conducteurs de travaux, boiseurs qui étançonnent les galeries, cantonniers auxquels est confiée la réparation des voies, remblayeurs
qui substituent la pierre à la houille dans les parties
exploitées, tous ces ouvriers enfin, qui sont plus spé-
cialement employés aux travaux du fond, fixèrent leur
domicile dans la Nouvelle-Aberfoyle et fondèrent peu
à peu Coal-city, située sous la pointe orientale du lac
Katrine, dans le nord du comté de Stirling.

C'était donc une sorte de village flamand, qui s'était
élevé sur les bords du lac Malcolm. Une chapelle, éri-
gée sous l'invocation de Saint-Gilles, dominait tout cet
ensemble du haut d'un énorme rocher, dont le pied se
baignait dans les eaux de cette mer subterranéenne.

Lorsque ce bourg souterrain s'éclairait des vifs
rayons projetés par les disques, suspendus aux piliers
du dôme ou aux arceaux des contre-nefs, il se présentait sous un aspect quelque peu fantastique, d'un effet
étrange, qui justifiait la recommandation des Guides
Murray ou Joanne. C'est pourquoi les visiteurs affluaient.

Si les habitants de Coal-city se montraient fiers de
leur installation, cela va sans dire. Aussi ne quittaient-

ils que rarement la cité ouvrière, imitant en cela Simon Ford, qui, lui, n'en voulait jamais sortir. Le vieil overman prétendait qu'il pleuvait toujours « là-haut », et, étant donné le climat du Royaume-Uni, il faut convenir qu'il n'avait pas absolument tort. Les familles de la Nouvelle-Aberfoyle prospéraient donc. Depuis trois ans, elles étaient arrivées à une certaine aisance, qu'elles n'eussent jamais obtenue à la surface du comté. Bien des bébés, qui étaient nés à l'époque où les travaux furent repris, n'avaient encore jamais respiré l'air extérieur.

Ce qui faisait dire à Jack Ryan :

« Voilà dix-huit mois qu'ils ont cessé de téter leurs mères, et, pourtant, ils n'ont pas encore vu le jour! »

Il faut noter, à ce propos, qu'un des premiers accourus à l'appel de l'ingénieur avait été Jack Ryan. Ce joyeux compagnon s'était fait un devoir de reprendre son ancien métier. La ferme de Melrose avait donc perdu son chanteur et son piper ordinaire. Mais ce n'est pas dire que Jack Ryan ne chantait plus. Au contraire, et les échos sonores de la Nouvelle-Aberfoyle usaient leurs poumons de pierre à lui répondre.

Jack Ryan s'était installé au nouveau cottage de Simon Ford. On lui avait offert une chambre qu'il avait acceptée sans façon, en homme simple et franc qu'il était. La vieille Madge l'aimait pour son bon caractère et sa belle humeur. Elle partageait tant soit peu ses idées au sujet des êtres fantastiques qui devaient hanter la houillère, et tous deux, quand ils étaient seuls, se racontaient des histoires à faire frémir, histoires bien dignes d'enrichir la mythologie hyperboréenne.

Jack Ryan devint ainsi la joie du cottage. C'était, d'ailleurs, un bon sujet, un solide ouvrier. Six mois après la reprise des travaux, il était chef d'une brigade des travaux du fond.

« Voilà qui est bien travaillé, monsieur Ford, disait-il, quelques jours après son installation. Vous avez trouvé un nouveau filon, et, si vous avez failli payer de votre vie cette découverte, eh bien, ce n'est pas trop cher !

— Non, Jack, c'est même un bon marché que nous avons fait là ! répondit le vieil overman. Mais ni M. Starr, ni moi, nous n'oublierons que c'est à toi que nous devons la vie !

— Mais non, reprit Jack Ryan. C'est à votre fils Harry, puisqu'il a eu la bonne pensée d'accepter mon invitation pour la fête d'Irvine...

— Et de n'y point aller, n'est-ce pas ? répliqua Harry, en serrant la main de son camarade. Non, Jack, c'est à toi, à peine remis de tes blessures, à toi, qui n'as perdu ni un jour, ni une heure, que nous devons d'avoir été retrouvés vivants dans la houillère !

— Eh bien, non ! riposta l'entêté garçon. Je ne laisserai pas dire des choses qui ne sont point ! J'ai pu faire diligence pour savoir ce que tu étais devenu, Harry, et voilà tout. Mais, afin de rendre à chacun ce qui lui est dû, j'ajouterai que sans cet insaisissable lutin...

— Ah ! nous y voilà ! s'écria Simon Ford. Un lutin !

— Un lutin, un brawnie, un fils de fée, répéta Jack Ryan, un petit-fils des Dames de feu, un Urisk, ce que vous voudrez enfin ! Il n'en est pas moins certain que, sans lui, nous n'aurions jamais pénétré dans la galerie, d'où vous ne pouviez plus sortir !

— Sans doute, Jack, répondit Harry. Il reste à savoir si cet être est aussi surnaturel que tu veux le croire.

— Surnaturel ! s'écria Jack Ryan. Mais il est aussi surnaturel qu'un follet, qu'on verrait courir son falot à la main, qu'on voudrait attraper, qui vous échapperait comme un sylphe, qui s'évanouirait comme une ombre ! Sois tranquille, Harry, on le reverra un jour ou l'autre !

— Eh bien, Jack, dit Simon Ford, follet ou non, nous chercherons à le retrouver, et il faudra que tu nous aides à cela.

— Vous vous ferez là une mauvaise affaire, monsieur Ford ! répondit Jack Ryan.

— Bon ! laisse venir, Jack ! »

On se figure aisément combien ce domaine de la

Nouvelle-Aberfoyle devint bientôt familier aux membres de la famille Ford, et plus particulièrement à
Harry. Celui-ci apprit à en connaître les plus secrets
détours. Il en arriva même à pouvoir dire à quel point
de la surface du sol correspondait tel ou tel point de
la houillère. Il savait qu'au-dessus de cette couche se
développait le golfe de Clyde, que là s'étendait le lac
Lomond ou le lac Katrine. Ces piliers, c'était un con-
trefort des monts Grampians qu'ils supportaient. Cette
voûte, elle servait de soubassement à Dumbarton. Au-
dessus de ce large étang passait le railway de Balloch.
Là finissait le littoral écossais. Là commençait la mer,
dont on entendait distinctement les fracas, pendant
les grandes tourmentes de l'équinoxe. Harry eût été
un merveilleux « leader » de ces catacombes natu-
relles, et, ce que font les guides des Alpes sur les
sommets neigeux, en pleine lumière, il l'eût fait dans
la houillère, en pleine ombre, avec une incomparable
sûreté d'instinct.

Aussi l'aimait-il, cette Nouvelle-Aberfoyle ! Que de
fois, sa lampe au chapeau, il s'aventurait jusque dans
ses plus extrêmes profondeurs ! Il explorait ses étangs
sur un canot qu'il manœuvrait adroitement. Il chassait
même, car de nombreux oiseaux sauvages s'étaient
introduits dans la crypte, pilets, bécassines, ma-
creuses, qui se nourrissaient des poissons dont four-

millaient ces eaux noires. Il semblait que les yeux
d'Harry fussent faits aux espaces sombres, comme les
yeux d'un marin aux horizons éloignés.

Mais, courant ainsi, Harry était comme irrésistible-
ment entraîné par l'espoir de retrouver l'être mystérieux, dont l'intervention, pour dire le vrai, l'avait
sauvé plus que toute autre, et les siens avec lui.
Réussirait-il? Oui, à n'en pas douter, s'il en croyait
ses pressentiments. Non, s'il fallait conclure du peu
de succès que ses recherches avaient obtenu jusqu'alors.

Quant aux attaques dirigées contre la famille du
vieil overman, avant la découverte de la Nouvelle-
Aberfoyle, elles ne s'étaient pas renouvelées.

Ainsi allaient les choses dans cet étrange domaine.

Il ne faudrait pas s'imaginer que, même à l'époque
où les linéaments de Coal-city se dessinaient à peine,
toute distraction fût écartée de la souterraine cité, et
que l'existence y fût monotone.

Il n'en était rien. Cette population, ayant mêmes in-
térêts, mêmes goûts, à peu près même somme d'aisance, constituait, à vrai dire, une grande famille. On
se connaissait, on se coudoyait, et le besoin d'aller
chercher quelques plaisirs au dehors se faisait peu
sentir.

D'ailleurs, chaque dimanche, promenades dans la

houillère, excursions sur les lacs et les étangs, c'étaient autant d'agréables distractions.

Souvent aussi, on entendait les sons de la corne-muse retentir sur les bords du lac Malcolm. Les Écossais accouraient à l'appel de leur instrument national. On dansait, et ce jour-là, Jack Ryan, revêtu de son costume de Highlander, était le roi de la fête.

Enfin, de tout cela il résultait, au dire de Simon Ford, que Coal-city pouvait déjà se poser en rivale de la capitale de l'Écosse, de cette cité soumise aux froids de l'hiver, aux chaleurs de l'été, aux intempé-ries d'un climat détestable, et qui, dans une atmo-sphère encrassée de la fumée de ses usines, justifiait trop justement son surnom de « Vieille-Enfumée » (1).

_____

(1) Auld-Reeky, surnom donné au vieil Édimbourg.

CHAPITRE XIV

SUSPENDU A UN FIL.

Dans de telles conditions, ses plus chers désirs satisfaits, la famille de Simon Ford était heureuse. Cependant, on eût pu observer qu'Harry, déjà d'un caractère un peu sombre, était de plus en plus « en dedans », comme disait Madge. Jack Ryan, malgré sa bonne humeur si communicative, ne parvenait pas à le mettre « en dehors ».

Un dimanche, — c'était au mois de juin, — les deux amis se promenaient sur les bords du lac Malcolm. Coal-city chômait. A l'extérieur, le temps était orageux. De violentes pluies faisaient sortir de la terre une buée chaude. On ne respirait pas à la surface du comté.

Au contraire, à Coal-city, calme absolu, température douce, ni pluie ni vent. Rien n'y transpirait de la lutte des éléments du dehors. Aussi, un certain nombre de promeneurs de Stirling et des environs étaient-ils venus chercher un peu de fraîcheur dans les profondeurs de la houillère.

Les disques électriques jetaient un éclat qu'eût certainement envié le soleil britannique, plus embrumé qu'il ne convient à un soleil des dimanches.

Jack Ryan faisait remarquer ce tumultueux concours de visiteurs à son camarade Harry. Mais celui-ci ne semblait prêter à ses paroles qu'une médiocre attention.

« Regarde donc, Harry ! s'écriait Jack Ryan. Quel empressement à venir nous voir ! Allons, mon camarade ! Chasse un peu tes idées tristes pour mieux faire les honneurs de notre domaine ! Tu donnerais à penser, à tous ces gens du dessus, que l'on peut envier leur sort !

— Jack, répondit Harry, ne t'occupe pas de moi ! Tu es gai pour deux, et cela suffit !

— Que le vieux Nick m'emporte ! riposta Jack Ryan, si ta mélancolie ne finit pas par déteindre sur moi ! Mes yeux se rembrunissent, mes lèvres se resserrent, le rire me reste au fond du gosier, la mémoire des chansons m'abandonne ! Voyons, Harry, qu'as-tu ?

— Tu le sais, Jack.

— Toujours cette pensée ?...

— Toujours.

— Ah ! mon pauvre Harry ! répondit Jack Ryan en haussant les épaules, si, comme moi, tu mettais tout cela sur le compte des lutins de la mine, tu aurais l'esprit plus tranquille !

— Tu sais bien, Jack, que les lutins n'existent que dans ton imagination, et que, depuis la reprise des travaux, on n'en a pas revu un seul dans la Nouvelle-Aberfoyle.

— Soit, Harry ! mais, si les brawnies ne se montrent plus, il me semble que ceux auxquels tu veux rapporter toutes ces choses extraordinaires ne se montrent pas davantage !

— Je les retrouverai, Jack !

— Ah ! Harry ! Harry ! Les génies de la Nouvelle-Aberfoyle ne sont pas faciles à surprendre !

— Je les retrouverai, tes prétendus génies ! reprit Harry avec l'accent de la plus énergique conviction.

— Ainsi, tu prétends punir ?...

— Punir et récompenser, Jack. Si une main nous a emprisonnés dans cette galerie, je n'oublie pas qu'une autre main nous a secourus ! Non ! je ne l'oublie pas !

— Eh ! Harry ! répondit Jack Ryan, es-tu bien sûr

que ces deux mains-là n'appartiennent pas au même corps?

— Pourquoi, Jack? D'où peut te venir cette idée?

— Dame... tu sais... Harry! Ces êtres, qui vivent dans les abîmes... ne sont pas faits comme nous!

— Ils sont faits comme nous, Jack!

— Eh non! Harry... non... D'ailleurs, ne peut-on supposer que quelque fou soit parvenu à s'introduire...

— Un fou! répondit Harry! Un fou qui aurait une telle suite dans les idées! Un fou, ce malfaiteur qui, depuis le jour où il a rompu les échelles du puits Yarow, n'a cessé de nous faire du mal!

— Mais il n'en fait plus, Harry. Depuis trois ans, aucun acte malveillant n'a été renouvelé ni contre toi, ni contre les tiens!

— Il n'importe, Jack, répondit Harry. J'ai le pressentiment que cet être mauvais, quel qu'il soit, n'a pas renoncé à ses projets. Sur quoi je me fonde pour te parler ainsi, je ne pourrais le dire. Aussi, Jack, dans l'intérêt de la nouvelle exploitation, je veux savoir qui il est et d'où il vient.

— Dans l'intérêt de la nouvelle exploitation?... demanda Jack Ryan, assez étonné.

— Oui, Jack, reprit Harry. Je ne sais si je m'abuse, mais je vois dans toute cette affaire un intérêt contraire au nôtre. J'y ai souvent songé, et je ne crois pas me tromper. Rappelle-toi la série de ces faits inexplicables, qui s'enchaînent logiquement l'un à l'autre. Cette lettre anonyme, contradictoire de celle de mon père, prouve, tout d'abord, qu'un homme a eu connaissance de nos projets et qu'il a voulu en empêcher l'accomplissement. M. Starr vient nous rendre visite à la fosse Dochart. A peine l'y ai-je introduit, qu'une énorme pierre est lancée sur nous, et que toute communication est aussitôt interrompue par la rupture des échelles du puits Yarow. Notre exploration commence. Une expérience, qui doit révéler l'existence du nouveau gisement, est alors rendue impossible par l'obturation des fissures du schiste. Néanmoins, la constatation s'opère, le filon est trouvé. Nous revenons sur nos pas. Un grand souffle se produit dans l'air. Notre lampe est brisée. L'obscurité se fait autour de nous. Nous parvenons, cependant, à suivre la sombre galerie... Plus d'issue pour en sortir. L'orifice était bouché. Nous étions séquestrés. Eh bien, Jack ne vois-tu pas dans tout cela une pensée criminelle ? Oui ! un être, insaisissable jusqu'ici, mais non pas surnaturel, comme tu persistes à le croire, était caché dans la houillère. Dans un intérêt que je ne puis comprendre, il cherchait à nous en interdire l'accès. Il y était !... Un pressentiment me dit qu'il y est encore, et qui sait s'il ne prépare pas quelque coup terrible! — Eh bien! Jack, dussé-je y risquer ma vie, je le découvrirai! »

Harry avait parlé avec une conviction qui ébranla sérieusement son camarade.

Jack Ryan sentait bien qu'Harry avait raison, — au moins pour le passé. Que ces faits extraordinaires eussent une cause naturelle ou surnaturelle, ils n'en étaient pas moins patents.

Cependant, le brave garçon ne renonçait pas à sa manière d'expliquer ces événements. Mais, comprenant qu'Harry n'admettrait jamais l'intervention d'un génie mystérieux, il se rabattit sur l'incident qui semblait inconciliable avec le sentiment de malveillance dirigée contre la famille Ford.

« Eh bien, Harry, dit-il, si je suis obligé de te donner raison sur un certain nombre de points, ne penseras-tu pas avec moi que quelque bienfaisant brawnie, en vous apportant le pain et l'eau, a pu vous sauver de...

— Jack, répondit Harry en l'interrompant, l'être secourable dont tu veux faire un être surnaturel existe aussi réellement que le malfaiteur en question, et, tous deux, je les chercherai jusque dans les plus lointaines profondeurs de la houillère.

— Mais as-tu quelque indice qui puisse guider tes recherches? demanda Jack Ryan.

— Peut-être, répondit Harry. Écoute-moi bien. A cinq milles dans l'ouest de la Nouvelle-Aberfoyle, sous la portion du massif qui supporte le Lomond, il existe un puits naturel qui s'enfonce perpendiculairement dans les entrailles mêmes du gisement. Il y a huit jours, j'ai voulu en sonder la profondeur. Or, pendant que ma sonde descendait, alors que j'étais penché sur l'orifice de ce puits, il m'a semblé que l'air s'agitait à l'intérieur, comme s'il eût été battu de grands coups d'ailes.

— C'était quelque oiseau égaré dans les galeries inférieures de la houillère, répondit Jack.

— Ce n'est pas tout, Jack, reprit Harry. Ce matin même, je suis retourné à ce puits, et là, prêtant l'oreille, j'ai cru surprendre comme une sorte de gémissement...

— Un gémissement! s'écria Jack. Tu t'es trompé, Harry! C'est une poussée d'air... à moins qu'un lutin...

—Demain, Jack, reprit Harry, je saurai à quoi m'en tenir.

—Demain? répondit Jack en regardant son camarade.

— Oui ! Demain, je descendrai dans cet abîme.

—Harry, c'est tenter Dieu, cela!

—Non, Jack, car j'implorerai son aide pour y

descendre. Demain, nous nous rendrons tous deux à ce puits avec quelques-uns de nos camarades. Une longue corde, à laquelle je m'attacherai, vous permettra de me descendre et de me retirer à un signal convenu. — Je puis compter sur toi, Jack ?

— Harry, répondit Jack Ryan en hochant la tête, je ferai ce que tu me demandes, et cependant, je te le répète, tu as tort.

— Mieux vaut avoir tort de faire que remords de n'avoir pas fait, dit Harry d'un ton décidé. Donc, demain matin, à six heures, et silence ! Adieu, Jack ! »

Et, pour ne pas continuer une conversation dans laquelle Jack Ryan eût encore essayé de combattre ses projets, Harry quitta brusquement son camarade et rentra au cottage.

Il faut, cependant, convenir que les appréhensions de Jack n'étaient point exagérées. Si quelque ennemi personnel menaçait Harry, s'il se trouvait au fond de ce puits où le jeune mineur allait le chercher, Harry s'exposait. Cependant, quelle vraisemblance d'admettre qu'il en fût ainsi ?

« Et, au surplus, répétait Jack Ryan, pourquoi se donner tant de mal pour expliquer une série de faits, qui s'expliquaient si aisément par une intervention surnaturelle des génies de la mine? »

Quoi qu'il en soit, le lendemain, Jack Ryan et trois

mineurs de sa brigade arrivaient en compagnie d'Harry à l'orifice du puits suspect.

Harry n'avait rien dit de son projet, ni à James Starr, ni au vieil overman. De son côté, Jack Ryan avait été assez discret pour ne point parler. Les autres mineurs, en les voyant partir, avaient pensé qu'il ne s'agissait là que d'une simple exploration du gisement suivant sa coupe verticale.

Harry s'était muni d'une longue corde, mesurant deux cents pieds. Cette corde n'était pas grosse, mais elle était solide. Harry ne devant ni descendre ni remonter à la force des poignets, il suffisait que la corde fût assez forte pour supporter son poids. C'était à ses compagnons qu'incomberait la tâche de le laisser glisser dans le gouffre, à eux de l'en retirer. Une secousse, imprimée à la corde, servirait de signal entre eux et lui.

Le puits était assez large, ayant douze pieds de diamètre à son orifice. Une poutre fut placée en travers, comme un pont, de manière que la corde, en glissant à sa surface, pût se maintenir dans l'axe du puits. Précaution indispensable à prendre pour qu'Harry ne fût pas heurté, pendant la descente, aux parois latérales.

Harry était prêt.

« Tu persistes dans ton projet d'explorer cet abîme ? lui demanda Jack Ryan à voix basse.

10.

— Oui, Jack, » répondit Harry.

La corde fut d'abord attachée autour des reins d'Harry, puis sous ses aisselles, afin que son corps ne pût basculer.

Ainsi maintenu, Harry était libre de ses deux mains. A sa ceinture, il suspendit une lampe de sûreté, à son côté, un de ces larges couteaux écossais qui sont engaînés dans un fourreau de cuir.

Harry s'avança jusqu'au milieu de la poutre, autour de laquelle la corde fut passée.

Puis, ses compagnons le laissant glisser, il s'enfonça lentement dans le puits. Comme la corde subissait un léger mouvement de rotation, la lueur de sa lampe se portait successivement sur chaque point des parois, et Harry put les examiner avec soin.

Ces parois étaient faites de schiste houiller. Elles étaient assez lisses pour qu'il fût impossible de se hisser à leur surface.

Harry calcula qu'il descendait avec une vitesse modérée, — environ un pied par seconde. Il avait donc possibilité de bien voir, facilité de se tenir prêt à tout événement.

Au bout de deux minutes, c'est-à-dire à une profondeur de cent vingt pieds à peu près, la descente s'était opérée sans incident. Il n'existait aucune galerie latérale dans la paroi du puits, lequel s'étranglait peu à peu, en forme d'entonnoir. Mais Harry commençait à sentir un air plus frais, qui venait d'en bas, — d'où il conclut que l'extrémité inférieure du puits communiquait avec quelque boyau de l'étage inférieur de la crypte.

La corde glissait toujours. L'obscurité était absolue. Le silence, absolu aussi. Si un être vivant, quel qu'il fût, avait cherché refuge dans ce mystérieux et profond abîme, ou il n'y était pas alors, ou aucun mouvement ne trahissait sa présence.

Harry, plus défiant à mesure qu'il descendait, avait tiré le couteau de sa gaîne, et il le tenait de sa main droite.

A une profondeur de cent quatre-vingts pieds, Harry sentit qu'il avait atteint le sol inférieur, car la corde mollit et ne se déroula plus.

Harry respira un instant. Une des craintes qu'il avait pu concevoir ne s'était pas réalisée, c'est-à-dire que, pendant sa descente, la corde ne fût coupée au-dessus de lui. Il n'avait, d'ailleurs, remarqué aucune anfractuosité dans les parois qui pût recéler un être quelconque.

L'extrémité inférieure du puits était fort rétrécie.

Harry, détachant la lampe de sa ceinture, la promena sur le sol. Il ne s'était pas trompé dans ses conjectures.

Un étroit boyau s'enfonçait latéralement dans l'étage inférieur du gisement. Il eût fallu se courber pour y pénétrer, et se traîner sur les mains pour le suivre.

Harry voulut voir en quelle direction se ramifiait cette galerie, et si elle aboutissait à quelque abîme.

Il se coucha sur le sol et commença à ramper. Mais un obstacle l'arrêta presque aussitôt.

Il crut sentir au toucher que cet obstacle était un corps qui obstruait le passage.

Harry recula, d'abord, par un vif sentiment de répulsion, puis il revint.

Ses sens ne l'avaient pas trompé. Ce qui l'avait arrêté, c'était, en effet, un corps. Il le saisit, et se rendit compte que, glacé aux extrémités, il n'était pas encore refroidi tout à fait.

L'attirer à soi, le ramener au fond du puits, projeter sur lui la lumière de la lampe, ce fut fait en moins de temps qu'il ne faut à le dire.

« Un enfant ! » s'écria Harry.

L'enfant, retrouvé au fond de cet abîme, respirait encore, mais son souffle était si faible qu'Harry pût croire qu'il allait cesser. Il fallait donc, sans perdre un nstant, ramener cette pauvre petite créature à l'orifice du puits, et la conduire au cottage, où Madge lui prodiguerait ses soins.

Harry, oubliant toute autre préoccupation, rajusta

la corde à sa ceinture, y attacha sa lampe, prit l'enfant qu'il soutint de son bras gauche contre sa poitrine, et, gardant son bras droit libre et armé, il fit le signal convenu, afin que la corde fût halée doucement.

La corde se tendit, et la remontée commença à s'opérer régulièrement.

Harry regardait autour de lui avec un redoublement d'attention. Il n'était plus seul exposé, maintenant.

Tout alla bien pendant les premières minutes de l'ascension, aucun incident ne semblait devoir survenir, lorsqu'Harry crut entendre un souffle puissant qui déplaçait les couches d'air dans les profondeurs du puits. Il regarda au-dessous de lui et aperçut, dans la pénombre, une masse, qui, s'élevant peu à peu, le frôla en passant.

C'était un énorme oiseau, dont il ne put reconnaître l'espèce, et qui montait à grands coups d'ailes.

Le monstrueux volatile s'arrêta, plana un instant, puis fondit sur Harry avec un acharnement féroce.

Harry n'avait que son bras droit dont il pût faire usage pour parer les coups du formidable bec de l'animal.

Harry se défendit donc, tout en protégeant l'enfant du mieux qu'il put. Mais ce n'était pas à l'enfant, c'était à lui que l'oiseau s'attaquait. Gêné par la rotation de

la corde, il ne parvenait pas à le frapper mortelle-
ment.

La lutte se prolongeait. Harry cria de toute la force
de ses poumons, espérant que ses cris seraient entendus
d'en haut.

C'est ce qui arriva, car la corde fut aussitôt halée
plus vite.

Il restait encore une hauteur de quatre-vingts pieds
à franchir. L'oiseau se jeta plus violemment alors sur
Harry. Celui-ci, d'un coup de son couteau, le blessa à
l'aile; l'oiseau, poussant un cri rauque, disparut dans
les profondeurs du puits.

Mais, circonstance terrible, Harry, en brandissant
son couteau pour frapper l'oiseau, avait entamé la
corde, dont un toron était maintenant coupé.

Les cheveux d'Harry se dressèrent sur sa tête.

La corde cédait peu à peu, à plus de cent pieds au-
dessus du fond de l'abîme!...

Harry poussa un cri désespéré.

Un second toron manqua sous le double fardeau
que supportait la corde à demi tranchée.

Harry lâcha son couteau, et, par un effort surhu-
main, au moment où la corde allait se rompre, il parvint à la saisir de la main droite au-dessus de la sec-
tion. Mais, bien que son poignet fût de fer, il sentit la
corde glisser peu à peu entre ses doigts.

Il aurait pu ressaisir cette corde à deux mains, en sacrifiant l'enfant qu'il soutenait d'un bras... Il n'y voulut même pas penser.

Cependant, Jack Ryan et ses compagnons, surexcités par les cris d'Harry, halaient plus vivement.

Harry crut qu'il ne pourrait tenir bon jusqu'à ce qu'il fût remonté à l'orifice du puits. Sa face s'injecta. Il ferma un instant les yeux, s'attendant à tomber dans l'abîme, puis il les rouvrit...

Mais, au moment où il allait lâcher la corde, qu'il ne tenait plus que par son extrémité, il fut saisi et déposé sur le sol avec l'enfant.

La réaction se fit alors, et Harry tomba sans connaissance entre les bras de ses camarades.

CHAPITRE XV

NELL AU COTTAGE.

Deux heures après, Harry, qui n'avait pas aussitôt recouvré ses sens, et l'enfant, dont la faiblesse était extrême, arrivaient au cottage avec l'aide de Jack Ryan et de ses compagnons.

Là, le récit de ces événements fut fait au vieil overman, et Madge prodigua ses soins à la pauvre créature, que son fils venait de sauver.

Harry avait cru retirer un enfant de l'abîme... C'était une jeune fille de quinze à seize ans, au plus. Son regard vague et plein d'étonnement, sa figure maigre, allongée par la souffrance, son teint de blonde que la lumière ne semblait avoir jamais baigné, sa taille frêle et petite, tout en faisait un être à la fois bizarre et charmant. Jack Ryan, avec quelque raison, la compara à un farfadet d'aspect un peu surnaturel. Etait-ce dû aux circonstances particulières, au milieu exceptionnel dans lequel cette jeune fille avait peut-être vécu jusqu'alors, mais elle paraissait n'appartenir qu'à demi à l'humanité. Sa physionomie était étrange. Ses yeux, que l'éclat des lampes du cottage semblait fatiguer, regardaient confusément, comme si tout eût été nouveau pour eux.

A cet être singulier, alors déposé sur le lit de Madge et qui revint à la vie comme s'il sortait d'un long sommeil, la vieille Ecossaise adressa d'abord la parole :

« Comment te nommes-tu? lui demanda-t-elle.

— Nell (1), répondit la jeune fille.

— Nell, reprit Madge, souffres-tu?

— J'ai faim, répondit Nell. Je n'ai pas mangé depuis... depuis... »

A ce peu de mots qu'elle venait de prononcer, on sentait que Nell n'était pas habituée à parler. La langue dont elle se servait était ce vieux gaélique, dont Simon Ford et les siens faisaient souvent usage.

Sur la réponse de la jeune fille, Madge lui apporta

(1) Nell est un abréviatif de Helena.

aussitôt quelques aliments. Nell se mourait de faim. Depuis quand était-elle au fond de ce puits ? on ne pouvait le dire.

« Combien de jours as-tu passés là-bas, ma fille ? » demanda Madge.

Nell ne répondit pas. Elle ne semblait pas comprendre la question qui lui était faite.

« Depuis combien de jours ?... reprit Madge.

— Jours ?... » répondit Nell, pour qui ce mot semblait être dépourvu de toute signification.

Puis, elle secoua la tête comme une personne qui ne comprend pas ce qu'on lui demande.

Madge avait pris la main de Nell et la caressait pour lui donner toute confiance :

« Quel âge as-tu, ma fille ? » demanda-t-elle, en lui faisant de bons yeux bien rassurants.

Même signe négatif de Nell.

« Oui, oui, reprit Madge, combien d'années ?

— Années ?... » répondit Nell.

Et ce mot, pas plus que le mot « jour », ne parut avoir de signification pour la jeune fille.

Simon Ford, Harry, Jack Ryan et ses compagnons la regardaient avec un double sentiment de pitié et de sympathie. L'état de ce pauvre être, vêtu d'une misérable cotte de grosse étoffe, était bien fait pour les impressionner.

Harry, plus que tout autre, se sentait irrésistible-ment attiré par l'étrangeté même de Nell.

Il s'approcha alors. Il prit dans sa main la main que Madge venait d'abandonner. Il regarda bien en face Nell, dont les lèvres ébauchèrent une sorte de sourire, et il lui dit :

« Nell.... là-bas.... dans la houillère.... étais-tu seule ?

— Seule ! seule ! » s'écria la jeune fille en se redres-sant.

Sa physionomie décelait alors l'épouvante. Ses yeux, qui s'étaient adoucis sous le regard du jeune homme, redevinrent sauvages.

« Seule ! seule ! » répéta-t-elle, et elle retomba sur le lit de Madge, comme si les forces lui eussent man-qué tout à fait.

« Cette pauvre enfant est encore trop faible pour nous répondre, dit Madge, après avoir recouché la jeune fille. Quelques heures de repos, un peu de bonne nourriture, lui rendront ses forces. Viens, Simon ! viens, Harry ! Venez tous, mes amis, et laissons faire le som-meil ! »

Sur le conseil de Madge, Nell fut laissée seule, et on put s'assurer, un instant après, qu'elle dormait profondément.

Cet événement n'alla pas sans faire grand bruit,

non-seulement dans la houillère, mais aussi dans le comté de Stirling, et, peu après, dans tout le Royaume-Uni. Le renom d'étrangeté de Nell s'en accrut. On aurait trouvé une jeune fille enfermée dans la roche schisteuse, comme un de ces êtres antédiluviens qu'un coup de pic délivre de leur gangue de pierre, que l'affaire n'eût pas eu plus d'éclat.

Sans le savoir, Nell devint fort à la mode. Les gens superstitieux trouvèrent là un nouveau texte à leurs récits légendaires. Ils pensaient volontiers que Nell était le génie de la Nouvelle-Aberfoyle, et lorsque Jack Ryan le disait à son camarade Harry :

« Soit, répondait le jeune homme, pour conclure, soit, Jack ! Mais, en tout cas, c'est le bon génie ! C'est celui qui nous a secourus, qui nous a apporté le pain et l'eau, lorsque nous étions emprisonnés dans la houillère ! Ce ne peut être que lui ! Quant au mauvais génie, s'il est resté dans la mine, il faudra bien que nous le découvrions un jour ! »

On le pense bien, l'ingénieur James Starr avait été informé tout d'abord de ce qui s'était passé.

La jeune fille, ayant recouvré ses forces dès le lendemain de son entrée au cottage, fut interrogée par lui avec la plus grande sollicitude. Elle lui parut ignorer la plupart des choses de la vie. Cependant, elle était intelligente, on le reconnut bientôt, mais

certaines notions élémentaires lui manquaient : celle
du temps, entre autres. On voyait qu'elle n'avait été
habituée à diviser le temps ni par heures, ni par jours,
et que ces mots mêmes lui étaient inconnus. En
outre, ses yeux, accoutumés à la nuit, se faisaient dif-
ficilement à l'éclat des disques électriques ; mais, dans
l'obscurité, son regard possédait une extraordinaire
acuité, et sa pupille, largement dilatée, lui permet-
tait de voir au milieu des plus profondes ténèbres. Il
fut aussi constant que son cerveau n'avait jamais reçu
les impressions du monde extérieur, que nul autre
horizon que celui de la houillère ne s'était développé
à ses yeux, que l'humanité tout entière avait tenu
pour elle dans cette sombre crypte. Savait-elle, cette
pauvre fille, qu'il y eût un soleil et des étoiles, des
villes et des campagnes, un univers dans lequel fourmillaient les mondes? On devait en douter jusqu'au
moment où certains mots qu'elle ignorait encore
prendraient dans son esprit une signification précise.

Quant à la question de savoir si Nell vivait seule dans
les profondeurs de la Nouvelle-Aberfoyle, James Starr
dut renoncer à la résoudre. En effet, toute allusion à
ce sujet jetait l'épouvante dans cette étrange nature.
Ou bien Nell ne pouvait, ou elle ne voulait pas répondre ; mais, certainement, il existait là quelque secret
qu'elle eût pu dévoiler.

« Veux-tu rester avec nous? Veux-tu retourner là où tu étais? » lui avait demandé James Starr.

A la première de ces deux questions : « Oh oui! » avait dit la jeune fille. A la seconde, elle n'avait répondu que par un cri de terreur, mais rien de plus.

Devant ce silence obstiné, James Starr, et avec lui Simon et Harry Ford, ne laissaient pas d'éprouver une certaine appréhension. Ils ne pouvaient oublier les faits inexplicables qui avaient accompagné la découverte de la houillère. Or, bien que depuis trois ans aucun nouvel incident ne se fût produit, ils s'attendaient toujours à quelque nouvelle agression de la part de leur invisible ennemi. Aussi voulurent-ils explorer le puits mystérieux. Ils le firent donc, bien armés et bien accompagnés. Mais ils n'y trouvèrent aucune trace suspecte. Le puits communiquait avec les étages inférieurs de la crypte, creusés dans la couche carbonifère.

James Starr, Simon et Harry causaient souvent de ces choses. Si un ou plusieurs êtres malfaisants étaient cachés dans la houillère, s'ils préparaient quelques embûches, Nell aurait pu le dire peut-être, mais elle ne parlait pas. La moindre allusion au passé de la jeune fille provoquait des crises, et il parut bon de ne point insister. Avec le temps, son secret lui échapperait sans doute.

Quinze jours après son arrivée au cottage, Nell était

l'aide la plus intelligente et la plus zélée de la vieille Madge. Évidemment, ne plus jamais quitter cette maison où elle avait été si charitablement accueillie, cela lui semblait tout naturel, et peut-être même ne s'imaginait-elle pas que désormais elle pût vivre ailleurs. La famille Ford lui suffisait, et il va sans dire que, dans la pensée de ces braves gens, du moment que Nell était entrée au cottage, elle était devenue leur enfant d'adoption.

Nell était charmante, en vérité. Sa nouvelle existence l'embellissait. C'étaient sans doute les premiers jours heureux de sa vie. Elle se sentait pleine de reconnaissance pour ceux auxquels elle les devait. Madge s'était pris pour Nell d'une sympathie toute maternelle. Le vieil overman en raffola bientôt à son tour. Tous l'aimaient, d'ailleurs. L'ami Jack Ryan ne regrettait qu'une chose : c'était de ne pas l'avoir sauvée lui-même. Il venait souvent au cottage. Il chantait, et Nell, qui n'avait jamais entendu chanter, trouvait cela fort beau ; mais on eût pu voir que la jeune fille préférait aux chansons de Jack Ryan les entretiens plus sérieux d'Harry, qui, peu à peu, lui apprit ce qu'elle ignorait encore des choses du monde extérieur.

Il faut dire que, depuis que Nell avait apparu sous sa forme naturelle, Jack Ryan s'était vu forcé de convenir que sa croyance aux lutins faiblissait dans une

certaine mesure. En outre, deux mois après, sa crédulité reçut un nouveau coup.

En effet, vers cette époque, Harry fit une découverte assez inattendue, mais qui expliquait en partie
l'apparition des Dames de feu dans les ruines du château de Dundonald, à Irvine.

Un jour, après une longue exploration de la partie
sud de la houillère, — exploration qui avait duré plusieurs jours à travers les dernières galeries de cette
énorme substruction, — Harry avait péniblement gravi
une étroite galerie, évidée dans un écartement de la
roche schisteuse.

Tout à coup, il fut très-surpris de se trouver en
plein air. La galerie, après avoir remonté obliquement vers la surface du sol, aboutissait précisément aux ruines de Dundonald-Castle. Il y existait
donc une communication secrète entre la Nouvelle-
Aberfoyle et la colline que couronnait le vieux château.
L'orifice supérieur de cette galerie eût été impossible
à découvrir extérieurement, tant il était obstrué de
pierres et de broussailles. Aussi, lors de l'enquête, les
magistrats n'avaient-ils pu y pénétrer.

Quelques jours après, James Starr, conduit par
Harry, vint reconnaître lui-même cette disposition
naturelle du gisement houiller.

« Voilà, dit-il, de quoi convaincre les superstitieux

de la mine. Adieu, les brownies, les lutins et les Dames de feu!

— Je ne crois pas, monsieur Starr, répondit Harry, que nous ayons lieu de nous en féliciter! Leurs remplaçants ne valent pas mieux et peuvent être pires, assurément!

— En effet, Harry, reprit l'ingénieur, mais qu'y faire? Évidemment, les êtres quelconques qui se cachent dans la mine communiquent par cette galerie avec la surface du sol. Ce sont eux, sans doute, qui, la torche à la main, pendant cette nuit de tourmente, ont attiré le *Motala* à la côte, et, comme les anciens pilleurs d'épaves, ils en eussent volé les débris, si Jack Ryan et ses compagnons ne se fussent pas trouvés là! Quoi qu'il en soit, enfin, tout s'explique. Voilà l'orifice du repaire! Quant à ceux qui l'habitaient, l'habitent-ils encore?

— Oui, puisque Nell tremble, lorsqu'on lui en parle! répondit Harry avec conviction. Oui, puisque Nell ne veut pas ou n'ose pas en parler! »

Harry devait avoir raison. Si les mystérieux hôtes de la houillère l'eussent abandonnée, ou s'ils étaient morts, quelle raison aurait eue la jeune fille de garder le silence?

Cependant, James Starr tenait absolument à pénétrer ce secret. Il pressentait que l'avenir de la nouvelle

11.

exploitation pouvait en dépendre. On prit donc de nouveau les plus sévères précautions. Les magistrats furent
prévenus. Des agents occupèrent secrètement les ruines
de Dundonald-Castle. Harry lui-même se cacha, pendant plusieurs nuits, au milieu des broussailles qui hé-
rissaient la colline. Peine inutile. On ne découvrit rien.
Nul être humain n'apparut à travers l'orifice.

On en arriva bientôt à cette conclusion, que les malfaiteurs avaient dû définitivement quitter la Nouvelle-
Aberfoyle, et que, quant à Nell, ils la croyaient morte
au fond de ce puits où ils l'avaient abandonnée. Avant
l'exploitation, la houillère pouvait leur offrir un refuge
assuré, à l'abri de toute perquisitio. Mais, depuis, les
circonstances n'étaient plus les mêmes. Le gîte devenait difficile à cacher. On aurait donc dû raisonnable-
ment espérer qu'il n'y avait plus rien à craindre pour
l'avenir.

Cependant, James Starr n'était pas absolument
rassuré. Harry, non plus, ne pouvait se rendre, et il
répétait souvent :

« Nell a été évidemment mêlée à tout ce mystère.
Si elle n'avait plus rien à redouter, pourquoi garderait-
elle le silence ? On ne peut douter qu'elle soit heureuse
d'être avec nous ! Elle nous aime tous ! Elle adore ma
mère ! Si elle se tait sur son passé, sur ce qui pourrait
nous rassurer pour l'avenir, c'est donc que quelque ter-

rible secret, que sa conscience lui interdit de dévoiler, pèse sur elle! Peut-être aussi, dans notre intérêt plus que dans le sien, croit-elle devoir se renfermer dans cet inexplicable mutisme! »

C'est par suite de ces diverses considérations que, d'un accord commun, il avait été convenu qu'on écarterait de la conversation tout ce qui pouvait rappeler son passé à la jeune fille.

Un jour, cependant, Harry fut amené à faire connaître à Nell ce que James Starr, son père, sa mère et lui-même croyaient devoir à son intervention.

C'était jour de fête. Les bras chômaient aussi bien à la surface du comté de Stirling que dans le domaine souterrain. On s'y promenait un peu partout. Des chants retentissaient, en vingt endroits, sous les voûtes sonores de la Nouvelle-Aberfoyle.

Harry et Nell avaient quitté le cottage et suivaient à pas lents la rive gauche du lac Malcolm. Là, les éclats électriques se projetaient avec moins de violence, et leurs faisceaux se brisaient capricieusement aux angles de quelques pittoresques rochers qui soutenaient le dôme. Cette pénombre convenait mieux aux yeux de Nell, qui ne se faisaient que très-difficilement à la lumière.

Après une heure de marche, Harry et sa compagne s'arrêtèrent en face de la chapelle de Saint-Gilles, sur une sorte de terrasse naturelle, qui dominait les eaux du lac.

« Tes yeux, Nell, ne sont pas encore habitués au jour, dit Harry, et, certainement, ils ne pourraient supporter l'éclat du soleil.

— Non, sans doute, répondit la jeune fille, si le soleil est tel que tu me l'as dépeint, Harry.

— Nell, reprit Harry, en te parlant, je n'ai pu te donner une juste idée de sa splendeur ni des beautés de cet univers que tes regards n'ont jamais observé.

— Mais, dis-moi, se peut-il que depuis le jour où tu es née dans les profondeurs de la houillère, se peut-il que tu ne sois jamais remontée à la surface du sol ?

— Jamais, Harry, répondit Nell, et je ne pense pas que, même petite, ni un père ni une mère m'y aient jamais portée. J'aurais certainement gardé quelque souvenir du dehors !

— Je le crois, répondit Harry. D'ailleurs, à cette époque, Nell, bien d'autres que toi ne quittaient jamais la mine. Les communications avec l'extérieur étaient difficiles, et j'ai connu plus d'un jeune garçon ou d'une jeune fille, qui, à ton âge, ignoraient encore tout ce que tu ignores des choses de là-haut ! Mais maintenant, en quelques minutes, le railway du grand tunnel nous transporte à la surface du comté. J'ai donc hâte, Nell, de t'entendre me dire : « Viens,

Harry, mes yeux peuvent supporter la lumière du jour, et je veux voir le soleil ! Je veux voir l'œuvre de Dieu !

— Je te le dirai, Harry, répondit la jeune fille, avant peu, je l'espère. J'irai admirer avec toi ce monde extérieur, et cependant...

— Que veux-tu dire, Nell ? demanda vivement Harry. Aurais-tu quelque regret d'avoir abandonné le sombre abîme dans lequel tu as vécu pendant les premières années de ta vie, et dont nous t'avons retirée presque morte ?

— Non, Harry, répondit Nell. Je pensais seulement que les ténèbres sont belles aussi. Si tu savais tout ce qu'y voient des yeux habitués à leur profondeur ! Il y a des ombres qui passent et qu'on aimerait à suivre dans leur vol ! Parfois ce sont des cercles qui s'entre-croisent devant le regard et dont on ne voudrait plus sortir ! Il existe, au fond de la houillère, des trous noirs, pleins de vagues lumières. Et puis, on entend des bruits qui vous parlent ! Vois-tu, Harry, il faut avoir vécu là pour comprendre ce que je ressens, ce que je ne puis t'exprimer !

— Et tu n'avais pas peur, Nell, quand tu étais seule ?

— Harry, répondit la jeune fille, c'est quand j'étais seule que je n'avais pas peur ! »

La voix de Nell s'était légèrement altérée en prononçant ces paroles. Harry, cependant, crut devoir la presser un peu, et il dit :

« Mais on pouvait se perdre dans ces longues galeries, Nell. Ne craignais-tu donc pas de t'y égarer?

— Non, Harry. Je connaissais, depuis longtemps, tous les détours de la nouvelle houillère !

— N'en sortais-tu pas quelquefois ?...

— Oui... quelquefois... répondit en hésitant la jeune fille, quelquefois, je venais jusque dans l'ancienne mine d'Aberfoyle.

— Tu connaissais donc le vieux cottage ?

— Le cottage... oui... mais, de bien loin seulement, ceux qui l'habitaient !

— C'étaient mon père et ma mère, répondit Harry, c'était moi ! Nous n'avions jamais voulu abandonner notre ancienne demeure !

— Peut-être cela aurait-il mieux valu pour vous !... murmura la jeune fille.

— Et pourquoi, Nell ? N'est-ce pas notre obstination à ne pas la quitter, qui nous a fait découvrir le nouveau gisement? Et cette découverte n'a-t-elle pas eu des conséquences heureuses pour toute une population qui a reconquis ici l'aisance par le travail, pour toi, Nell, qui, rendue à la vie, as trouvé des cœurs tout à toi!

— Pour moi! répondit vivement Nell... Oui! quoi qu'il puisse arriver! Pour les autres... qui sait?...

— Que veux-tu dire?

— Rien... mon!... Mais il y avait danger à s'introduire, alors, dans la nouvelle houillère! Oui! grand danger! Harry! Un jour, des imprudents ont pénétré dans ces abîmes. Ils ont été loin, bien loin! Ils se sont égarés...

— Égarés? dit Harry en regardant Nell.

— Oui... égarés... répondit Nell, dont la voix tremblait. Leur lampe s'est éteinte! Ils n'ont pu retrouver leur chemin...

— Et là, s'écria Harry, emprisonnés pendant huit longs jours, Nell, ils ont été près de mourir! Et sans un être secourable, que Dieu leur a envoyé, un ange peut-être, qui leur a secrètement apporté un peu de nourriture, sans un guide mystérieux qui, plus tard, a conduit jusqu'à eux leurs libérateurs, ils ne seraient jamais sorti de cette tombe!

— Et comment le sais-tu? demanda la jeune fille.

— Parce que ces hommes c'était James Starr... c'était mon père... c'était moi, Nell! »

Nell, relevant la tête, saisit la main du jeune homme, et elle le regarda avec une telle fixité, que celui-ci se sentit troublé jusqu'au plus profond de son cœur.

« Toi ! répéta la jeune fille.

— Oui ! répondit Harry, après un instant de silence, et celle à qui nous devons de vivre, c'était toi, Nell ! Ce ne pouvait être que toi ! »

Nell laissa tomber sa tête entre ses deux mains, sans répondre. Jamais Harry ne l'avait vue aussi vivement impressionnée.

« Ceux qui t'ont sauvée, Nell, ajouta-t-il d'une voix émue, te devaient déjà la vie, et crois-tu qu'ils puissent jamais l'oublier ? »

CHAPITRE XVI

SUR L'ÉCHELLE OSCILLANTE.

Cependant, les travaux d'exploitation de la Nouvelle-Aberfoyle étaient conduits avec grand profit. Il va sans dire que l'ingénieur James Starr et Simon Ford, — les premiers découvreurs de ce riche bassin, carbonifère, — participaient largement à ces bénéfices. Harry devenait donc un parti. Mais il ne songeait guère à quitter le cottage. Il avait remplacé son père dans les fonctions d'overman et surveillait assidûment tout ce monde de mineurs.

Jack Ryan était fier et ravi de toute cette fortune qui arrivait à son camarade. Lui aussi, il faisait bien ses affaires. Tous deux se voyaient souvent, soit au cottage, soit dans les travaux du fond. Jack Ryan n'était pas sans avoir observé les sentiments qu'éprouvait Harry pour la jeune fille. Harry n'avouait pas, mais Jack riait à belles dents, lorsque son camarade secouait la tête en signe de dénégation.

Il faut dire que l'un des plus vifs désirs de Jack Ryan était d'accompagner Nell, lorsqu'elle ferait sa première visite à la surface du comté. Il voulait voir ses étonnements, son admiration devant cette nature encore inconnue d'elle. Il espérait bien qu'Harry l'emmènerait pendant cette excursion. Jusqu'ici, cependant, celui-ci ne lui en avait pas fait la proposition, — ce qui ne laissait pas de l'inquiéter un peu.

Un jour, Jack Ryan descendait l'un des puits d'aération par lequel les étages inférieurs de la houillère communiquaient avec la surface du sol. Il avait pris l'une de ces échelles qui, en se relevant et en s'abaissant par oscillations successives, permettent de descendre et de monter sans fatigue. Vingt oscillations de l'appareil l'avaient abaissé de cent cinquante pieds environ, lorsque, sur l'étroit palier où il avait pris place, il se rencontra avec Harry, qui remontait aux travaux du jour.

« C'est toi ? dit Jack, en regardant son compagnon, éclairé par la lumière des lampes électriques du puits.

— Oui, Jack, répondit Harry, et je suis content de te voir. J'ai une proposition à te faire...

— Je n'écoute rien avant que tu m'aies donné des nouvelles de Nell! s'écria Jack Ryan.

— Nell va bien, Jack, et si bien même que, dans un mois ou six semaines, je l'espère...

— Tu l'épouseras, Harry?

— Tu ne sais ce que tu dis, Jack!

— C'est possible, Harry, mais je sais bien ce que je ferai!

— Et que feras-tu?

— Je l'épouserai, moi, si tu ne l'épouses pas, toi! répliqua Jack, en éclatant de rire. Saint Mungo me protége! mais elle me plaît, la gentille Nell! Une jeune et bonne créature qui n'a jamais quitté la mine, c'est bien la femme qu'il faut à un mineur! Elle est orpheline comme je suis orphelin, et, pour peu que tu ne penses vraiment pas à elle, et qu'elle veuille de ton camarade, Harry!... »

Harry regardait gravement Jack. Il le laissait parler, sans même essayer de lui répondre.

« Ce que je dis là ne te rend pas jaloux, Harry? demanda Jack Ryan d'un ton un peu plus sérieux.

— Non, Jack, répondit tranquillement Harry.

— Cependant, si tu ne fais pas de Nell ta femme, tu n'as pas la prétention qu'elle reste vieille fille?

— Je n'ai aucune prétention, » répondit Harry.

Une oscillation de l'échelle vint alors permettre aux deux amis de se séparer, l'un pour descendre, l'autre pour remonter le puits. Cependant, ils ne se séparèrent pas.

« Harry, dit Jack, crois-tu que je t'aie parlé sérieusement tout à l'heure à propos de Nell?

— Non, Jack, répondit Harry.

— Eh bien, je vais le faire alors!

— Toi, parler sérieusement!

— Mon brave Harry, répondit Jack, je suis capable de donner un bon conseil à un ami.

— Donne, Jack.

— Eh bien, voilà! Tu aimes Nell de tout l'amour dont elle est digne, Harry! Ton père, le vieux Simon, ta mère, la vieille Madge, l'aiment aussi comme si elle était leur enfant. Or, tu aurais bien peu à faire pour qu'elle devînt tout à fait leur fille! — Pourquoi ne l'épouses-tu pas?

— Pour t'avancer ainsi, Jack, répondit Harry, connais-tu donc les sentiments de Nell?

— Personne ne les ignore, pas même toi, Harry, et c'est pour cela que tu n'es point jaloux ni de moi, ni des autres. — Mais voici l'échelle qui va descendre, et...

—Attends, Jack, dit Harry, en retenant son camarade, dont le pied avait déjà quitté le palier pour se poser sur l'échelon mobile.

— Bon, Harry! s'écria Jack en riant, tu vas me faire écarteler!

— Écoute sérieusement, Jack, répondit Harry, car, à mon tour, c'est sérieusement que je parle.

— J'écoute... jusqu'à la prochaine oscillation, mais pas plus!

— Jack, reprit Harry, je n'ai point à cacher que j'aime Nell. Mon plus vif désir est d'en faire ma femme...

— Bien, cela.

— Mais, telle qu'elle est encore, j'ai comme un scrupule de conscience à lui demander de prendre une détermination qui doit être irrévocable.

— Que veux-tu dire, Harry?

— Je veux dire, Jack, que Nell n'a jamais quitté ces profondeurs de la houillère où elle est née, sans doute. Elle ne sait rien, elle ne connaît rien du dehors. Elle a tout à apprendre par les yeux, et peut-être aussi par le cœur. Qui sait ce que seront ses pensées, lorsque de nouvelles impressions naîtront en elle! Elle n'a encore rien de terrestre, et il me semble que ce serait la tromper, avant qu'elle se soit décidée, en pleine connaissance, à préférer à tout autre le séjour dans la houillère. — Me comprends-tu, Jack?

— Oui... vaguement... Je comprends surtout que tu vas encore me faire manquer la prochaine oscillation !

— Jack, répondit Harry d'une voix grave, quand ces appareils ne devraient plus jamais fonctionner, quand ce palier devrait manquer sous nos pieds, tu écouteras ce que j'ai à te dire !

— A la bonne heure ! Harry. Voilà comment j'aime qu'on me parle !—Nous disons donc qu'avant d'épouser Nell, tu vas l'envoyer dans un pensionnat de la Vieille-Enfumée ?

— Non, Jack, répondit Harry, je saurai bien moi-même faire l'éducation de celle qui devra être ma femme !

—: Et cela n'en vaudra que mieux, Harry !

— Mais, auparavant, reprit Harry, je veux, comme je viens de te le dire, que Nell ait une vraie connaissance du monde extérieur. Une comparaison, Jack. Si tu aimais une jeune fille aveugle, et si l'on venait te dire : « Dans un mois elle sera guérie ! » n'attendrais-tu pas pour l'épouser que sa guérison fût faite ?

— Oui, ma foi, oui ! répondit Jack Ryan.

— Eh bien ! Jack, Nell est encore aveugle, et, avant d'en faire ma femme, je veux qu'elle sache bien que c'est moi, que ce sont les conditions de ma vie qu'elle préfère et accepte. Je veux que ses yeux se soient ouverts enfin à la lumière du jour !

— Bien, Harry, bien, très-bien ! s'écria Jack Ryan. Je te comprends à cette heure. Et à quelle époque l'opération?...

— Dans un mois, Jack, répondit Harry. Les yeux de Nell s'habituent peu à peu à la clarté de nos disques. C'est une préparation. Dans un mois, je l'espère, elle aura vu la terre et ses merveilles, le ciel et ses splendeurs ! Elle saura que la nature a donné au regard humain des horizons plus reculés que ceux d'une sombre houillère ! Elle verra que les limites de l'univers sont infinies ! »

Mais, tandis qu'Harry se laissait ainsi entraîner par son imagination, Jack Ryan, quittant le palier, avait sauté sur l'échelon oscillant de l'appareil.

« Eh ! Jack, cria Harry, où es-tu donc ?

— Au-dessous de toi, répondit en riant le joyeux compère. Pendant que tu t'élèves dans l'infini, moi, je descends dans l'abîme !

— Adieu, Jack ! répondit Harry, en se cramponnant lui-même à l'échelle remontante. Je te recommande de ne parler à personne de ce que je viens de te dire !

— A personne ! cria Jack Ryan, mais à une condition pourtant...

— Laquelle ?

— C'est que je vous accompagnerai tous les deux pendant la première excursion que Nell fera à la surface du globe !

— Oui, Jack, je te le promets, » répondit Harry.

Une nouvelle pulsation de l'appareil mit encore un intervalle plus considérable entre les deux amis. Leur voix n'arrivait plus que très-affaiblie de l'un à l'autre.

Et, cependant, Harry put encore entendre Jack crier :

« Et lorsque Nell aura vu les étoiles, la lune et le soleil, sais-tu bien ce qu'elle leur préférera ?

— Non, Jack !

— Ce sera toi, mon camarade, toi encore, toi toujours ! »

Et la voix de Jack Ryan s'éteignit enfin dans un dernier hurrah !

Cependant, Harry consacrait toutes ses heures inoccupées à l'éducation de Nell. Il lui avait appris à lire, à écrire, — toutes choses dans lesquelles la jeune fille fit de rapides progrès. On eût dit qu'elle « savait » d'instinct. Jamais intelligence plus vive ne triompha plus vite d'une aussi complète ignorance. C'était un étonnement pour ceux qui l'approchaient.

Simon et Madge se sentaient chaque jour plus étroitement liés à leur enfant d'adoption, dont le passé ne laissait pas de les préoccuper, cependant. Ils avaient bien reconnu la nature des sentiments d'Harry pour Nell, et cela ne leur déplaisait point.

On se rappelle que lors de sa première visite à l'ancien cottage, le vieil overman avait dit à l'ingénieur :

« Pourquoi mon fils se marierait-il? Quelle créature de là-haut conviendrait à un garçon dont la vie doit s'écouler dans les profondeurs d'une mine! »

Eh bien, ne semblait-il pas que la Providence lui eût envoyé la seule compagne qui pût véritablement convenir à son fils? N'était-ce pas là comme une faveur du Ciel?

Aussi, le vieil overman se promettait-il bien que, si ce mariage se faisait, ce jour-là, il y aurait à Coal-city une fête qui ferait époque pour les mineurs de la Nouvelle-Aberfoyle.

Simon Ford ne savait pas si bien dire !

Il faut ajouter qu'un autre encore désirait non moins ardemment cette union de Nell et d'Harry. C'était l'ingénieur James Starr. Certes, le bonheur de ces deux jeunes gens, il le voulait par-dessus tout. Mais un mobile, d'un intérêt plus général, peut-être, le poussait aussi dans ce sens.

On le sait, James Starr avait conservé certaines appréhensions, bien que rien dans le présent ne les jus-

tinât plus. Cependant, ce qui avait été pouvait être encore. Ce mystère de la nouvelle houillère, Nell était évidemment la seule à le connaître. Or, si l'avenir devait réserver de nouveaux dangers aux mineurs d'Aberfoyle, comment se mettre en garde contre de telles éventualités, sans en savoir au moins la cause ?

« Nell n'a pas voulu parler, répétait souvent James Starr, mais ce qu'elle a tu jusqu'ici à tout autre, elle ne saurait le taire longtemps à son mari ! Le danger menacerait Harry comme il nous menacerait nous-mêmes. Donc, un mariage qui doit donner le bonheur aux époux et la sécurité à leurs amis est un bon mariage, ou il ne s'en fera jamais ici-bas! »

Ainsi raisonnait, non sans quelque logique, l'ingénieur James Starr. Ce raisonnement, il le communiqua même au vieux Simon, qui ne fut pas sans le goûter. Rien ne semblait donc devoir s'opposer à ce qu'Harry devînt l'époux de Nell.

Et qui donc l'aurait pu? Harry et Nell s'aimaient. Les vieux parents ne rêvaient pas d'autre compagne pour leur fils. Les camarades d'Harry enviaient son bonheur, tout en reconnaissant qu'il lui était bien dû. La jeune fille ne relevait que d'elle-même et n'avait d'autre consentement à obtenir que celui de son propre cœur.

Mais, si personne ne semblait pouvoir mettre obstacle à ce mariage, pourquoi, lorsque les disques électriques

s'éteignaient à l'heure du repos, quand la nuit se faisait sur la cité ouvrière, lorsque les habitants de Coal-
city avaient regagné leur cottage, pourquoi, de l'un des
coins les plus sombres de la Nouvelle-Aberfoyle, un
être mystérieux se glissait-il dans les ténèbres? Quel
instinct guidait ce fantôme à travers certaines galeries
si étroites qu'on devait les croire impraticables? Pourquoi cet être énigmatique, dont les yeux perçaient la
plus profonde obscurité, venait-il en rampant sur le
rivage du lac Malcolm? Pourquoi se dirigeait-il si obsti-
nément vers l'habitation de Simon Ford, et si prudemment aussi, qu'il avait jusqu'alors déjoué toute surveillance? Pourquoi venait-il appuyer son oreille aux fenêtres et essayait-il de surprendre des lambeaux de
conversation à travers les volets du cottage?

Et, lorsque certaines paroles arrivaient jusqu'à lui,
pourquoi son poing se dressait-il pour menacer la tranquille demeure? Pourquoi, enfin, ces mots s'échap-
paient-ils de sa bouche, contractée par la colère :

« Elle et lui! Jamais! »

CHAPITRE XVII

UN LEVER DE SOLEIL.

Un mois après, — c'était le soir du 20 août, — Simon Ford et Madge saluaient de leurs meilleurs « wishes » quatre touristes qui s'apprêtaient à quitter le cottage.

James Starr, Harry et Jack Ryan allaient conduire Nell sur un sol que son pied n'avait jamais foulé, dans cet éclatant milieu, dont ses regards ne connaissaient pas encore la lumière.

L'excursion devait se prolonger pendant deux jours. James Starr, d'accord avec Harry, voulait qu'après ces quarante-huit heures passées au dehors, la jeune fille eût vu tout ce qu'elle n'avait pu voir dans la sombre houillère, c'est-à-dire les divers aspects du globe, comme si un panorama mouvant de villes, de plaines, de montagnes, de fleuves, de lacs, de golfes, de mers, se fût déroulé devant ses yeux.

Or, dans cette portion de l'Écosse, comprise entre Édimbourg et Glasgow, il semblait que la nature eût voulu précisément réunir ces merveilles terrestres, et, quant aux cieux, ils seraient là comme partout, avec leurs nuées changeantes, leur lune sereine ou voilée, leur soleil radieux, leur fourmillement d'étoiles.

L'excursion projetée avait donc été combinée de manière à satisfaire aux conditions de ce programme.

Simon Ford et Madge eussent été très-heureux d'accompagner Nell; mais, on les connaît, ils ne quittaient pas volontiers le cottage, et, finalement, ils ne purent se résoudre à abandonner, même pour un jour, leur souterraine demeure.

James Starr allait là en observateur, en philosophe, très-curieux, au point de vue psychologique, d'observer les naïves impressions de Nell, — peut-être même de surprendre quelque peu des mystérieux événements auxquels son enfance avait été mêlée.

Harry, lui, se demandait, non sans appréhension, si une autre jeune fille que celle qu'il aimait et qu'il avait connue jusqu'alors n'allait pas se révéler pendant cette rapide initiation aux choses du monde extérieur.

Quant à Jack Ryan, il était joyeux comme un pinson

qui s'envole aux premiers rayons de soleil. Il espérait
bien que sa contagieuse gaieté se communiquerait à ses
compagnons de voyage. Ce serait une façon de payer
sa bienvenue.

Nell était pensive et comme recueillie.

James Starr avait décidé, non sans raison, que le départ se ferait le soir. Mieux valait, en effet, que la jeune
fille ne passât que par une gradation insensible des ténèbres de la nuit aux clartés du jour. Or, c'est le résultat qui serait obtenu, puisque, de minuit à midi, elle
subirait ces phases successives d'ombre et de lumière,
auxquelles son regard pourrait s'habituer peu à peu.

Au moment de quitter le cottage, Nell prit la main
d'Harry et lui dit :

«Harry, est-il donc nécessaire que j'abandonne notre
houillère, ne fût-ce que quelques jours?

— Oui, Nell, répondit le jeune homme, il le faut! Il le
faut pour toi et pour moi!

— Cependant, Harry, reprit Nell, depuis que tu m'as
recueillie, je suis heureuse autant qu'on peut l'être. Tu
m'as instruite. Cela ne suffit-il pas? Que vais-je faire
là-haut? »

Harry la regarda sans répondre. Les pensées qu'ex-
primait Nell étaient presque les siennes.

« Ma fille, dit alors James Starr, je comprends ton
hésitation, mais il est bon que tu viennes avec nous.

Ceux que tu aimes t'accompagnent, et ils te ramène-
ront. Que tu veuilles, ensuite, continuer de vivre dans
la houillère, comme le vieux Simon, comme Madge,
comme Harry, libre à toi ! Je ne doute pas qu'il en doive
être ainsi, et je t'approuve. Mais, au moins, tu pourras
comparer ce que tu laisses avec ce que tu prends, et
agir en toute liberté. Viens donc !

— Viens, ma chère Nell, dit Harry.

— Harry, je suis prête à te suivre, » répondit la jeune
fille.

A neuf heures, le dernier train du tunnel entraînait
Nell et ses compagnons à la surface du comté. Vingt
minutes après, il les déposait à la gare où se reliait le
petit embranchement, détaché du railway de Dumbarton à Stirling, qui desservait la Nouvelle-Aberfoyle.

La nuit était déjà sombre. De l'horizon au zénith,
quelques vapeurs peu compactes couraient encore dans
les hauteurs du ciel, sous la poussée d'une brise de
nord-ouest qui rafraîchissait l'atmosphère. La journée
avait été belle. La nuit devait l'être aussi.

Arrivés à Stirling, Nell et ses compagnons, aban-
donnant le train, sortirent aussitôt de la gare.

Devant eux, entre de grands arbres, se développait
une route qui conduisait aux rives du Forth.

La première impression physique qu'éprouva la

jeune fille fut celle de l'air pur que ses poumons aspirèrent avidement.

« Respire bien, Nell, dit James Starr, respire cet air chargé de toutes les vivifiantes senteurs de la campagne!

— Quelles sont ces grandes fumées qui courent au-dessus de notre tête? demanda Nell.

— Ce sont des nuages, répondit Harry, ce sont des vapeurs à demi condensées que le vent pousse dans l'est.

— Ah! fit Nell, que j'aimerais à me sentir emportée dans leur silencieux tourbillon! — Et quels sont ces points scintillants qui brillent à travers les déchirures des nuées?

— Ce sont les étoiles dont je t'ai parlé, Nell. Autant de soleils, autant de centres de mondes, peut-être semblables au nôtre! »

Les constellations se dessinaient plus nettement alors sur le bleu noir du firmament, que le vent purifiait peu à peu.

Nell regardait ces milliers d'étoiles brillantes qui fourmillaient au-dessus de sa tête.

« Mais, dit-elle, si ce sont des soleils, comment mes yeux peuvent-ils en supporter l'éclat ?

— Ma fille, répondit James Starr, ce sont des soleils, en effet, mais des soleils qui gravitent à une distance énorme. Le plus rapproché de ces milliers d'astres, dont les rayons arrivent jusqu'à nous, c'est cette étoile de la Lyre, Wega, que tu vois là presque au zénith, et elle est encore à cinquante mille milliards de lieues. Son éclat ne peut donc affecter ton regard. Mais notre soleil se lèvera demain à trente-huit millions de lieues seulement, et aucun œil humain ne peut le regarder fixement, car il est plus ardent qu'un foyer de fournaise. Mais viens, Nell, viens ! »

On prit la route. James Starr tenait la jeune fille par la main. Harry marchait à son côté. Jack Ryan allait et venait comme eût fait un jeune chien, impatient de la lenteur de ses maîtres.

Le chemin était désert. Nell regardait la silhouette des grands arbres que le vent agitait dans l'ombre. Elle les eût volontiers pris pour quelques géants qui gesticulaient. Le bruissement de la brise dans les hautes branches, le profond silence pendant les accalmies, cette ligne d'horizon qui s'accusait plus nettement, lorsque la route coupait une plaine, tout l'imprégnait de sentiments nouveaux et traçait en elle des impressions ineffaçables. Après avoir interrogé d'abord, Nell se taisait, et, d'un commun propos, ses compagnons respectaient son silence. Ils ne voulaient point influencer par leurs paroles l'imagination sensible de

la jeune fille. Ils préféraient laisser les idées naître
d'elles-mêmes en son esprit.

A onze heures et demie environ, la rive septentrio-
nale du golfe de Forth était atteinte.

Là, une barque, qui avait été frétée par James Starr,
attendait. Elle devait, en quelques heures, le porter,
ses compagnons et lui, jusqu'au port. d'Edimbourg.

Nell vit l'eau brillante qui ondulait à ses pieds sous
l'action du ressac et semblait constellée d'étoiles trem-
blotantes.

« Est-ce un lac ? demanda-t-elle.

— Non, répondit Harry, c'est un vaste golfe avec
des eaux courantes, c'est l'embouchure d'un fleuve,
c'est presque un bras de mer. Prends un peu de cette
eau dans le creux de ta main, Nell, et tu verras qu'elle
n'est pas douce comme celle du lac Malcolm. »

La jeune fille se baissa, trempa sa main dans les
premiers flots et la porta à ses lèvres.

« Cette eau est salée, dit-elle.

— Oui, répondit Harry, la mer a reflué jusqu'ici,
car la marée est pleine. Les trois quarts de notre globe
sont recouverts de cette eau salée, dont tu viens de
boire quelques gouttes !

— Mais si l'eau des fleuves n'est que celle de la mer
que leur versent les nuages, pourquoi est-elle douce?
demanda Nell.

— Parce que l'eau se dessale en s'évaporant, répondit James Starr. Les nuages ne sont formés que par l'évaporation et renvoient sous forme de pluie cette eau douce à la mer.

— Harry, Harry! s'écria alors la jeune fille, quelle est cette lueur rougeâtre qui enflamme l'horizon? Est-ce donc une forêt en feu? »

Et Nell montrait un point du ciel, au milieu des basses brumes qui se coloraient dans l'est.

« Non, Nell, répondit Harry. C'est la lune à son lever.

— Oui, la lune! s'écria Jack Ryan, un superbe plateau d'argent que les génies célestes font circuler dans le firmament, et qui recueille toute une monnaie d'étoiles !

— Vraiment, Jack! répondit l'ingénieur en riant, je ne te connaissais pas ce penchant aux comparaisons hardies !

— Eh! monsieur Starr, ma comparaison est juste! Vous voyez bien que les étoiles disparaissent à mesure que la lune s'avance. Je suppose donc qu'elles tombent dedans !

— C'est-à-dire, Jack, répondit l'ingénieur, que c'est la lune qui éteint par son éclat les étoiles de sixième grandeur, et voilà pourquoi celles-ci s'effacent sur son passage.

— Que tout cela est beau ! répétait Nell, qui ne vivait plus que par le regard. Mais je croyais que la lune
était toute ronde?

— Elle est ronde quand elle est pleine, répondit
James Starr, c'est-à-dire lorsqu'elle se trouve en oppo-
sition avec le soleil. Mais, cette nuit, la lune entre
dans son dernier quartier, elle est écornée déjà, et le
plateau d'argent de notre ami Jack n'est plus qu'un
plat à barbe !

— Ah ! monsieur Starr, s'écria Jack Ryan, quelle
indigne comparaison! J'allais justement entonner ce
couplet en l'honneur de la lune:

> Astre des nuits qui dans ton cours
> Viens caresser.....

Mais non! C'est maintenant impossible ! Votre plat à
barbe m'a coupé l'inspiration ! »

Cependant, la lune montait peu à peu sur l'horizon.
Devant elle s'évanouissaient les dernières vapeurs. Au
zénith et dans l'ouest, les étoiles brillaient encore
sur un fond noir que l'éclat lunaire allait graduellement pâlir. Nell contemplait en silence cet admirable
spectacle, ses yeux supportaient sans fatigue cette
douce lueur argentée, mais sa main frémissait dans
celle d'Harry et parlait pour elle.

« Embarquons-nous, mes amis, dit James Starr. Il faut que nous ayons gravi les pentes de l'Arthur-Seat avant le lever du soleil ! »

La barque était amarrée à un pieu de la rive. Un marinier la gardait. Nell et ses compagnons y prirent place. La voile fut hissée et se gonfla sous la brise du nord-ouest.

Quelle nouvelle impression ressentit alors la jeune fille ! Elle avait navigué quelquefois sur les lacs de la Nouvelle-Aberfoyle, mais l'aviron, si doucement manié qu'il fût par la main d'Harry, trahissait toujours l'effort du rameur. Ici, pour la première fois, Nell se sentait entraînée avec un glissement presque aussi doux que celui du ballon à travers l'atmosphère. Le golfe était uni comme un lac. A demi couchée à l'arrière, Nell se laissait aller à ce balancement. Par instants, en de certaines embardées, un rayon de lune filtrait jusqu'à la surface du Forth, et l'embarcation semblait courir sur une nappe d'argent toute scintillante. De petites ondulations chantaient le long du bordage. C'était un ravissement.

Mais il arriva alors que les yeux de Nell se fermèrent involontairement. Une sorte d'assoupissement passager la prit. Sa tête s'inclina sur la poitrine d'Harry, et elle s'endormit d'un tranquille sommeil.

13

Harry voulait la réveiller, afin qu'elle ne perdît rien des magnificences de cette belle nuit.

« Laisse-la dormir, mon garçon, lui dit l'ingénieur. Deux heures de repos la prépareront mieux à supporter les impressions du jour. »

A deux heures du matin, l'embarcation arrivait au pier de Granton. Nell se réveilla, dès qu'elle toucha terre.

« J'ai dormi? demanda-t-elle.

— Non, ma fille, répondit James Starr. Tu as simplement rêvé que tu dormais, voilà tout. »

La nuit était très-claire alors. La lune, à mi-chemin de l'horizon au zénith, dispersait ses rayons à tous les points du ciel.

Le petit port de Granton ne contenait que deux ou trois bateaux de pêche, que balançait doucement la houle du golfe. La brise calmissait aux approches du matin. L'atmosphère, nettoyée de brumes, promettait une de ces délicieuses journées d'août que le voisinage de la mer rend plus belles encore. Une sorte de buée chaude se dégageait de l'horizon, mais si fine, si transparente, que les premiers feux du soleil devaient la boire en un instant. La jeune fille put donc observer cet aspect de la mer, lorsqu'elle se confond avec l'extrême périmètre du ciel. La portée de sa vue s'en trouvait agrandie, mais son regard ne subissait pas cette impression particulière que donne l'Océan, lorsque la lumière semble en reculer les bornes à l'infini.

Harry prit la main de Nell. Tous deux suivirent James Starr et Jack Ryan qui s'avançaient par les rues désertes. Dans la pensée de Nell, ce faubourg de la capitale n'était qu'un assemblage de maisons sombres, qui lui rappelait Coal-city, avec cette seule différence que sa voûte était plus élevée et scintillait de points brillants. Elle allait d'un pas léger, et jamais Harry n'était obligé de ralentir le sien, par crainte de la fatiguer.

« Tu n'es pas lasse? lui demanda-t-il, après une demi-heure de marche.

— Non, répondit-elle. Mes pieds ne semblent même pas toucher à la terre! Ce ciel est si haut au-dessus de nous que j'ai l'envie de m'envoler, comme si j'avais des ailes!

— Retiens-la! s'écria Jack Ryan. C'est qu'elle est bonne à garder, notre petite Nell! Moi aussi, j'éprouve cet effet, lorsque je suis resté quelque temps sans sortir de la houillère!

—Cela est dû, dit James Starr, à ce que nous ne nous sentons plus écrasés par la voûte de schiste qui recouvre Coal-city! Il semble alors que le firmament soit comme un profond abîme dans lequel on est tenté de s'élancer. — N'est-ce pas ce que tu ressens, Nell?

« — Oui, monsieur Starr, répondit la jeune fille, c'est bien cela. J'éprouve comme une sorte de vertige !

— Tu t'y feras, Nell, répondit Harry. Tu te feras à cette immensité du monde extérieur, et peut-être oublieras-tu alors notre sombre houillère !

— Jamais, Harry ! » répondit Nell.

Et elle appuya sa main sur ses yeux, comme si elle eût voulu refaire dans son esprit le souvenir de tout ce qu'elle venait de quitter.

Entre les maisons endormies de la ville, James Starr et ses compagnons traversèrent Leith-Walk. Ils contournèrent Calton-Hill, où se dressaient dans la pénombre l'Observatoire et le monument de Nelson. Ils suivirent la rue du Régent, franchirent un pont, et arrivèrent par un léger détour à l'extrémité de la Canongate.

Aucun mouvement ne se faisait encore dans la ville. Deux heures sonnaient au clocher gothique de Canongate-Church.

En cet endroit, Nell s'arrêta.

« Quelle est cette masse confuse ? demanda-t-elle en montrant un édifice isolé qui s'élevait au fond d'une petite place.

— Cette masse, Nell, répondit James Starr, c'est le palais des anciens souverains de l'Ecosse, Holyrood, où se sont accomplis tant d'événements funèbres ! Là, l'historien pourrait évoquer bien des ombres royales, depuis l'ombre de l'infortunée Marie Stuart jusqu'à celle du vieux roi français Charles X! Et pourtant, malgré ces funèbres souvenirs, lorsque le jour sera venu, Nell, tu ne trouveras pas à cette résidence un aspect trop lugubre! Avec ses quatre grosses tours crénelées, Holyrood ne ressemble pas mal à quelque château de plaisance, auquel le bon plaisir de son propriétaire a conservé son caractère féodal! —Mais continuons notre marche. Là, dans l'enceinte même de l'ancienne abbaye d'Holyrood, se dressent ces roches superbes de Salisbury que domine l'Arthur-Seat. C'est là que nous monterons. C'est à sa cime, Nell, que tes yeux verront le soleil apparaître au-dessus de l'horizon de mer. »

Ils entrèrent dans le Parc du Roi. Puis, s'élevant graduellement, ils traversèrent Victoria-Drive, magnifique route circulaire, praticable aux voitures, que Walter Scott se félicite d'avoir obtenue avec quelques lignes de roman.

L'Arthur-Seat n'est, à vrai dire, qu'une colline haute de sept cent cinquante pieds, dont la tête isolée domine les hauteurs environnantes. En moins d'une demi-heure, par un sentier tournant qui en rendait l'ascension facile, James Starr et ses compagnons atteignirent le crâne de ce lion auquel ressemble l'Arthur-Seat, lorsqu'on l'observe du côté de l'ouest.

Là, tous quatre s'assirent, et James Starr, toujours riche de citations empruntées au grand romancier écossais, se borna à dire :

« Voici ce qu'a écrit Walter Scott, au chapitre huit de la *Prison d'Édimbourg :*

« Si j'avais à choisir un lieu d'où l'on pût voir le « mieux possible le lever et le coucher du soleil, ce « serait cet endroit même. »

« Attends donc, Nell. Le soleil ne va pas tarder à paraître, et, pour la première fois, tu pourras le contempler dans toute sa splendeur. »

Les regards de la jeune fille étaient alors tournés vers l'est. Harry, placé près d'elle, l'observait avec une anxieuse attention. N'allait-elle pas être trop vivement impressionnée par les premiers rayons du jour? Tous demeurèrent silencieux. Jack Ryan lui-même se tut.

Déjà une petite ligne pâle, nuancée de rose, se dessinait au-dessus de l'horizon sur un fond de brumes légères. Un reste de vapeurs, égarées au zénith, fut attaqué par le premier trait de lumière. Au pied d'Arthur-Seat, dans le calme absolu de la nuit, Édimbourg, assoupie encore, apparaissait confusément. Quelques points lumineux piquaient çà et là l'obscurité. C'étaient les étoiles matinales qu'allumaient les gens de la vieille ville. En arrière, dans l'ouest, l'horizon, coupé de silhouettes capricieuses, bornait une région accidentée de pics, auxquels chaque rayon solaire allait mettre une aigrette de feu.

Cependant, le périmètre de la mer se traçait plus vivement vers l'est. La gamme des couleurs se disposait peu à peu suivant l'ordre que donne le spectre solaire. Le rouge des premières brumes allait par dégradation jusqu'au violet du zénith. De seconde en seconde, la palette prenait plus de vigueur : le rose devenait rouge, le rouge devenait feu. Le jour se faisait au point d'intersection que l'arc diurne allait fixer sur la circonférence de la mer.

En ce moment, les regards de Nell couraient du pied de la colline jusqu'à la ville, dont les quartiers commençaient à se détacher par groupes. De hauts monuments, quelques clochers aigus émergeaient çà et là, et leurs linéaments se profilaient alors avec plus de netteté. Il se répandait comme une sorte de lumière cendrée dans l'espace. Enfin, un premier rayon atteignit l'œil de la jeune fille. C'était ce rayon vert, qui, soir ou matin, se dégage de la mer, lorsque l'horizon est pur.

Une demi-minute plus tard, Nell se redressait et tendait la main vers un point qui dominait les quartiers de la nouvelle ville.

« Un feu ! dit-elle.

« — Non, Nell, répondit Harry, ce n'est pas un feu. C'est une touche d'or que le soleil pose au sommet du monument de Walter Scott ! »

Et, en effet, l'extrême pointe du clocheton, haut de deux cents pieds, brillait comme un phare de premier ordre.

Le jour était fait. Le soleil déborda. Son disque semblait encore humide, comme s'il fût réellement sorti des eaux de la mer. D'abord élargi par la réfraction, il se rétrécit peu à peu, de manière à prendre la forme circulaire. Son éclat, bientôt insoutenable, était celui d'une bouche de fournaise qui eût troué le ciel.

Nell dut presque aussitôt fermer les yeux. Sur leurs paupières, trop minces, il lui fallut même appliquer ses doigts, serrés étroitement.

Harry voulait qu'elle se retournât vers l'horizon opposé.

« Non, Harry, dit-elle. Il faut que mes yeux s'habituent à voir ce que savent voir tes yeux ! »

A travers la paume de ses mains, Nell percevait encore une lueur rose, qui blanchissait à mesure que le soleil s'élevait au-dessus de l'horizon. Son regard s'y faisait graduellement. Puis, ses paupières se soulevèrent, et ses yeux s'imprégnèrent enfin de la lumière du jour.

La pieuse enfant tomba à genoux, s'écriant :

« Mon Dieu, que votre monde est beau ! »

La jeune fille baissa les yeux alors et regarda. A ses pieds se déroulait le panorama d'Édimbourg : les quartiers neufs et bien alignés de la nouvelle ville, l'amas confus des maisons et le réseau bizarre des rues de l'Auld-Recky. Deux hauteurs dominaient cet ensemble, le château accroché à son rocher de basalte et Calton-Hill, portant sur sa croupe arrondie les ruines modernes d'un monument grec. De magnifiques routes plantées rayonnaient de la capitale à la campagne. Au nord, un bras de mer, le golfe de Forth, entaillait profondément la côte, sur laquelle s'ouvrait le port de Leith. Au-dessus, en troisième plan, se développait l'harmonieux littoral du comté de Fife. Une voie, droite comme celle du Pirée, reliait à la mer cette Athènes du Nord. Vers l'ouest s'allongeaient les belles plages de Newhaven et de Porto-Bello, dont le sable teignait en jaune les premières lames du ressac. Au large, quelques chaloupes animaient les eaux du golfe, et deux ou trois steamers empanachaient le ciel d'un cône de fumée noire. Puis, au delà, verdoyait l'immense campagne.

De modestes collines bossuaient çà et là la plaine. Au nord, les Lomond-Hills, dans l'ouest, le Ben-Lomond et le Ben-Ledi réverbéraient les rayons so-

13.

laires, comme si des glaces éternelles en eussent tapissé les cimes.

Nell ne pouvait parler. Ses lèvres ne murmuraient
que des mots vagues. Ses bras frémissaient. Sa tête
était prise de vertiges. Un instant, ses forces l'aban-
donnèrent. Dans cet air si pur, devant ce spectacle
sublime, elle se sentit tout à coup faiblir, et tomba sans
connaissance dans les bras d'Harry, prêts à la recevoir.

Cette jeune fille, dont la vie s'était écoulée jusqu'a-
lors dans les entrailles du massif terrestre, avait enfin
contemplé ce qui constitue presque tout l'univers, tel
que l'ont fait le Créateur et l'homme. Ses regards,
après avoir plané sur la ville et sur la campagne, venaient de s'étendre, pour la première fois, sur l'immensité de la mer et l'infini du ciel.

CHAPITRE XVIII

DU LAC LOMOND AU LAC KATRINE.

Harry, portant Nell dans ses bras, suivi de James Starr et de Jack Ryan, redescendit les pentes d'Arthur-Seat. Après quelques heures de repos et un déjeuner réconfortant qui fut pris à Lambret's-Hotel, on songea à compléter l'excursion par une promenade à travers le pays des lacs.

Nell avait recouvré ses forces. Ses yeux pouvaient désormais s'ouvrir tout grands à la lumière, et ses poumons aspirer largement cet air vivifiant et salubre. Le vert des arbres, la nuance variée des plantes, l'azur du ciel, avaient déployé devant ses regards la gamme des couleurs.

Le train qu'ils prirent à General railway station conduisit Nell et ses compagnons à Glasgow. Là, du dernier pont jeté sur la Clyde, ils purent admirer le curieux mouvement maritime du fleuve. Puis, ils passèrent la nuit à Comrie's Royal-hôtel.

Le lendemain, de la gare d'« Edimburgh and Glasgow railway », le train devait les conduire rapidement, par Dumbarton et Balloch, à l'extrémité méridionale du lac Lomond.

« C'est là le pays de Rob Roy et de Fergus Mac Gregor! s'écria James Starr, le territoire si poétiquement célébré par Walter Scott! — Tu ne connais pas ce pays, Jack?

— Je le connais par ses chansons, monsieur Starr, répondit Jack Ryan, et, lorsqu'un pays a été si bien chanté, il doit être superbe!

— Il l'est, en effet, s'écria l'ingénieur, et notre chère Nell en conservera le meilleur souvenir!

— Avec un guide tel que vous, monsieur Starr, répondit Harry, ce sera double profit, car vous nous raconterez l'histoire du pays pendant que nous le regarderons.

— Oui, Harry, dit l'ingénieur, autant que ma mémoire me le permettra, mais à une condition, cependant : c'est que le joyeux Jack me viendra en aide! Lorsque je serai fatigué de raconter, il chantera!

« Il ne faudra pas me le dire deux fois, » répliqua Jack Ryan en lançant une note vibrante, comme s'il eût voulu monter son gosier au *la* du diapason.

Par le railway de Glasgow à Balloch, entre la métropole commerciale de l'Ecosse et l'extrémité méridionale du lac Lomond, on ne compte qu'une vingtaine de milles.

Le train passa par Dumbarton, bourg royal et chef-lieu de comté, dont le château, toujours fortifié, conformément au traité de l'Union, est pittoresquement campé sur les deux pics d'un gros rocher de basalte.

Dumbarton est situé au confluent de la Clyde et de la Leven. A ce propos, James Starr raconta quelques particularités de l'aventureuse histoire de Marie Stuart. En effet, ce fut de ce bourg qu'elle partit pour aller épouser François II et devenir reine de France. Là aussi, après 1815, le ministère anglais médita d'interner Napoléon; mais le choix de Sainte-Hélène prévalut, et voilà pourquoi le prisonnier de l'Angleterre alla mourir sur un roc de l'Atlantique, pour le plus grand profit de sa légendaire mémoire.

Bientôt, le train s'arrêta à Balloch, près d'une estacade en bois qui descendait au niveau du lac.

Un bateau à vapeur, le *Sinclair*, attendait les touristes qui font l'excursion des lacs. Nell et ses compagnons s'y embarquèrent, après avoir pris leur billet pour Inversnaid, à l'extrémité nord du lac Lomond.

La journée commençait par un beau soleil, bien dégagé de ces brumes britanniques, dont il se voile le plus ordinairement. Aucun détail de ce paysage, qui allait se dérouler sur un parcours de trente milles, ne devait échapper aux voyageurs du *Sinclair*. Nell, assise à l'arrière entre James Starr et Harry, aspirait par tous ses sens la poésie superbe dont cette belle nature écossaise est si largement empreinte.

Jack Ryan allait et venait sur le pont du *Sinclair*, interrogeant sans cesse l'ingénieur, qui, cependant, n'avait pas besoin d'être interrogé. A mesure que ce pays de Rob Roy se développait à ses regards, il le décrivait en admirateur enthousiaste.

Dans les premières eaux du lac Lomond, apparurent d'abord de nombreuses petites îles ou îlots. C'était comme un semis. Le *Sinclair* côtoyait leurs rives escarpées, et, dans l'entre-deux des îles, se dessinaient, tantôt une vallée solitaire, tantôt une gorge sauvage, hérissée de rocs abrupts.

« Nell, dit James Starr, chacun de ces îlots a sa légende, et peut-être sa chanson, aussi bien que les monts qui encadrent le lac. On peut dire, sans trop de prétention, que l'histoire de cette contrée est écrite avec ces caractères gigantesques d'îles et de montagnes.

— Savez-vous, monsieur Starr, dit Harry, ce que me rappelle cette partie du lac Lomond ?

— Que te rappelle-t-elle, Harry ?

— Les mille îles du lac Ontario, si admirablement décrites par Cooper. Tu dois être comme moi frappée de cette ressemblance, ma chère Nell, car, il y a quelques jours, je t'ai lu ce roman qu'on a pu justement nommer le chef-d'œuvre de l'auteur américain.

— En effet, Harry, répondit la jeune fille, c'est le même aspect, et le *Sinclair* se glisse entre ces îles, comme faisait au lac Ontario le cutter de Jasper Eau-douce !

— Eh bien, reprit l'ingénieur, cela prouve que les deux sites méritaient d'être également chantés par deux poëtes ! Je ne connais pas ces mille îles de l'Ontario, Harry, mais je doute que l'aspect en soit plus varié que celui de cet archipel du Lomond. Regardez ce paysage ! Voici l'île Murray, avec son vieux fort du Lennox, où résida la vieille duchesse d'Albany, après la mort de son père, de son époux, de ses deux fils, décapités par ordre de Jacques Ier. Voici l'île Clar, l'île Cro, l'île Torr, les unes rocheuses, sauvages, sans apparence de végétation, les autres, montrant leur croupe verte et arrondie. Ici, des mélèzes et des bouleaux. Là, des champs de bruyères jaunes et desséchées. En vérité! j'ai quelque peine à croire que les mille îles du lac Ontario offrent une telle variété de sites!

— Quel est ce petit port? demanda Nell, qui s'était retournée vers la rive orientale du lac.

— C'est Balmaha, qui forme l'entrée des Highlands, répondit James Starr. Là commencent nos hautes terres d'Écosse. Les ruines que tu aperçois, Nell, sont celles d'un ancien couvent de femmes, et ces tombes éparses renferment divers membres de la famille des Mac Gregor, dont le nom est encore célèbre dans toute la contrée.

— Célèbre par le sang que cette famille a répandu et fait répandre! fit observer Harry.

— Tu as raison, répondit James Starr, et il faut bien avouer que la célébrité due aux batailles est encore la plus retentissante. Ils vont loin à travers les âges ces récits de combats....

— Et ils se perpétuent par les chansons, » ajouta Jack Ryan.

Et, à l'appui de son dire, le brave garçon entonna le premier couplet d'un vieux chant de guerre qui relatait les exploits d'Alexandre Mac Gregor, du glen Sraë, contre sir Humphry Colquhour, de Luss.

Nell écoutait, mais, de ces récits de combats, elle ne recevait qu'une impression triste. Pourquoi tant de sang versé sur ces plaines que la jeune fille trouvait immenses, là où la place, cependant, ne devait manquer à personne ?

Les rives du lac, qui mesurent de trois à quatre milles, tendaient à se rapprocher aux abords du petit port de Luss. Nell put apercevoir un instant la vieille tour de l'ancien château. Puis, le *Sinclair* remit le cap au nord, et aux yeux des touristes se montra le Ben Lomond, qui s'élève à près de trois mille pieds au-dessus du niveau du lac.

« L'admirable montagne ! s'écria Nell, et, de son sommet, que la vue doit être belle !

— Oui, Nell, répondit James Starr. Regarde comme cette cime se dégage fièrement de la corbeille de chênes, de bouleaux, de mélèzes, qui tapissent la zone inférieure du mont ! De là, on aperçoit les deux tiers de notre vieille Calédonie. C'est ici que le clan de Mac Gregor faisait sa résidence habituelle, sur la partie orientale du lac. Non loin, les querelles des Jacobites et des Hanovriens ont plus d'une fois ensanglanté ces gorges désolées. Là, pendant les belles nuits, se lève cette pâle lune, que les vieux récits nomment « la lanterne de Mac Farlane ». Là, les échos répètent encore les noms impérissables de Rob Roy et de Mac Gregor Campbell ! »

Le Ben Lomond, dernier pic de la chaîne des Gram-

pians, mérite vraiment d'avoir été célébré par le grand
romancier écossais. Ainsi que le fit observer James
Starr, il existe de plus hautes montagnes, dont la cime
revêt des neiges éternelles, mais il n'en est peut-être
pas de plus poétique en aucun coin du monde.

« Et, ajouta-t-il, quand je pense que ce Ben Lomond
appartient tout entier au duc de Montrose! Sa Grâce
possède une montagne comme un bourgeois de Lon-
dres possède un boulingrin dans son jardinet. »

Pendant ce temps, le *Sinclair* arrivait au village de
Tarbet, sur la rive opposée du lac, où il déposa les
voyageurs qui se rendaient à Inverary. De cet endroit,
le Ben Lomond apparaissait dans toute sa beauté. Ses
flancs, zébrés par le lit des torrents, miroitaient comme
des plaques d'argent en fusion.

A mesure que le *Sinclair* longeait la base de la
montagne, le pays devenait de plus en plus abrupt. A
peine, çà et là, des arbres isolés, entre autres quelques-
uns de ces saules, dont les baguettes servaient autrefois à pendre les gens de petite condition.

« Pour économiser le chanvre, » fit observer James
Starr.

Le lac, cependant, se rétrécissait en s'allongeant
vers le nord. Les montagnes latérales l'enserraient
plus étroitement. Le bateau à vapeur longea encore
quelques îles et îlots, Inveruglas, Eilad-Whou, où se

dressaient les vestiges d'une forteresse qui appartenait aux Mac Farlane. Enfin les deux rives se rejoignirent, et le *Sinclair* s'arrêta à la station d'Inverslaid.

Là, pendant qu'on préparait leur déjeuner, Nell et ses compagnons allèrent visiter, près du lieu de débarquement, un torrent qui se précipitait dans le lac d'une assez grande hauteur. Il paraissait avoir été planté là comme un décor, pour le plaisir des touristes. Un pont tremblant sautait par-dessus les eaux tumultueuses, au milieu d'une poussière liquide. De cet endroit, le regard embrassait une grande partie du Lomond, et le *Sinclair* ne paraissait plus être qu'un point à sa surface.

Le déjeuner achevé, il s'agissait de se rendre au lac Katrine. Plusieurs voitures, aux armes de la famille Breadalbane, — cette famille qui assurait autrefois le bois et l'eau à Rob Roy fugitif, — étaient à la disposition des voyageurs et leur offraient tout ce confort qui distingue la carrosserie anglaise.

Harry installa Nell sur l'impériale, conformément à la mode du jour. Ses compagnons et lui prirent place auprès d'elle. Un magnifique cocher, à livrée rouge, réunit dans sa main gauche les guides de ses quatre chevaux, et l'attelage commença à gravir le flanc de la montagne, en côtoyant le lit sinueux du torrent.

La route était fort escarpée. A mesure qu'elle s'élevait, la forme des cimes environnantes semblait se modifier. On voyait grandir superbement toute la chaîne de la rive opposée du lac et les sommets d'Arroquhar, dominant la vallée d'Inveruglas. A gauche pointait le Ben Lomond, qui découvrait ainsi le brusque escarpement de son flanc septentrional.

Le pays compris entre le lac Lomond et le lac Katrine présentait un aspect sauvage. La vallée commençait par des défilés étroits qui aboutissaient au glen d'Aberfoyle. Ce nom rappela douloureusement à la jeune fille ces abîmes remplis d'épouvante, au fond desquels s'était écoulée son enfance. Aussi James Starr s'empressa-t-il de la distraire par ses récits.

La contrée y prêtait, d'ailleurs. C'est sur les bords du petit lac d'Ard que se sont accomplis les principaux événements de la vie de Rob Roy. Là se dressaient des roches calcaires d'un aspect sinistre, entremêlées de cailloux, que l'action du temps et de l'atmosphère avait durcis comme du ciment. De misérables huttes, semblables à des tanières, — de celles qu'on appelle « bourrochs », — gisaient au milieu des bergeries en ruines. On n'eût pu dire si elles étaient habitées par des créatures humaines ou des bêtes sauvages. Quelques marmots, aux cheveux déjà décolorés par l'intempérie du climat, regardaient passer les voitures avec de grands yeux ébahis.

« Voilà bien, dit James Starr, ce que l'on peut plus particulièrement appeler le pays de Rob Roy. C'est ici que l'excellent bailli Nichol Jarvie, digne fils de son père le diacre, fut saisi par la milice du comte de Lennox. C'est à cet endroit même qu'il resta suspendu par le fond de sa culotte, heureusement faite d'un bon drap d'Écosse, et non de ces camelots légers de France ! Non loin des sources du Forth, qu'alimentent les torrents du Ben-Lomond, se voit encore le gué que franchit le héros pour échapper aux soldats du duc de Montrose. Ah ! s'il avait connu les sombres retraites de notre houillère, il aurait pu y défier toutes les recherches !

« Vous le voyez, mes amis, on ne peut faire un pas dans cette contrée, merveilleuse à tant de titres, sans rencontrer ces souvenirs du passé dont s'est inspiré Walter Scott, lorsqu'il a paraphrasé en strophes magnifiques l'appel aux armes du clan des Mac Grégor !

— Tout cela est bien dit, monsieur Starr, répliqua Jack Ryan, mais, s'il est vrai que Nichol Jarvie resta suspendu par le fond de sa culotte, que devient notre proverbe : « Bien malin celui qui pourra jamais prendre « la culotte d'un Écossais ? »

— Ma foi, Jack, tu as raison, répondit en riant James Starr, et cela prouve tout simplement que, ce jour-là, notre bailli n'était pas vêtu à la mode de ses ancêtres !

— Il eut tort, monsieur Starr!

— Je n'en disconviens pas, Jack ! »

L'attelage, après avoir gravi les abruptes rives du torrent, redescendit dans une vallée sans arbres, sans eaux, uniquement couverte d'une maigre bruyère. En certains endroits, quelques tas de pierres s'élevaient en pyramides.

« Ce sont des cairns, dit James Starr. Chaque passant, autrefois, devait y apporter une pierre, pour honorer le héros couché sous ces tombes. De là est venu le dicton gaélique : « Malheur à qui passe devant « un cairn sans y déposer la pierre du dernier salut ! » Si les fils avaient conservé la foi de leurs pères, ces amas de pierres seraient maintenant des collines. En vérité, dans cette contrée, tout contribue à développer cette poésie naturelle innée au cœur des montagnards! Il en est ainsi de tous les pays de montagnes. L'imagination y est surexcitée par ces merveilles, et, si les Grecs eussent habité un pays de plaines, ils n'auraient jamais inventé la mythologie antique! »

Pendant ces discours et bien d'autres, la voiture s'enfonçait dans les défilés d'une vallée étroite, qui eût été très-propice aux ébats des brawnies familiers de la grande Meg Mérillies. Le petit lac d'Arklet fut laissé sur la gauche, et une route à pente raide se présenta, qui conduisait à l'auberge de Stronachlacar, sur la rive du lac Katrine.

Là, au musoir d'une légère estacade, se balançait un petit steam-boat, qui portait naturellement le nom de *Rob-Roy*. Les voyageurs s'y embarquèrent aussitôt : il allait partir.

Le lac Katrine ne mesure que dix milles de longueur, sur une largeur qui ne dépasse jamais deux milles. Les premières collines du littoral sont encore empreintes d'un grand caractère.

« Voilà donc ce lac, s'écria James Starr, que l'on a justement comparé à une longue anguille ! On affirme qu'il ne gèle jamais. Je n'en sais rien, mais ce qu'il ne faut point oublier, c'est qu'il a servi de théâtre aux exploits de la *Dame du lac*. Je suis certain que, si notre ami Jack regardait bien, il verrait glisser encore à sa surface l'ombre légère de la belle Hélène Douglas !

— Certainement, monsieur Starr, répondit Jack Ryan, et pourquoi ne la verrais-je point? Pourquoi cette jolie femme ne serait-elle pas aussi visible sur les eaux du lac Katrine que le sont les lutins de la houillère sur les eaux du lac Malcolm ? »

En cet instant, les sons clairs d'une cornemuse se firent entendre à l'arrière du *Rob-Roy*.

Là, un Highlander en costume national préludait, sur son « bag-pipe » à trois bourdons, dont le plus gros sonnait le *sol*, le second le *si*, et le plus petit l'octave du gros. Quant au chalumeau, percé de huit trous, il donnait une gamme de *sol* majeur dont le *fa* était naturel.

Le refrain du Highlander était un chant simple, doux et naïf. On peut croire, véritablement, que ces mélodies nationales n'ont été composées par personne, qu'elles sont un mélange naturel du souffle de la brise, du murmure des eaux, du bruissement des feuilles. La forme du refrain, qui revenait à intervalles réguliers, était bizarre. Sa phrase se composait de trois mesures à deux temps, et d'une mesure à trois temps, finissant sur le temps faible. Contrairement aux chants de la vieille époque, il était en majeur, et l'on eût pu l'écrire comme suit, dans ce langage chiffré qui donne, non les notes, mais les intervalles des tons :

$$\overline{5} \quad | \quad 1.\overline{2} \quad | \quad \overline{3525} \quad | \quad \overline{1.765} \quad | \quad 22.\overline{22}$$

$$| \quad 1.\overline{2} \quad | \quad \overline{3525} \quad | \quad \overline{1.765} \quad | \quad 11.\overline{11}$$

Un homme véritablement heureux alors, ce fut Jack Ryan. Ce chant des lacs d'Écosse, il le savait. Aussi,

pendant que le Highlander l'accompagnait sur sa
cornemuse, il chanta de sa voix sonore un hymne,
consacré aux poétiques légendes de la vieille Calédonie :

Beaux lacs aux ondes dormantes,
Gardez à jamais
Vos légendes charmantes,
Beaux lacs écossais!

Sur vos bords on trouve la trace
De ces héros tant regrettés,
Ces descendants de noble race,
Que notre Walter a chantés !
Voici la tour où les sorcières
Préparaient leur repas frugal;
Là, les vastes champs de bruyères,
Où revient l'ombre de Fingal.

Ici passent dans la nuit sombre
Les folles danses des lutins.
Là, sinistre, apparaît dans l'ombre
La face des vieux Puritains!
Et parmi les rochers sauvages,
Le soir, on peut surprendre encor
Waverley, qui, vers vos rivages,
Entraîne Flora Mac Ivor!

La Dame du Lac vient sans doute
Errer là sur son palefroi,

Et Diana, non loin, écoute
Résonner le cor de Rob Roy!
N'a-t-on pas entendu naguère
Fergus au milieu de ses clans,
Entonnant ses pibrochs de guerre,
Réveiller l'écho des Highlands?

Si loin de vous, lacs poétiques,
Que le destin mène nos pas,
Ravins, rochers, grottes antiques,
Nos yeux ne vous oublîront pas!
O vision trop tôt finie,
Vers nous ne peux-tu revenir!
A toi, vieille Calédonie,
A toi, tout notre souvenir!

Beaux lacs aux ondes dormantes
Gardez à jamais
Vos légendes charmantes,
Beaux lacs écossais!

Il était trois heures du soir. Les rives occidentales
du lac Katrine, moins accidentées, se détachaient alors
dans le double cadre du Ben An et du Ben Venue.
Déjà, à un demi-mille, se dessinait l'étroit bassin,
au fond duquel le *Rob-Roy* allait débarquer les
voyageurs, qui se rendaient à Stirling par Callander.

Nell était comme épuisée par la tension continue

de son esprit. Un seul mot sortait de ses lèvres : Mon Dieu! mon Dieu! chaque fois qu'un nouveau sujet d'admiration s'offrait à sa vue. Il lui fallait quelques heures de repos, ne fût-ce que pour fixer plus durablement le souvenir de tant de merveilles.

A ce moment, Harry avait repris sa main. Il regarda la jeune fille avec émotion et lui dit :

« Nell, ma chère Nell, bientôt nous serons rentrés dans notre sombre domaine! Ne regretteras-tu rien de ce que tu as vu pendant ces quelques heures passées à la pleine lumière du jour?

— Non, Harry, répondit la jeune fille. Je me souviendrai, mais c'est avec bonheur que je rentrerai avec toi dans notre bien-aimée houillère.

— Nell, demanda Harry d'une voix dont il voulait en vain contenir l'émotion, veux-tu qu'un lien sacré nous unisse à jamais devant Dieu et devant les hommes? Veux-tu de moi pour époux?

— Je le veux, Harry, répondit Nell, en le regardant de ses yeux si purs, je le veux, si tu crois que je puisse suffire à ta vie... »

Nell n'avait pas achevé cette phrase, dans laquelle se résumait tout l'avenir d'Harry, qu'un inexplicable phénomène se produisait.

Le *Rob-Roy*, bien qu'il fût encore à un demi-mille de la rive, éprouvait un choc brusque. Sa quille venait de heurter le fond du lac, et sa machine, malgré tous ses efforts, ne put l'en arracher.

Et si cet accident était arrivé, c'est que, dans sa portion orientale, le lac Katrine venait de se vider presque subitement, comme si une immense fissure se fût ouverte sous son lit. En quelques secondes, il s'était asséché, ainsi qu'un littoral au plus bas d'une grande marée d'équinoxe. Presque tout son contenu avait fui à travers les entrailles du sol.

« Mes amis, s'était écrié James Starr, comme si la cause du phénomène se fût soudain révélée à son esprit, Dieu sauve la Nouvelle-Aberfoyle ! »

CHAPITRE XIX

UNE DERNIÈRE MENACE

Ce jour-là, dans la Nouvelle-Aberfoyle, les travaux s'accomplissaient d'une façon régulière. On entendait au loin le fracas des cartouches de dynamite, faisant éclater le filon carbonifère. Ici, c'étaient les coups de pic et de pince qui provoquaient l'abatage du charbon ; là, le grincement des perforatrices, dont les fleurets trouaient les failles de grès ou de schiste. Il se faisait de longs bruits caverneux. L'air aspiré par les machines fusait à travers les galeries d'aération. Les portes de bois se refermaient brusquement sous ces violentes poussées. Dans les tunnels inférieurs, les trains de wagonnets, mus mécaniquement, passaient

14.

avec une vitesse de quinze milles à l'heure, et les timbres automatiques prévenaient les ouvriers de se blottir dans les refuges. Les cages montaient et descendaient sans relâche, halées par les énormes tambours des machines installées à la surface du sol. Les disques, poussés à plein feu, éclairaient vivement Coal-city.

L'exploitation était donc conduite avec la plus grande activité. Le filon s'égrenait dans les wagonnets, qui venaient par centaines se vider dans les bennes, au fond des puits d'extraction. Pendant qu'une partie des mineurs se reposait après les travaux nocturnes, les équipes de jour travaillaient sans perdre une heure.

Simon Ford et Madge, leur dîner terminé, s'étaient installés dans la cour du cottage. Le vieil overman faisait sa sieste accoutumée. Il fumait sa pipe bourrée d'excellent tabac de France. Lorsque les deux époux causaient, c'était pour parler de Nell, de leur garçon, de James Starr, de cette excursion à la surface de la terre. Où étaient-ils? Que faisaient-ils en ce moment? Comment, sans éprouver la nostalgie de la houillère, pouvaient-ils rester si longtemps au dehors?

En ce moment, un mugissement d'une violence extraordinaire se fit soudain entendre. C'était à croire qu'une énorme cataracte se précipitait dans la houillère.

Simon Ford et Madge s'étaient levés brusquement.

Presque aussitôt les eaux du lac Malcolm se gonflèrent. Une haute vague, déferlant comme une lame de mascaret, envahit la rive et vint se briser contre le mur du cottage.

Simon Ford, saisissant Madge, l'avait rapidement entraînée au premier étage de l'habitation.

En même temps, des cris s'élevaient de toutes parts dans Coal-city, menacée par cette inondation subite.

Ses habitants cherchaient refuge jusque sur les hautes roches schisteuses, qui formaient le littoral du lac.

La terreur était au comble. Déjà quelques familles de mineurs, à demi affolées, se précipitaient vers le tunnel, pour gagner les étages supérieurs. On pouvait craindre que la mer n'eût fait irruption dans la houillère, dont les galeries s'enfonçaient jusque sous le canal du Nord. La crypte, si vaste qu'elle fût, aurait été entièrement noyée. Pas un des habitants de la Nouvelle-Aberfoyle n'eût échappé à la mort.

Mais, au moment où les premiers fuyards atteignaient l'orifice du tunnel, ils se trouvèrent en face de Simon Ford, qui avait aussitôt quitté le cottage.

« Arrêtez, arrêtez, mes amis! leur cria le vieil overman. Si notre cité devait être envahie, l'inondation courrait plus vite que vous, et personne ne lui échapperait! Mais les eaux ne croissent plus! Tout danger paraît être écarté.

— Et nos compagnons qui sont occupés aux travaux du fond? s'écrièrent quelques-uns des mineurs.

— Il n'y a rien à craindre pour eux, répondit Simon Ford. L'exploitation se fait à un étage supérieur au lit du lac! »

Les faits devaient donner raison au vieil overman. L'envahissement de l'eau s'était produit subitement; mais, réparti à l'étage inférieur de la vaste houillère, il n'avait eu d'autre effet que de surélever de quelques pieds le niveau du lac Malcolm. Coal-city n'était donc pas compromise, et l'on pouvait espérer que l'inondation, entraînée dans les plus basses profondeurs de la houillère, encore inexploitées, n'aurait fait aucune victime.

Quant à cette inondation, si elle était due à l'épanchement d'une nappe intérieure à travers les fissures du massif, ou si quelque cours d'eau du sol s'était précipité par son lit effondré jusqu'aux derniers étages de la mine, Simon Ford et ses compagnons ne pouvaient le dire. Quant à penser qu'il s'agissait là d'un simple accident, tel qu'il s'en produit quelquefois dans les charbonnages, cela ne faisait doute pour personne.

Mais, le soir même, on savait à quoi s'en tenir. Les journaux du comté publiaient le récit de cet étrange phénomène, dont le lac Katrine avait été le théâtre.

Nell, Harry, James Starr et Jack Ryan, qui étaient revenus en toute hâte au cottage, confirmaient ces nouvelles, et apprenaient, non sans grande satisfaction, que tout se bornait à des dégâts matériels dans la Nouvelle-Aberfoyle.

Ainsi donc, le lit du lac Katrine s'était subitement effondré. Ses eaux avaient fait irruption à travers une large fissure jusque dans la houillère. Au lac favori du romancier écossais, il ne restait plus de quoi mouiller les jolis pieds de la Dame du Lac, — du moins dans toute sa partie méridionale. Un étang de quelques acres, voilà à quoi il était réduit, là où son lit se trouvait en contre-bas de la portion effondrée.

Quel retentissement eut cet événement bizarre ! C'était la première fois, sans doute, qu'un lac se vidait en quelques instants dans les entrailles du sol. Il n'y avait plus, maintenant, qu'à rayer celui-ci des cartes du Royaume-Uni, jusqu'à ce qu'on l'eût rempli de nouveau, — par souscription publique, — après avoir préalablement bouché la fissure. Walter Scott en fût mort de désespoir, — s'il eût encore été de ce monde !

Après tout, l'accident était explicable. En effet, entre la profonde cavité et le lit du lac, l'étage des terrains secondaires se réduisait à une mince couche, par suite d'une disposition géologique particulière du massif.

Mais, si cet éboulement semblait être dû à une cause naturelle, James Starr, Simon et Harry Ford se demandèrent, eux, s'il ne fallait pas l'attribuer à la malveillance. Les soupçons étaient revenus avec plus de force à leur esprit. Le génie malfaisant allait-il donc recommencer ses entreprises contre les exploitants de la riche houillère ?

Quelques jours après, James Starr en causait au cottage avec le vieil overman et son fils.

« Simon, dit-il, suivant moi, bien que le fait puisse s'expliquer de lui-même, j'ai comme un pressentiment qu'il rentre dans la catégorie de ceux dont nous recherchons encore la cause !

— Je pense comme vous, monsieur James, répondit

Simon Ford; mais, si vous m'en croyez, n'ébruitons rien et faisons notre enquête nous-mêmes.

— Oh! s'écria l'ingénieur, j'en connais le résultat d'avance!

— Eh! quel sera-t-il?

— Nous trouverons les preuves de la malveillance, mais non le malfaiteur!

— Cependant il existe! répondit Simon Ford. Où se cache-t-il? Un seul être, si pervers qu'il soit, pourrait-il mener à bien une idée aussi infernale que celle de provoquer l'effondrement d'un lac? Vraiment, je finirai par croire, avec Jack Ryan, que c'est quelque génie de la houillère, qui nous en veut d'avoir envahi son domaine! »

Il va sans dire que Nell, autant que possible, était tenue en dehors de ces conciliabules.

Elle aidait, d'ailleurs, au désir qu'on avait de ne lui en rien laisser soupçonner.

Son attitude témoignait, toutefois, qu'elle partageait les préoccupations de sa famille adoptive. Sa figure attristée portait la marque des combats intérieurs qui l'agitaient.

Quoi qu'il en soit, il fut résolu que James Starr, Simon et Harry Ford retourneraient sur le lieu même de l'éboulement, et qu'ils essayeraient de se rendre compte de ses causes. Ils ne parlèrent à personne de leur projet. A qui n'eût pas connu l'ensemble des faits qui lui servaient de base, l'opinion de James Starr et de ses amis devait sembler absolument inadmissible.

Quelques jours après, tous trois, montant un léger canot que manœuvrait Harry, vinrent examiner les piliers naturels qui soutenaient la partie du massif, dans laquelle se creusait le lit du lac Katrine.

Cet examen leur donna raison. Les piliers avaient été attaqués à coups de mine. Les traces noircies étaient encore visibles, car les eaux avaient baissé par suite d'infiltrations, et l'on pouvait arriver jusqu'à la base de la substruction.

Cette chute d'une portion des voûtes du dôme avait été préméditée, puis exécutée de main d'homme.

« Aucun doute n'est possible, dit James Starr. Et qui sait ce qui serait arrivé, si, au lieu de ce petit lac, l'effrondement eût ouvert passage aux eaux d'une mer!

— Oui! s'écria le vieil overman avec un sentiment de fierté, il n'aurait pas fallu moins d'une mer pour noyer notre Aberfoyle! Mais, encore une fois, quel intérêt peut avoir un être quelconque à la ruine de notre exploitation?

— C'est incompréhensible, répondit James Starr. Il

ne s'agit pas là d'une bande de malfaiteurs vulgaires qui, de l'antre où ils s'abritent, se répandraient sur le pays pour voler et piller! De tels méfaits, depuis trois ans, auraient révélé leur existence! Il ne s'agit pas, non plus, comme j'y ai pensé quelquefois, de contre-bandiers ou de faux monnayeurs, cachant dans quelque recoin encore ignoré de ces immenses cavernes leur coupable industrie, et intéressés par suite à nous en chasser. On ne fait ni de la fausse monnaie ni de la contrebande pour la garder! Il est clair cependant qu'un ennemi implacable a juré la perte de la Nou-velle-Aberfoyle, et qu'un intérêt le pousse à chercher tous les moyens possibles d'assouvir la haine qu'il nous a vouée! Trop faible, sans doute, pour agir ou-vertement, c'est dans l'ombre qu'il prépare ses em-bûches, mais l'intelligence qu'il y déploie fait de lui un être redoutable. Mes amis, il possède mieux que nous tous les secrets de notre domaine, puisque depuis si longtemps il échappe à toutes nos re-cherches! C'est un homme du métier, un habile parmi les habiles, à coup sûr, Simon. Ce que nous avons surpris de sa façon d'opérer en est la preuve manifeste. Voyons! avez-vous jamais eu quelque ennemi personnel, sur lequel vos soupçons puissent se porter? Cherchez bien. Il y a des monomanies de haine que le temps n'éteint pas. Remontez au plus haut dans votre

15

vie, s'il le faut. Tout ce qui se passe est l'œuvre d'une sorte de folie froide et patiente, qui exige que vous évoquiez sur ce point jusqu'à vos plus lointains souvenirs! »

Simon Ford ne répondit pas. On voyait que l'honnête overman, avant de s'expliquer, interrogeait avec candeur tout son passé.

Enfin, relevant la tête :

« Non, dit-il, devant Dieu, ni Madge, ni moi, nous n'avons jamais fait de mal à personne. Nous ne croyons pas que nous puissions avoir un ennemi, un seul!

— Ah! s'écria l'ingénieur, si Nell voulait enfin parler!

— Monsieur Starr, et vous, mon père, répondit Harry, je vous en supplie, gardons encore pour nous seuls le secret de notre enquête! N'interrogez pas ma pauvre Nell! Je la sens déjà anxieuse et tourmentée. Il est certain pour moi que son cœur contient à grand'peine un secret qui l'étouffe. Si elle se tait, c'est ou qu'elle n'a rien à dire, ou qu'elle ne croit pas devoir parler! Nous ne pouvons pas douter de son affection pour nous, pour nous tous! Plus tard, si elle m'apprend ce qu'elle nous a tu jusqu'ici, vous en serez instruits aussitôt.

— Soit, Harry, répondit l'ingénieur, et cependant

ce silence, si Nell sait quelque chose, est vraiment bien inexplicable! »

Et comme Harry allait se récrier :

« Sois tranquille, ajouta l'ingénieur. Nous ne dirons rien à celle qui doit être ta femme.

— Et qui le serait sans plus attendre, si vous le vouliez, mon père!

— Mon garçon, dit Simon Ford, dans un mois, jour pour jour, ton mariage se fera. — Vous tiendrez lieu de père à Nell, monsieur James?

— Comptez sur moi, Simon, » répondit l'ingénieur.

James Starr et ses deux compagnons revinrent au cottage. Ils ne dirent rien du résultat de leur exploration, et, pour tout le monde de la houillère, l'effondrement des voûtes resta à l'état de simple accident. Il n'y avait qu'un lac de moins en Écosse.

Nell avait peu à peu repris ses occupations habituelles. De cette visite à la surface du comté, elle avait gardé d'impérissables souvenirs qu'Harry utilisait pour son instruction. Mais cette initiation à la vie du dehors ne lui avait laissé aucun regret. Elle aimait, comme avant cette exploration, le sombre domaine où, femme, elle continuerait de demeurer, après y avoir vécu enfant et jeune fille.

Cependant, le mariage prochain de Harry Ford et de Nell avait fait grand bruit dans la Nouvelle-Aberfoyle. Les compliments affluèrent au cottage. Jack Ryan ne fut pas le dernier à y apporter les siens. On le surprenait aussi à étudier au loin ses meilleures chansons pour une fête à laquelle toute la population de Coal-city devait prendre part.

Mais il arriva que, pendant le mois qui précéda le mariage, la Nouvelle-Aberfoyle fut plus éprouvée qu'elle ne l'avait jamais été. On eût dit que l'approche de l'union de Nell et d'Harry provoquait catastrophes sur catastrophes. Les accidents se produisaient principalement dans les travaux du fond, sans que la véritable cause pût en être connue.

Ainsi, un incendie dévora le boisage d'une galerie inférieure, et on retrouva la lampe que l'incendiaire avait employée. Harry et ses compagnons durent risquer leur vie pour arrêter ce feu, qui menaçait de détruire le gisement, et ils n'y parvinrent qu'en employant les extincteurs, remplis d'une eau chargée d'acide carbonique, dont la houillère était prudemment pourvue.

Une autre fois, ce fut un éboulement dû à la rupture des étançons d'un puits, et James Starr constata que ces étançons avaient été préalablement attaqués à la scie. Harry, qui surveillait les travaux sur ce point, fut enseveli sous les décombres et n'échappa que par miracle à la mort.

Quelques jours après, sur le tramway à traction mécanique, le train de wagonnets sur lequel Harry était monté tamponna un obstacle et fut culbuté. On reconnut ensuite qu'une poutre avait été placée en travers de la voie.

Bref, ces faits se multiplièrent tellement, qu'une sorte de panique se déclara parmi les mineurs. Il ne fallait rien moins que la présence de leurs chefs pour les retenir sur les travaux.

« Mais ils sont donc toute une bande, ces malfaiteurs! répétait Simon Ford, et nous ne pouvons mettre la main sur un seul! »

On recommença les recherches. La police du comté se tint sur pied nuit et jour, mais elle ne put rien découvrir. James Starr défendit à Harry, que cette malveillance semblait viser plus directement, de s'aventurer jamais seul hors du centre des travaux.

On en agit de même à l'égard de Nell, à laquelle, sur les instances de Harry, on cachait, néanmoins, toutes ces tentatives criminelles, qui pouvaient lui rappeler le souvenir du passé. Simon Ford et Madge la gardaient jour et nuit avec une sorte de sévérité, ou plutôt de sollicitude farouche. La pauvre enfant s'en rendait compte, mais pas une remarque, pas une plainte ne lui échappa. Se disait-elle que si l'on en agissait ainsi, c'était dans son intérêt? Oui, probablement. Toutefois, elle aussi, à sa façon, semblait veiller sur les autres, et ne se montrait tranquille que lorsque tous ceux qu'elle aimait étaient réunis au cottage. Le soir, quand Harry rentrait, elle ne pouvait retenir un mouvement de joie folle, peu compatible avec sa nature, d'ordinaire plus réservée qu'expansive. La nuit une fois passée, elle était debout, avant tous les autres. Son inquiétude la reprenait dès le matin, à l'heure de la sortie pour les travaux du fond.

Harry aurait voulu, pour lui rendre le repos, que leur mariage fût un fait accompli. Il lui semblait que, devant cet acte irrévocable, la malveillance, devenue inutile, désarmerait, et que Nell ne se sentirait en sûreté que lorsqu'elle serait sa femme. Cette impatience était d'ailleurs partagée par James Starr aussi bien que par Simon Ford et Madge. Chacun comptait les jours.

La vérité est que chacun était sous le coup des plus sinistres pressentiments. Cet ennemi caché, qu'on ne savait où prendre et comment combattre, on se disait tout bas que rien de ce qui concernait Nell ne lui était sans doute indifférent. Cet acte solennel du mariage d'Harry et de la jeune fille pouvait donc être l'occasion de quelque machination nouvelle de sa haine.

Un matin, huit jours avant l'époque convenue pour la cérémonie, Nell, poussée sans doute par quelque sinistre pressentiment, était parvenue à sortir la première du cottage, dont elle voulait observer les abords.

Arrivée au seuil, un cri d'indicible angoisse s'échappa de sa bouche.

Ce cri retentit dans toute l'habitation, et attira en un instant Madge, Simon et Harry près de la jeune fille.

Nell était pâle comme la mort, le visage bouleversé, les traits empreints d'une épouvante inexprimable. Hors d'état de parler, son regard était fixé sur la porte du cottage, qu'elle venait d'ouvrir. Sa main crispée y désignait ces lignes, qui avaient été tracées pendant la nuit et dont la vue la terrifiait :

« Simon Ford, tu m'as volé le dernier filon de nos « vieilles houillères! Harry, ton fils, m'a volé Nell! « Malheur à vous! malheur à tous! malheur à la Nou- « velle-Aberfoyle!

« SILFAX. »

« Silfax! s'écrièrent à la fois Simon Ford et Madge.

— Quel est cet homme? demanda Harry, dont le regard se portait alternativement de son père à la jeune fille.

— Silfax! répétait Nell avec désespoir, Silfax! »

Et tout son être frémissait en murmurant ce nom, pendant que Madge, s'emparant d'elle, la reconduisait presque de force à sa chambre.

James Starr était accouru. Après avoir lu et relu la phrase menaçante :

« La main qui a tracé ces lignes, dit-il, est celle qui m'avait écrit la lettre contradictoire de la vôtre, Simon ! Cet homme se nomme Silfax ! Je vois à votre trouble que vous le connaissez ! Quel est ce Silfax ? »

CHAPITRE XX

LE PÉNITENT.

Ce nom avait été toute une révélation pour le vieil overman.

C'était celui du dernier « pénitent » de la fosse Dochart.

Autrefois, avant l'invention de la lampe de sûreté, Simon Ford avait connu cet homme farouche, qui, au risque de sa vie, allait chaque jour provoquer les explosions partielles du grisou. Il avait vu cet être étrange, rôdant dans la mine, toujours accompagné d'un énorme harfang, sorte de chouette monstrueuse, qui l'aidait dans son périlleux métier en portant une mèche enflammée là où la main de Silfax ne pouvait atteindre. Un jour, ce vieillard avait disparu, et, en même temps que lui, une petite orpheline, née dans la mine et qui n'avait plus pour parent que lui, son arrière-grand-père. Cette enfant, évidemment, c'était Nell.

Depuis quinze ans, tous deux auraient donc vécu dans quelque secret abîme, jusqu'au jour où Nell fut sauvée par Harry.

Le vieil overman, en proie à la fois à un sentiment de pitié et de colère, communiqua à l'ingénieur et à son fils ce que la vue de ce nom de Silfax venait de lui révéler.

Cela éclaircissait toute la situation. Silfax était l'être mystérieux vainement cherché dans les profondeurs de la Nouvelle-Aberfoyle !

« Ainsi, vous l'avez connu, Simon? demanda l'ingénieur.

— Oui, en vérité, répondit l'overman. L'homme au harfang ! Il n'était déjà plus jeune. Il devait avoir quinze ou vingt ans de plus que moi. Une sorte de sauvage, qui ne frayait avec personne, qui passait pour ne craindre ni l'eau ni le feu ! C'était par goût qu'il avait choisi le métier de pénitent, dont peu se souciaient. Cette dangereuse profession avait dérangé ses idées. On le disait méchant, et il n'était peut-être que fou. Sa force était prodigieuse. Il connaissait la houillère comme pas un, — aussi bien que moi tout au moins. On lui accordait une certaine aisance. Ma foi, je le croyais mort depuis bien des années.

— Mais, reprit James Starr, qu'entend-il par ces mots : « Tu m'as volé le dernier filon de nos vieilles « houillères ? »

— Ah! voilà, répondit Simon Ford. Il y a longtemps déjà, Silfax, dont la cervelle, je vous l'ai dit, a toujours été dérangée, prétendait avoir des droits sur l'ancienne Aberfoyle. Aussi son humeur devenait-elle de plus en plus farouche à mesure que la fosse Dochart, — sa fosse! — s'épuisait! Il semblait que ce fussent ses propres entrailles que chaque coup de pic lui arrachât du corps! — Tu dois te souvenir de cela, Madge?

— Oui, Simon, répondit la vieille Écossaise.

— Cela me revient maintenant, reprit Simon Ford, depuis que j'ai vu le nom de Silfax sur cette porte; mais, je le répète, je le croyais mort, et je ne pouvais imaginer que cet être malfaisant, que nous avons tant cherché, fût l'ancien pénitent de la fosse Dochart!

— En effet, dit James Starr, tout s'explique. Un hasard a révélé à Silfax l'existence du nouveau gisement. Dans son égoïsme de fou, il aura voulu s'en constituer le défenseur. Vivant dans la houillère, la parcourant nuit et jour, il aura surpris votre secret, Simon, et su que vous me demandiez en toute hâte au cottage. De là, cette lettre contradictoire de la vôtre; de là, après mon arrivée, le bloc de pierre lancé contre Harry et les échelles détruites du puits Yarow; de là, l'obturation des fissures à la paroi du nouveau gisement; de là, enfin, notre séquestration, puis notre délivrance, qui s'est accomplie grâce à la secourable Nell, sans doute, à l'insu et malgré ce Silfax!

— Vous venez de raconter les choses comme elles ont évidemment dû se passer, monsieur James, répondit Simon Ford. Le vieux pénitent est certainement fou, maintenant!

— Cela vaut mieux, dit Madge.

— Je ne sais, reprit James Starr en secouant la tête, car ce doit être une folie terrible que la sienne! Ah! je comprends que Nell ne puisse songer à lui sans épouvante, et je comprends aussi qu'elle n'ait pas voulu dénoncer son grand-père! Quelles tristes années elle a dû passer près de ce vieillard!

— Bien tristes! répondit Simon Ford, entre ce sauvage et son harfang, non moins sauvage que lui! Car, bien sûr, il n'est pas mort, cet oiseau! Ce ne peut être que lui qui a éteint notre lampe, lui qui a failli couper la corde à laquelle étaient suspendus Harry et Nell!...

— Et je comprends, dit Madge, que la nouvelle du mariage de sa petite-fille avec notre fils semble avoir exaspéré la rancune et redoublé la rage de Silfax!

— Le mariage de Nell avec le fils de celui qu'il accuse de lui avoir volé le dernier gisement des Aberfoyle ne peut, en effet, qu'avoir porté son irritation au comble! reprit Simon Ford.

— Il faudra pourtant bien qu'il prenne son parti de cette union! s'écria Harry. Si étranger qu'il soit à la vie commune, on finira bien par l'amener à reconnaître que la nouvelle existence de Nell vaut mieux que celle qu'il lui faisait dans les abîmes de la houillère! Je suis sûr, monsieur Starr, que si nous pouvions mettre la main sur lui, nous parviendrions à lui faire entendre raison!...

— On ne raisonne pas avec la folie, mon pauvre Harry! répondit l'ingénieur. Mieux vaut sans doute connaître son ennemi que l'ignorer, mais tout n'est pas fini, parce que nous savons aujourd'hui ce qu'il est. Tenons-nous sur nos gardes, mes amis, et pour commencer, Harry, il faut interroger Nell! Il le faut! Elle comprendra que, à l'heure qu'il est,

son silence n'aurait plus de raison. Dans l'intérêt même de son grand-père, il convient qu'elle
parle. Il importe autant pour lui que pour nous,
que nous puissions mettre à néant ses sinistres
projets.

— Je ne doute pas, monsieur Starr, répondit Harry,
que Nell ne vienne de son propre mouvement au-
devant de vos questions. Vous le savez maintenant,
c'est par conscience, c'est par devoir qu'elle s'est tue
jusqu'ici. C'est par devoir, c'est par conscience qu'elle
parlera dès que vous le voudrez. Ma mère a bien fait
de la reconduire dans sa chambre. Elle avait grand
besoin de se recueillir, mais je vais l'aller chercher...

— C'est inutile, Harry, » dit d'une voix ferme et
claire la jeune fille, qui entrait au moment même dans
la grande salle du cottage.

Nell était pâle.

Ses yeux disaient combien elle avait pleuré; mais
on la sentait résolue à la démarche que sa loyauté lui
commandait en ce moment.

« Nell! s'était écrié Harry, en s'élançant vers la
jeune fille.

— Harry, répondit Nell, qui d'un geste arrêta son
fiancé, ton père, ta mère et toi, il faut aujour-
d'hui que vous sachiez tout. Il faut que vous n'igno-

riez rien non plus, monsieur Starr, de ce qui concerne l'enfant que vous avez accueillie sans la connaître et qu'Harry, pour son malheur, hélas! a tirée de l'abîme.

— Nell! s'écria Harry.

— Laisse parler Nell, dit James Starr, en imposant silence à Harry.

— Je suis la petite-fille du vieux Silfax, reprit Nell. Je n'ai jamais connu de mère que le jour où je suis entrée ici, ajouta-t-elle en regardant Madge.

— Que ce jour soit béni, ma fille! répondit la vieille Écossaise.

— Je n'ai jamais connu de père que le jour où j'ai vu Simon Ford, reprit Nell, et d'ami que le jour où la main d'Harry a touché la mienne! Seule, j'ai vécu pendant quinze ans, dans les recoins les plus reculés de la mine, avec mon grand-père. Avec lui, c'est beaucoup dire. Par lui serait plus juste. Je le voyais à peine. Lorsqu'il disparut de l'ancienne Aberfoyle, il se réfugia dans ces profondeurs que lui seul connaissait. A sa façon, il était alors bon pour moi, quoique effrayant. Il me nourrissait de ce qu'il allait chercher au dehors; mais j'ai le vague souvenir que, d'abord, pendant mes plus jeunes années, j'ai eu pour nourrice une chèvre, dont la perte m'a bien désolée. Grand-père, me voyant si chagrine, la rem-

plaça d'abord par un autre animal, — un chien,
me dit-il. Malheureusement, ce chien était gai. Il
aboyait. Grand-père n'aimait pas la gaîté. Il avait
horreur du bruit. Il m'avait appris le silence, et
n'avait pu l'apprendre au chien. Le pauvre animal
disparut presque aussitôt. Grand-père avait pour
compagnon un oiseau farouche, un harfang, qui
d'abord me fit horreur; mais cet oiseau, malgré la
répulsion qu'il m'inspirait, me prit en une telle affection, que je finis par la lui rendre. Il en était venu
à m'obéir mieux qu'à son maître, et cela même m'inquiétait pour lui. Grand-père était jaloux. Le harfang et moi, nous nous cachions le plus que nous
pouvions d'être trop bien ensemble ! Nous compre-
nions qu'il le fallait !... Mais c'est trop vous parler
de moi ! C'est de vous qu'il s'agit...

— Non, ma fille, répondit James Starr. Dis les
choses comme elles te viennent.

— Mon grand-père, reprit Nell, avait toujours vu
d'un très-mauvais œil votre voisinage dans la houillère. L'espace ne manquait pas, cependant. C'était
loin, bien loin de vous qu'il se choisissait des refuges. Cela lui déplaisait de vous sentir là. Quand
je le questionnais sur les gens de là-haut, son visage s'assombrissait, il ne répondait pas et devenait comme muet pour longtemps. Mais où sa colère

éclata, ce fut quand il s'aperçut que, ne vous contentant plus du vieux domaine, vous sembliez vouloir empiéter sur le sien. Il jura que si vous parveniez à pénétrer dans la nouvelle houillère, connue de lui seul jusqu'alors, vous péririez! Malgré son âge, sa force est encore extraordinaire, et ses menaces me firent trembler pour vous et pour lui.

— Continue, Nell, dit Simon Ford à la jeune fille, qui s'était interrompue un instant, comme pour mieux rassembler ses souvenirs.

— Après votre première tentative, reprit Nell, dès que grand-père vous vit pénétrer dans la galerie de la Nouvelle-Aberfoyle, il en boucha l'ouverture et en fit une prison pour vous. Je ne vous connaissais que comme des ombres, vaguement entrevues dans l'obscure houillère; mais je ne pus supporter l'idée que des chrétiens allaient mourir de faim dans ces profondeurs, et, au risque d'être prise sur le fait, je parvins à vous procurer pendant quelques jours un peu d'eau et de pain!... J'aurais voulu vous guider au dehors, mais il était si difficile de tromper la surveillance de mon grand-père! Vous alliez mourir! Jack Ryan et ses compagnons arrivèrent... Dieu a permis que je les aie rencontrés ce jour-là! Je les entraînai jusqu'à vous. Au retour, mon grand-père me surprit. Sa colère contre moi fut terrible.

Je crus que j'allais périr de sa main! Depuis lors, la vie devint insupportable pour moi. Les idées de mon grand-père s'égarèrent tout à fait. Il se proclamait le roi de l'ombre et du feu! Quand il entendait vos pics frapper ces filons qu'il regardait comme les siens, il devenait furieux et me battait avec rage. Je voulus fuir. Ce fut impossible, tant il me gardait de près. Enfin, il y a trois mois, dans un accès de démence sans nom, il me descendit dans l'abîme où vous m'avez trouvée, et il disparut, après avoir vainement appelé l'harfang, qui resta fidèlement près de moi. Depuis quand étais-je là? je l'ignore! Tout ce que je sais, c'est que je me sentais mourir, quand tu es arrivé, mon Harry, et quand tu m'as sauvée! Mais, tu le vois, la petite-fille du vieux Silfax ne peut pas être la femme d'Harry Ford, puisqu'il y va de ta vie, de votre vie à tous!

— Nell! s'écria Harry.

— Non, reprit la jeune fille. Mon sacrifice est fait. Il n'est qu'un moyen de conjurer votre perte : c'est que je retourne près de mon grand-père. Il menace toute la Nouvelle-Aberfoyle!... C'est une âme incapable de pardon, et nul ne peut savoir ce que le génie de la vengeance lui aura inspiré! Mon devoir est clair. Je serais la plus misérable des créatures si j'hésitais à l'accomplir. Adieu! et merci! Vous m'avez fait connaître le bonheur dès ce monde! Quoi qu'il arrive, pensez que mon cœur tout entier restera au milieu de vous! »

A ces mots, Simon Ford, Madge, Harry fou de douleur, s'étaient levés.

« Quoi, Nell! s'écrièrent-ils avec désespoir, tu voudrais nous quitter! »

James Starr les écarta d'un geste plein d'autorité, et, allant droit à Nell, il lui prit les deux mains.

« C'est bien, mon enfant, lui dit-il. Tu as dit ce que tu devais dire; mais voici ce que nous avons à te répondre. Nous ne te laisserons pas partir, et, s'il le faut, nous te retiendrons par la force. Nous crois-tu donc capables de cette lâcheté d'accepter ton offre généreuse? Les menaces de Silfax sont redoutables, soit! Mais, après tout, un homme n'est qu'un homme, et nous prendrons nos précautions. Cependant, peux-tu, dans l'intérêt de Silfax même, nous renseigner sur ses habitudes, nous dire où il se cache? Nous ne voulons qu'une chose : le mettre hors d'état de nuire, et peut-être le ramener à la raison.

— Vous voulez l'impossible, répondit Nell. Mon grand-père est partout et nulle part. Je n'ai jamais connu ses retraites! Je ne l'ai jamais vu endormi. Quand il avait trouvé quelque refuge, il me laissait seule et disparaissait. Lorsque j'ai pris ma résolution, monsieur Starr, je savais tout ce que vous pouviez me répondre. Croyez-moi! Il n'y a qu'un moyen de désarmer mon grand-père : c'est que je parvienne à le retrouver. Il est invisible, lui, mais il voit tout. Demandez-vous comment il aurait découvert vos plus secrètes pensées, depuis la lettre écrite à monsieur Starr, jusqu'au projet de mon mariage avec Harry, s'il n'avait pas l'inexplicable faculté de tout savoir. Mon grand-père, autant que je puis en juger, est, dans sa folie même, un homme puissant par l'esprit. Autrefois, il lui est arrivé de me dire de grandes choses. Il m'a appris Dieu, et ne m'a trompée que sur un point : c'est quand il m'a fait croire que tous les hommes étaient perfides, lorsqu'il a voulu m'inspirer sa haine contre l'humanité tout entière. Lorsqu'Harry m'a rapportée dans ce cottage, vous avez pensé que j'étais ignorante seulement! J'étais plus que cela. J'étais épouvantée! Ah! pardonnez-moi! mais, pendant quelques jours, je me suis crue au pouvoir des méchants, et je voulais vous fuir! Ce qui a commencé à ramener mon esprit au vrai, c'est vous, Madge, non par vos paroles mais par le spectacle de votre vie, alors que je vous voyais aimée et respectée de votre mari et de votre fils! Puis, quand j'ai vu ces travailleurs, heureux et bons, vénérer monsieur Starr, dont je les ai crus d'abord les esclaves, lorsque pour la première fois

j'ai vu toute la population d'Aberfoyle venir à la chapelle, s'y agenouiller, prier Dieu et le remercier de ses
bontés infinies, alors je me suis dit : « Mon grand-
« père m'a trompée! » Mais aujourd'hui, éclairée par
ce que vous m'avez appris, je pense qu'il s'est trompé
lui-même! Je vais donc reprendre les chemins secrets
par lesquels je l'accompagnais autrefois. Il doit me
guetter! Je l'appellerai... il m'entendra, et qui sait si,
en retournant vers lui, je ne le ramènerai pas à la
vérité? »

Tous avaient laissé parler la jeune fille. Chacun sentait qu'il devait lui être bon d'ouvrir son cœur tout
entier à ses amis, au moment où, dans sa généreuse
illusion, elle croyait qu'elle allait les quitter pour toujours.

Mais quand, épuisée, les yeux pleins de larmes, elle
se tut, Harry, se tournant vers Madge, dit :

« Ma mère, que penseriez-vous de l'homme qui
abandonnerait la noble fille que vous venez d'entendre?

— Je penserais, répondit Madge, que cet homme
est un lâche, et, s'il était mon fils, je le renierais, je le
maudirais !

— Nell, tu as entendu notre mère, reprit Harry.
Où que tu ailles, je te suivrai. Si tu persistes à partir,
nous partirons ensemble...

— Harry! Harry! » s'écria Nell.

Mais l'émotion était trop forte. On vit blémir les lèvres de la jeune fille, et elle tomba dans les bras de Madge, qui pria l'ingénieur, Simon et Harry de la laisser seule avec elle.

CHAPITRE XXI

LE MARIAGE DE NELL

On se sépara, mais il fut d'abord convenu que les hôtes du cottage seraient plus que jamais sur leurs gardes.

La menace du vieux Silfax était trop directe pour qu'il n'en fût pas tenu compte. C'était à se demander si l'ancien pénitent ne disposait pas de quelque moyen terrible qui pouvait anéantir toute l'Aberfoyle.

Des gardiens armés furent donc postés aux diverses issues de la houillère, avec ordre de veiller jour et nuit. Tout étranger à la mine dut être amené devant James Starr, afin qu'il pût constater son identité. On ne craignit pas de mettre les habitants de Coal-city au courant des menaces dont la colonie souterraine était l'objet. Silfax n'ayant aucune intelligence dans la place, il n'y avait nulle trahison à craindre. On fit connaître à Nell toutes les mesures de sûreté qui venaient d'être prises, et, sans qu'elle fût rassurée complétement, elle retrouva quelque tranquillité. Mais la résolution d'Harry de la suivre partout où elle irait avait plus que tout contribué à lui arracher la promesse de ne pas s'enfuir.

Pendant la semaine qui précéda le mariage de Nell et d'Harry, aucun incident ne troubla la Nouvelle-Aberfoyle.

Aussi les mineurs, sans se départir de la surveillance organisée, revinrent-ils de cette panique, qui avait failli compromettre l'exploitation.

Cependant James Starr continuait à faire rechercher le vieux Silfax. Le vindicatif vieillard ayant déclaré que Nell n'épouserait jamais Harry, on devait admettre qu'il ne reculerait devant rien pour empêcher ce mariage. Le mieux aurait été de s'emparer de sa personne, tout en respectant sa vie. L'exploration de la Nouvelle-Aberfoyle fut donc minutieusement recommencée. On fouilla les galeries jusque dans les étages supérieurs qui affleuraient les ruines de Dundonald-Castle, à Irvine. On supposait avec raison que c'était par le vieux château que Silfax communiquait avec l'extérieur et qu'il s'approvisionnait des choses nécessaires à sa misérable existence, soit en achetant, soit en maraudant.

Quant aux « Dames de feu », James Starr eut la pensée que quelque jet de grisou, qui se produisait dans cette partie de la houillère, avait pu être allumé par Silfax et produire ce phénomène. Il ne se trompait pas. Mais les recherches furent vaines.

James Starr, pendant cette lutte de tous les instants contre un être insaisissable, fut, sans en rien faire voir, le plus malheureux des hommes. A mesure que s'approchait le jour du mariage, ses craintes s'accroissaient, et il avait cru devoir, par exception, en faire part au vieil overman, qui devint bientôt plus inquiet que lui.

Enfin le jour arriva.

Silfax n'avait pas donné signe de vie.

Dès le matin, toute la population de Coal-city fut sur pied.

Les travaux de la Nouvelle-Aberfoyle avaient été suspendus.

Chefs et ouvriers tenaient à rendre hommage au vieil overman et à son fils. Ce n'était que payer une dette de reconnaissance aux deux hommes hardis et

16

persévérants, qui avaient rendu à la houillère la prospérité d'autrefois.

C'était à onze heures, dans la chapelle de Saint-Gilles, élevée sur la rive du lac Malcolm, que la cérémonie allait s'accomplir.

A l'heure dite, on vit sortir du cottage Harry donnant le bras à sa mère, Simon Ford donnant le bras à Nell.

Suivaient l'ingénieur James Starr, impassible en apparence, mais au fond s'attendant à tout, et Jack Ryan, superbe dans ses habits de piper.

Puis, venaient les autres ingénieurs de la mine, les notables de Coal-city, les amis, les compagnons du vieil overman, tous les membres de cette grande famille de mineurs, qui formait la population spéciale de la Nouvelle-Aberfoyle.

Au dehors, il faisait une de ces journées torrides du mois d'août, qui sont particulièrement pénibles dans les pays du nord.

L'air orageux pénétrait jusque dans les profondeurs de la houillère, où la température s'était élevée d'une façon anormale. L'atmosphère s'y saturait d'électricité, à travers les puits d'aération et le vaste tunnel de Malcolm.

On aurait pu constater — phénomène assez rare — que le baromètre, à Coal-city, avait baissé d'une quantité considérable. C'était à se demander, vraiment, si quelque orage n'allait pas éclater sous la voûte de schiste qui formait le ciel de l'immense crypte.

Mais la vérité est que personne, au dedans, ne se préoccupait des menaces atmosphériques du dehors.

Chacun, cela va sans dire, avait revêtu ses plus beaux habits pour la circonstance.

Madge portait un costume qui rappelait ceux du vieux temps. Elle était coiffée d'un « toy », comme les anciennes matrones, et sur ses épaules flottait le « rokelay », sorte de mantille quadrillée que les Écossaises portent avec une certaine élégance.

Nell s'était promise de ne rien laisser voir des agitations de sa pensée. Elle défendit à son cœur de battre, à ses secrètes angoisses de se trahir, et la courageuse enfant parvint à montrer à tous un visage calme et recueilli.

Elle était simplement mise, et la simplicité de son vêtement, qu'elle avait préféré à des ajustements plus riches, ajoutait encore au charme de sa personne. Sa seule coiffure était un « snood », ruban de couleurs variées, dont se parent ordinairement les jeunes Calédoniennes.

Simon Ford avait un habit que n'aurait pas désavoué le digne bailli Nichol Jarvie, de Walter Scott.

Tout ce monde se dirigea vers la chapelle de Saint-Gilles, qui avait été luxueusement décorée.

Au ciel de Coal-city, les disques électriques, ravivés par des courants plus intenses, resplendissaient comme autant de soleils.

Une atmosphère lumineuse emplissait toute la Nouvelle-Aberfoyle.

Dans la chapelle, les lampes électriques projetaient aussi de vives lueurs, et les vitraux coloriés brillaient comme des kaléidoscopes de feux.

C'était le révérend William Hobson qui devait officier.

A la porte même de Saint-Gilles, il attendait l'arrivée des époux.

Le cortége approchait, après avoir majestueusement contourné la rive du lac Malcolm.

En ce moment, l'orgue se fit entendre, et les deux couples, précédés du révérend Hobson, se dirigèrent vers le chevet de Saint-Gilles.

La bénédiction céleste fut d'abord appelée sur toute l'assistance; puis, Harry et Nell restèrent seuls devant le ministre, qui tenait le livre sacré à la main.

« Harry, demanda le révérend Hobson, voulez-vous

prendre Nell pour femme, et jurez-vous de l'aimer toujours?

— Je le jure, répondit le jeune homme d'une voix forte.

— Et vous, Nell, reprit le ministre, voulez-vous prendre pour époux Harry Ford, et... »

La jeune fille n'avait pas eu le temps de répondre, qu'une immense clameur retentissait au dehors.

Un de ces énormes rochers, formant terrasse, qui surplombait la rive du lac Malcolm, à cent pas de la chapelle, venait de s'ouvrir subitement, sans explosion, comme si sa chute eût été préparée à l'avance.

Au-dessous, les eaux s'engouffraient dans une excavation profonde, que personne ne savait exister là.

Puis soudain, entre les roches éboulées, apparut un canot, qu'une poussée vigoureuse lança à la surface du lac.

Sur ce canot, un vieillard, vêtu d'une sombre cagoule, les cheveux hérissés, une longue barbe blanche tombant sur sa poitrine, se tenait debout.

Il avait à la main une lampe Davy, dans laquelle brillait une flamme, protégée par la toile métallique de l'appareil.

16.

En même temps, d'une voix forte, le vieillard criait :

« Le grisou! le grisou! Malheur à tous! malheur! »

En ce moment, la légère odeur qui caractérise l'hydrogène protocarboné se répandit dans l'atmosphère.

Et s'il en était ainsi, c'est que la chute du rocher avait livré passage à une énorme quantité de gaz explosif, emmagasiné dans d'énormes « soufflards » dont les schistes obturaient l'orifice. Les jets de grisou fusaient vers les voûtes du dôme, sous une pression de cinq à six atmosphères.

Le vieillard connaissait l'existence de ces soufflards, et il les avait brusquement ouverts, de manière à rendre détonante l'atmosphère de la crypte.

Cependant James Starr et quelques autres, quittant précipitamment la chapelle, s'étaient élancés sur la rive.

« Hors de la mine! hors de la mine! » cria l'ingénieur, qui, ayant compris l'imminence du danger, vint jeter ce cri d'alarme à la porte de Saint-Gilles.

« Le grisou! le grisou! » répétait le vieillard, en poussant son canot plus avant sur les eaux du lac.

Harry, entraînant sa fiancée, son père, sa mère, avait précipitamment quitté la chapelle.

« Hors de la mine! hors de la mine! » répétait James Starr.

Il était trop tard pour fuir! Le vieux Silfax était là, prêt à accomplir sa dernière menace, prêt à empêcher le mariage de Nell et d'Harry, en ensevelissant toute la population de Coal-city sous les ruines de la houillère.

Au-dessus de sa tête, volait son énorme harfang, dont le plumage blanc était taché de points noirs.

Mais alors, un homme se précipita dans les eaux du lac, qui nagea vigoureusement vers le canot.

C'était Jack Ryan. Il s'efforçait d'atteindre le fou, avant que celui-ci eût accompli son œuvre de destruction.

Silfax le vit venir. Il brisa le verre de sa lampe, et, après avoir arraché la mèche allumée, il la promena dans l'air.

Un silence de mort planait sur toute l'assistance atterrée. James Starr, résigné, s'étonnait que l'explosion, inévitable, n'eût pas déjà anéanti la Nouvelle-Aberfoyle.

Silfax, les traits crispés, se rendit compte que le grisou, trop léger pour se maintenir dans les basses couches, s'était accumulé vers les hauteurs du dôme.

Mais alors le harfang, sur un geste de Silfax, saisissant dans sa patte la mèche incendiaire, comme il faisait autrefois dans les galeries de la fosse Dochart, commença à monter vers la haute voûte, que le vieillard lui montrait de la main.

Encore quelques secondes, et la Nouvelle-Aberfoyle avait vécu !...

A ce moment, Nell s'échappa des bras d'Harry.

Calme et inspirée tout à la fois, elle courut vers la rive du lac, jusqu'à la lisière des eaux.

« Harfang ! Harfang ! cria-t-elle d'une voix claire, à moi ! Viens à moi ! »

L'oiseau fidèle, étonné, avait hésité un instant. Mais soudain, ayant reconnu la voix de Nell, il avait laissé tomber la mèche enflammée dans les eaux du lac, et, traçant un large cercle, il était venu s'abattre aux pieds de la jeune fille.

Les hautes couches explosives dans lesquelles le grisou s'était mélangé à l'air n'avaient pas été atteintes !

Alors un cri terrible retentit sous le dôme. Ce fut le dernier que jeta le vieux Silfax.

A l'instant où Jack Ryan allait mettre la main sur le bordage du canot, le vieillard, voyant sa vengeance lui échapper, s'était précipité dans les eaux du lac.

« Sauvez-le ! sauvez-le ! » s'écria Nell d'une voix déchirante.

Harry l'entendit. Se jetant à son tour à la nage, il eut bientôt rejoint Jack Ryan et plongea à plusieurs reprises.

Mais ses efforts furent inutiles.

Les eaux du lac Malcolm ne rendirent pas leur proie. Elles s'étaient à jamais refermées sur le vieux Silfax.

CHAPITRE XXII

LA LÉGENDE DU VIEUX SILFAX.

Six mois après ces événements, le mariage, si étrangement interrompu, d'Harry Ford et de Nell, se célébrait dans la chapelle de Saint-Gilles.

Après qu' le révérend Hobson eut béni leur union, les jeunes époux, encore vêtus de noir, rentrèrent au cottage.

James Starr et Simon Ford, désormais exempts de toute inquiétude, présidèrent joyeusement à la fête qui suivit la cérémonie et se prolongea jusqu'au lendemain.

Ce fut dans ces mémorables circonstances que Jack Ryan, revêtu de son costume de piper, après avoir gonflé d'air l'outre de sa cornemuse, obtint ce triple résultat de jouer, de chanter et de danser tout à la fois, aux applaudissements de toute l'assemblée.

Et, le lendemain, les travaux du jour et du fond recommencèrent, sous la direction de l'ingénieur James Starr.

Harry et Nell furent heureux, il est superflu de le dire.

Ces deux cœurs, tant éprouvés, trouvèrent dans leur union le bonheur qu'ils méritaient.

Quant à Simon Ford, l'overman honoraire de la Nouvelle-Aberfoyle, il comptait bien vivre assez pour célébrer sa cinquantaine avec la bonne Madge, qui ne demandait pas mieux, d'ailleurs.

« Et après celle-là, pourquoi pas une autre? disait Jack Ryan.

Deux cinquantaines, ce ne serait pas trop pour vous, monsieur Simon !

— Tu as raison, mon garçon, répondit tranquillement le vieil overman. Qu'y aurait-il d'étonnant à ce que sous le climat de la Nouvelle-Aberfoyle, dans ce milieu qui ne connaît pas les intempéries du dehors, on devînt deux fois centenaire? »

Les habitants de Coal-city devaient-ils jamais assister à cette seconde cérémonie? L'avenir le dira.

En tout cas, un oiseau, qui semblait devoir atteindre une longévité extraordinaire, c'était le harfang du vieux Silfax.

Il hantait toujours le sombre domaine. Mais après la mort du vieillard, bien que Nell eût essayé de le retenir, il s'était enfui au bout de quelques jours.

Outre que la société des hommes ne lui plaisait décidément pas plus qu'à son ancien maître, il semblait qu'il eût gardé une sorte de rancune particulière à Harry, et que cet oiseau jaloux eût toujours reconnu et détesté en lui le premier ravisseur de Nell, celui à qui il l'avait disputée en vain dans l'ascension du gouffre.

Depuis ce temps, Nell ne le revoyait qu'à de longs intervalles, planant au-dessus du lac Malcolm.

Voulait-il revoir son amie d'autrefois? Voulait-il plonger ses regards pénétrants jusqu'au fond de l'abîme où s'était englouti Silfax?

Les deux versions furent admises, car le harfang devint légendaire, et il inspira à Jack Ryan plus d'une fantastique histoire.

C'est grâce à ce joyeux compagnon qu'on chante encore dans les veillées écossaises la légende de l'oiseau du vieux Silfax, l'ancien pénitent des houillères d'Aberfoyle.

FIN

TABLE DES MATIÈRES

Paris. — Imp. GAUTHIER-VILLARS, quai des Grands-Augustins, 55.

CATALOGUE

DE

J. HETZEL & Cie

LIBRAIRIE SPÉCIALE
De l'Enfance et de la Jeunesse

BIBLIOTHÈQUE D'ÉDUCATION ET DE RÉCRÉATION
A L'USAGE DE L'ENFANCE, DE LA JEUNESSE,
DES INSTITUTIONS DE JEUNES GENS ET DE JEUNES FILLES,
BIBLIOTHÈQUES PUBLIQUES, SCOLAIRES ET POPULAIRES.
LIVRES DE PRIX. — LIVRES D'ÉTRENNES.

BIBLIOTHÈQUE DES PROFESSIONS INDUSTRIELLES
COMMERCIALES ET AGRICOLES

MAGASIN ILLUSTRÉ D'ÉDUCATION
ET DE RÉCRÉATION

BROCHÉS **266 fr.** Collection complète, 38 vol. **CARTONNÉS** **380 fr.**

CAHIERS D'UNE ÉLÈVE DE SAINT-DENIS
COURS GRADUÉ D'INSTRUCTION EN SIX ANNÉES

17 volumes et un atlas. — Brochés, 65 francs. — Cartonnés, 69 fr. 50

LIBRAIRIE GÉNÉRALE

*Poésies — Romans — Voyages — Histoire
Sciences et Arts*

PARIS
18, RUE JACOB, 18

Envoi *franco* contre mandat pour toute demande au-dessus de 15 fr.

COLLECTION COMPLÈTE

DES TRENTE-HUIT PREMIERS VOLUMES DU

MAGASIN D'ÉDUCATION
ET DE RÉCRÉATION
PUBLIÉ SOUS LA DIRECTION DE
MM. JEAN MACÉ — P.-J. STAHL — JULES VERNE
Prix : 266 francs
Payables en 9 termes à répartir en deux ans

Les trente-huit premiers volumes illustrés parus du *Magasin d'Éducation et de Récréation* constituent à eux seuls toute une bibliothèque de l'enfance et de la jeunesse. L'examen du catalogue général du *Magasin*, que nous tenons toujours à la disposition des parents, leur montrera que les œuvres principales, et pour ainsi dire complètes, de JULES VERNE, de P.-J. STAHL, de JULES SANDEAU, de E. LEGOUVÉ, d'ERCKMANN, de J. MACÉ, de L. BIART et de bien d'autres ; que les plus heureuses séries de dessins de Frœlich, Froment et d'un grand nombre d'artistes éminents, écrites ou dessinées avec un soin scrupuleux, à l'usage spécial de la jeunesse et de la famille, sont contenues dans les trente-huit volumes déjà parus.

Cette collection grand in-8° représente par le fait la matière de plus de cent volumes in-18 ordinaires. Elle est en outre illustrée de plus de quatre mille dessins, créés expressément pour le *Magasin d'Éducation*.

Le *Magasin d'Éducation* s'est tenu avec soin en dehors de ce qu'on appelle l'actualité, dont l'intérêt passe et vieillit, pour ne laisser entre les mains de ses lecteurs que des œuvres d'un intérêt durable et permanent. Les premiers volumes, à ce titre, présentent donc un intérêt égal aux derniers, et offrir aux enfants les premières années, s'ils ne les connaissent pas, leur assure des lectures aussi agréables que si on leur donnait les dernières.

•LES TOMES I à XXX
RENFERMENT COMME ŒUVRES PRINCIPALES

Les Aventures du Capitaine Hatteras, Les Enfants du Capitaine Grant, Vingt mille lieues sous les mers, Aventures de trois Russes et de trois Anglais, Le pays des Fourrures, L'Île mystérieuse, Michel Strogoff, Hector Servadac, Les Cinq cents millions de la Bégum, de Jules VERNE. — La Morale familière, Les Contes Anglais, La Famille Chester, L'Histoire d'un Ane et de deux jeunes Filles, Une Affaire difficile à arranger, Maroussia, Un pot de crème pour deux, de P.-J. STAHL. — La Roche aux Mouettes, de Jules SANDEAU. — Le Nouveau Robinson Suisse, de STAHL et MULLER. — Romain Kalbris, d'Hector MALOT. — Histoire d'une Maison, de VIOLLET-LE-DUC. — Les Serviteurs de l'Estomac, Le Géant d'Alsace, Le Gulf-Stream, etc., de Jean MACÉ. — Le Denier de la France, La Chasse, Le Travail et la Douleur, A Madame la Reine, La Fée Béquillette, Un premier Symptôme, Sur la Politesse, Lettre à Mlle Lili, etc., de E. LEGOUVÉ. — Le Livre d'un père, de Victor DE LAPRADE. — La Jeunesse des Hommes célèbres, de MULLER. — Aventures d'un Jeune Naturaliste, Entre Frères et Sœurs, Voyages et Aventures de deux enfants dans un parc, Les Voyages involontaires, de Lucien BIART. — Causeries d'Économie pratique, de Maurice BLOCK. — La Justice des choses, de Lucie B⁣⁣⁣. — Les Aventures d'un Grillon, La Giloppe, par le docteur CANDÈZE. — Vieux Souvenirs, Départ pour la Campagne, Bébé aime le rouge, etc., de Gustave DROZ. — Le Pacha berger, par E. LABOULAYE. — La Musique au foyer, par LACOME. — Histoire d'un Aquarium, Les Clients d'un vieux Poirier, de E. VAN BRUYSSEL. — Le Chalet des Sapins, de Prosper CHAZEL. — L'Odyssée de l'otaud et de son chien Fricot, de P.-J. STAHL et CHAM. — Le petit Roi, de S. BLANDY. — L'Ami Kips, de G. ANTON. — La Grammaire de Mⁿⁿᵉ Lili, de Jean MACÉ. — Histoire de mon oncle et de ma tante, par A. DEQUET. — L'Embranchement de Mugby, Histoire de Bobette, Une lettre inédite, Septante fois sept, de Ch. DICKENS, etc., etc. — C'est-à-dire une Bibliothèque complète de l'Enfance et de la Jeunesse.

Les petites Sœurs et petites Mamans, Les Tragédies enfantines, Les Scènes familières et autres séries de dessins, par FROELICH, FROMENT, DETAILLE; textes de STAHL.

• TOMES XXXI à XXXVIII

La Maison à vapeur, La Jangada, L'École des Robinsons, Kéraban-le-Têtu, par JULES VERNE. — Leçons de Lecture, par E. LEGOUVÉ. — Les Quatre filles du docteur Marsch, La Première Cause de l'avocat Juliette, Jack et Jane, La Petite Rose, par P.-J. STAHL. — La Vie de collège en Angleterre, Mémoires d'un collégien, par André LAURIE. — Le Théâtre de famille, par GENNEVRAYE. — Marco et Tonino, Les Pigeons de St-Marc, par M. GÉNIN. — Le livre de Trotty, par CRÉTIN-LEBAINE. — La Patrie avant tout, par F. DIÉNY, etc., etc. — Contes et nouvelles, par C. LEMONNIER, LERMONT, BENTZON, DUPIN DE SAINT-ANDRÉ, NICOLE, BLANDY, BENEDICT, BERTHE VADIER, SPARK.

PREMIER AGE. — Bibliothèque de Mⁿᵉ Lili et de son cousin Lucien

53 ALBUMS-STAHL IN-8°

Prix : relié toile, à biseaux, 5 fr.; cart. bradel, 3 fr.

L. BECKER.......	L'Alphabet des Oiseaux.
....	† Alphabet des Insectes.
COINCHON (A.).....	Histoire d'une Mère.
DETAILLE.........	Les bonnes Idées de Mˡˡᵉ Rose.
FATH...........	La Famille Gringalet. — Gribouille.
—	Pierrot à l'école. — Les Méfaits de Polichinelle. — Jocrisse et sa sœur. — Une Folle Soirée chez Paillasse.
FROELICH.......	Alphabet de mademoiselle Lili.
—	Arithmétique de mademoiselle Lili.
— (texte de Macé)..	Grammaire de mademoiselle Lili.
—	L'A perdu de mademoiselle Babet.
—	Bonsoir, petit père.

FRŒLICH	Les Caprices de Manette.
—	Commandements du Grand-Papa.
—	La Crème au Chocolat.
—	Un drôle de chien. — La Fête de Papa.
—	Journée de mademoiselle Lili.
—	Jujules à l'École. — Le petit Diable.
—	Le Jardin de M. Jujules.
—	Mademoiselle Lili aux eaux.
—	Mademoiselle Lili à la campagne.
—	La Fête de Mlle Lili. — M. Tao-Tao.
—	Premier Cheval et première Voiture.
—	Premières armes de Mlle Lili.
—	L'Ours de Sibérie. — Cerf agile.
—	La Salade de la grande Jeanne.
—	Le 1er Chien et le 1er Pantalon.
—	†Les Jumeaux.
FROMENT	La Boîte au lait.
—	Histoire d'un pain rond.
—	La petite Devineresse.
—	Le petit Escamoteur.
GEOFFROY	Le Paradis de M. Toto.
—	La première Cause de l'avocat Juliette.
JUNDT	L'École buissonnière.
LALAUZE	Le Rosier du petit frère.
LAMBERT	Chiens et Chats.
LANÇON	Caporal, le Chien du régiment.
MARIE	Le petit Tyran.
M-TTHIS	†Les deux Sœurs.
MÉAULLE	Petits Robinsons de Fontainebleau.
PIRODON	Histoire de Bob aîné.
—	Histoire d'un Perroquet.
—	La Pie de Marguerite.
SCHULER (TH.)	Les Travaux d'Alsa.
VALTON	Mon petit Frère.

13 ALBUMS-STAHL IN-8°

Prix : relié toile à biseaux, 7 fr. 50; cartonné bradel, 5 fr.

CHAM	Odyssée de Pataud.
FRŒLICH	Mlle Mouvette. — La Révolte punie.
—	Petites Sœurs et petites Mamans.
—	Monsieur Jujules.
—	Voyage de Mlle Lili autour du monde.
—	Voyage de découvertes de Mlle Lili.
FROMENT et STAHL	La belle petite princesse Ilsée.
—	La Chasse au volant.
GRISET	Aventures de trois vieux Marins.
—	Pierre le Cruel.
SCHULER (TH.)	Le premier Livre des petits enfants.
VAN BRUYSSEL	Histoire d'un aquarium.

chronologique des rois de France. — Arithmétique. — Système
métrique. — Lectures et exercices de mémoire. — Étymologies. —
Histoire ancienne. — Ères chronologiques. — Mythologie. — Études
préparatoires à l'Histoire de France. — Cosmographie. — Géographie
de l'Asie Mineure. — Départements et arrondissements de la France.
— Géographie de la France. — Histoire romaine. — Histoire de
l'Église. — Paris et ses monuments. — Récapitulation de l'Histoire
ancienne. — Histoire du moyen âge. — Géographie moderne. —
Géographie de l'Europe. — Histoire naturelle. — Précis de l'histoire
de la langue française. — Traité de versification. — Histoire moderne.
— Géographie de l'Amérique et de l'Océanie. — Curiosités historiques.
— Botanique. — Zoologie. — Principales inventions et découvertes.
— Principes de littérature. — Histoire de la littérature ancienne et
française. — Philosophie. — Table chronologique des principaux
événements de l'histoire contemporaine depuis 1789. — Bibliographie.
— Philologie des langues européennes. — Précis de l'Histoire générale des études. — Biographie des femmes célèbres. — Notions
géographiques complémentaires. — Morceaux choisis.

Sommaire des 4 cahiers préliminaires. — Religion. —
Éducation. — Instruction. — Notions sur les trois règnes de la
nature. — Connaissance des chiffres et des nombres. — Lectures. —
Exercices de mémoire. — Cours d'écriture (avec modèles).

Sommaire du cahier complémentaire. — Considérations
générales. — Histoire de l'Architecture. — De la Sculpture. — De
la Peinture. — Gravure. — Lithographie. — Histoire de la Musique.
— Astronomie. — Archéologie. — Numismatique. — Paléographie.
— Minéralogie. — Algèbre et Géométrie. — De la Vapeur et de ses
applications. — Télégraphie électrique. — Galvanoplastie. — De la
Chloroformisation. — De la Photographie et de l'Aérostation.

ATLAS COMPLÉMENTAIRE
DES CAHIERS D'UNE ÉLÈVE DE SAINT-DENIS
Atlas classique de Géographie universelle, composé
de 24 planches en plusieurs couleurs, dressées par M. DUDAIL, ex-
professeur adjoint de géographie à l'École de Saint-Cyr. — 1 volume
grand in-8, cartonné bradel. Prix : 8 fr.

ÉTUDES D'APRÈS LES GRANDS MAITRES
Dessins par A. COLIN
Professeur de dessin à l'École polytechnique
ALBUM IN-FOLIO, 20 PLANCHES. — Cartonné bradel, 20 francs
Cartonné toile, tranches dorées, 22 francs
Chaque planche collée sur carton, avec texte au dos, 1 fr. 25.

Les programmes d'admission aux Écoles de l'État se trouvent dans les *Grandes
écoles civiles et militaires de France*, par MORTEMER D'OCAGNA. — Un beau
vol. in-18, 3 fr. (Voir page 20.)
Voir pour les *Classiques français*, p. 18.

JULES VERNE

(ŒUVRES COMPLÈTES. — SUITE)

*L'Île mystérieuse, 1 vol. grand in-8, illustré de
154 dessins par FÉRAT. Relié, tr. dorées, 15 fr.;
toile, tr. dor., 13 fr.; broché . . . .   10 »

*De la Terre à la Lune, 43 dessins par DE MONTAUT.
1 vol. grand in-8, toile, tranches dorées, 7 fr.; broché . . . .   5 »

*Autour de la Lune (suite de la TERRE A LA LUNE),
45 dessins par Emile BAYARD et DE NEUVILLE.
1 vol. grand in-8, toile, tranches dorées, 7 fr.; broché . . . .   5 »

   Ces deux ouvrages réunis en un seul volume grand in-8. Relié,
   tranches dorées, 14 fr.; toile, tranches dorées, 12 fr.; broché . .   9 »

**Aventures de trois Russes et de trois Anglais,
52 dessins par FÉRAT. 1 vol. grand in-8°, toile,
tranches dorées, 7 fr.; broché . . . .   5 »

**Une Ville flottante, suivie des FORCEURS DE
BLOCUS. 44 dessins par FÉRAT. 1 vol. gr. in-8°,
toile, tranches dorées, 7 fr.; broché . . . .   5 »

   Ces deux ouvrages réunis en un seul volume grand in-8. Relié,
   tranches dorées, 14 fr.; toile, tranches dorées, 12 fr.; broché . . .   9 »

*Le Pays des Fourrures, 105 dessins par FÉRAT
et DE BEAUREPAIRE. 1 vol. grand in-8°. Rel., tr.
dorées, 14 fr.; toile, 12 fr.; broché . . . .   9 »

*Les Indes-Noires, 1 vol. illustré de 45 dessins, par
FÉRAT. Cartonné toile, tr. dorées, 7 fr.; broché. .   5 »

*Le Chancellor, 1 vol. illustré de 58 dessins par RIOU
et FÉRAT. Cartonné toile, tr. dorées, 7 fr.; broché.   5 »

   Ces deux ouvrages réunis en un seul volume grand in-8. Relié,
   14 fr.; toile, 12 fr.; broché. . . . .   9 »

*Le Tour du Monde en 80 jours, 80 dessins par DE
NEUVILLE et L. BENETT. 1 vol. grand in-8°, toile,
tranches dorées, 7 fr.; broché. . . . .   5 »

*Le Docteur Ox. 1 volume illustré de 58 dessins par
SCHULER, BAYARD, FRŒLICH, MARIE. Prix: cart.
toile, tr. dorées, 7 fr.; broché. . . . .   5 »

   Ces deux ouvrages réunis en un seul volume grand in-8. Relié,
   tr. dorées, 14 fr.; toile, tr. dor., 12 fr.; broché . . . .   9 »

*Michel Strogoff. 1 vol. illustré de 95 dessins par
FÉRAT. Prix: relié, tranches dorées, 14 fr.; toile,
12 fr.; broché . . . .   9 »

Hector Servadac, voyages et aventures à travers le
monde solaire. 1 beau vol. illustré de 100 dessins,
par PHILIPPOTEAUX. Prix: relié, tr. dorées, 14 fr.;
toile, tr. dorées, 12 fr.; broché . . . .   9 »

Un Capitaine de 15 ans, 1 beau vol. illustré de 93
dessins par Meyer. Prix relié, tr. dorées, 14 fr.;
toile, tr. dorées, 12 fr.; broché.............   9   »

Les Cinq cents millions de la Bégum, 1 vol.
illustré de 48 dessins, par Benett. Prix cartonné,
toile, tr. dorées, 7 fr.; broché.............   5   »

Les Tribulations d'un Chinois en Chine, 1 vol.
illustré de 52 dessins, par Benett. Prix : cartonné,
toile, tr. dorées, 7 fr.; broché..........   5   »

  Ces deux ouvrages réunis en un seul volume grand in-8°. Relié,
tr. dorées, 14 fr.; toile, tr. dorées, 12 fr.; broché............   9   »

La Maison à vapeur, 1 beau volume in-8° illustré
de 101 dessins, par Benett, relié, tr. dorées, 14 fr.;
toile, tr. dorées, 12 fr.; broché   9   »

La découverte de la Terre, 1 beau vol. illustré de
117 dessins et cartes par Philippoteaux, Benett,
Matthis et Dubail. Prix, relié, tr. dorées, 12 fr.;
toile, tr. dorées, 10 fr.; broché............   7   »

Les grands Navigateurs du XVIIIᵉ siècle, 1 beau
vol. illustré de 116 dessins et cartes, par P. Philippoteaux et Matthis. Prix : relié, tr. dorées,
12 fr.; toile, tr. dorées, 10 fr.; broché..........   7   »

Les Voyageurs du XIXᵉ siècle, 1 beau vol. in-8°
illustré de 108 dessins et cartes, par Benett. Prix :
relié, tr. dorées, 12 fr.; toile, tr. dorées, 10 fr.; broché   7   »

La Jangada (Huit cents lieues sur l'Amazone),
1 beau vol. in-8° illustré de 95 dessins par Benett.
Prix : relié, tr. dor., 14 fr.; toile, 12 fr.; broché ...   9   »

L'Ecole des Robinsons, 1 vol. illustré de 51 dessins
par Benett. Prix : cart. toile, tr. dorées, 7 fr.; broché,   5   »

Le rayon vert, 1 vol. illustré de 44 dessins par Benett
et une carte. Prix : cartonné toile, 7 fr.; broché ...   5   »

  Ces deux ouvrages réunis en un seul volume grand in-8°. Relié,
tr. dorées, 14 fr.; toile, tr. dorées, 12 fr.; broché............   9   »

†**Kéraban-le-Têtu**, 1 vol. illustré de 101 dessins par
Benett. Prix : relié, tr. dorées, 14 fr.; cartonné
toile, tr. dorées, 12 fr.; broché.............   9   »

**D'ENNERY & JULES VERNE. Les Voyages au
Théâtre**. 1 beau vol. in-8° illustré de 65 dessins,
par Benett et Meyer. Prix : relié, tr. dorées, 11 fr.;
toile, tr. dorées, 10 fr.; broché............   7   »

**JULES VERNE & THÉOPHILE LAVALLÉE.
**Géographie illustrée de la France et de
ses Colonies**. Nouvelle édition revue et complétée
par Dubail. 108 grav. par Clerget et Riou, et 100
cartes par Constans et Sédille. 1 vol. grand in-8°.
Relié, tr. dor., 15 fr.; cart. toile, tr. dor., 13 fr.; broché.   10   »

PETITE BIBLIOTHÈQUE BLANCHE

VOLUMES ILLUSTRÉS GRAND IN-16 COLOMBIER

Chaque volume toile, genre aquarelle, tranches dorées,
3 fr.; broché . . . . 2 fr.;

BAUDE (L.). **Mythologie de la jeunesse** . . . . . 1 vol.
BIGNON. † **Un singulier petit homme** . . . . 1 »
DE LA BÉDOLLIÈRE. **Histoire de la mère Michel et de son Chat** . . . . 1 »
CHAZEL (PROSPER). **Riquette** . . . . 1 »
CRETIN (E.-M.). **Le Livre de Trotty** . . . . 1 »
DEVILLERS. **Les Souliers de mon Voisin** . . . . 1 »
CH. DICKENS. **L'Embranchement de Mugby.** 1 »
DIENY. **La Patrie avant tout** . . . . 1 »
A. DUMAS. ***La Bouillie de la Comtesse Berthe.** 1 »
OCTAVE FEUILLET. **La Vie de Polichinelle.** 1 »
M. GÉNIN. **Le petit Tailleur Bouton.** . . . 1 »
—— **Marco et Tonino** . . . . 1 »
—— **Les Pigeons de Saint-Marc** . . . . 1 »
GENNEVRAYE. † **Petit théâtre de famille.** 1 »
GOZLAN (LÉON). **Aventures du prince Chênevis** . . . . 1 »
KARR (ALPHONSE). **Les Fées de la Mer.** . . . 1 »
LACOME (P.). **La Musique en famille** . . . . 1 »
LEMOINE. **La Guerre pendant les vacances.** 1 »
LEMONNIER (C.). **Bébés et Joujoux** . . . . . 1 »
MACÉ (JEAN). **La France avant les Francs.** 1 »
P. DE MUSSET. **Mr le Vent et Mme la Pluie.** . . 1 »
NODIER (CHARLES). **Trésor des fèves et fleur des pois.** . . . . 1 »
NOEL (EUGÈNE) † **La Vie des Fleurs.** . . . . 1 »
E. OURLIAC. **Le Prince Coqueluche** . . . . . 1 »
SAND (GEORGE). **Histoire du véritable Gribouille** . . . . 1 »
P.-J. STAHL. **Les Aventures de Tom Pouce** 1 »
VAN BRUYSSEL. ** **Les Clients d'un vieux Poirier** . . . . 1 »
JULES VERNE. ** **Un Hivernage dans les glaces.** 1 »
—— **Christophe Colomb** . . . . . . 1 »
VIOLLET-LE-DUC. **Le Siège de la Rochepont.** 1 »

VOLUMES ILLUSTRÉS IN-8 CAVALIER

ALDRICH (traduction BENTZON). **Un Ecolier américain**, 1 vol. toile, tr. dorées, 7 fr.; broché. . 5 »

G. ASTON. **L'Ami Kips**, 1 vol. toile, tr. dor., 7 fr.; br. 5 »

BIART (LUCIEN).† **Voyages et Aventures de deux enfants dans un parc**, 1 vol. toile, tr. dor. 7 fr.; br. . 5 »

A. DE BREHAT. **Aventures de Charlot**, 1 vol. toile, tr. dor., 7 fr.; br. . . . . 5 »

CAHOURS ET RICHE. *Chimie des Demoiselles, 1 vol. in-8° avec figures dans le texte, toile, tranches dorées, 7 fr.; broché . . . . 5 »

CHAZEL (PROSPER). **Le Chalet des Sapins**, 1 beau vol. in-8°, illustré par Th. Schuler. Relié, tr. dor., 11 fr.; toile, tr. dor., 10 fr.; broché . . . . 7 »

CRÉTIN-LEMAIRE.† **Les Expériences de la petite Madeleine**, 1 vol. toile, tr. dorées, 7 fr.; broché. . 5 »

DE CHERVILLE. *Histoire d'un trop bon chien, 1 vol. toile, tranches dorées, 7 fr.; broché . . . . . 5 »

A. DEQUET. **Histoire de mon oncle et de ma tante**, 1 vol. toile, tr. dorées, 7 fr.; broché. . . . . 5 »

ERCKMANN-CHATRIAN. **Les Vieux de la Vieille**, 1 vol. toile, tranches dorées, 7 fr.; broché. 5 »

M. GENIN. **La Famille Martin**, 1 vol. toile, tr. dor., 7 fr.; broché. . . . . 5 »

A. KÆMPFEN. **La Tasse à thé**, 1 vol. toile, tr. dor., 7 fr.; broché . . . . 5 »

NÉRAUD. **La Botanique de ma fille**, 1 vol. toile, tranches dorées, 7 fr.; broché . . . . 5 »

RATISBONNE (LOUIS). **Dernières scènes de la Comédie enfantine**, 1 vol. toile, tr. dor. 7 fr.; broch. 5 »

RECLUS (E.) **Histoire d'une Montagne**, 1 vol. toile, tr. dorées, 7 fr.; broché. . . . . 5 »

———   **Histoire d'un Ruisseau**, 1 vol. toile, tr. dorées, 7 fr.; broché . . . . 5 »

P.-J. STAHL. **La Famille Chester** (adaptation), 1 vol. toile, tr. dor., 7 fr.; broché. . . . . 5 »

———   *Mon premier voyage en mer, 1 vol. toile, tr. dorées, 7 fr.; broché. . . . . 5 »

P.-J. STAHL ET DE WAILLY (LÉON). **Contes célèbres de la Littérature anglaise**, 1 vol. toile, tranches dorées, 7 fr.; broché. . . . . 5 »

RENÉ VALLERY-RADOT. *Journal d'un volontaire d'un an (ouvrage couronné), 1 vol. toile, tr. dorées, 7 fr.; broché. . . . . 5 »

VOLUMES ILLUSTRÉS, GRAND IN-8 RAISIN et JÉSUS

BENTZON. **Yette,** *Histoire d'une jeune Créole,* 1 vol. in-8°, illustré par M. Meyer. Relié, tr. dorées, 11 fr.; toile, tr. dorées, 10 fr.; broché. . . . . 7 »

BIART (LUCIEN). ** **Aventures d'un jeune**

Naturaliste, 1 beau vol. grand in-8°, orné de 156 dessins par BENETT. Relié, tr. dorées, 14 fr.; toile, tr. dorées, 12 fr.; broché. . . . . 9 »

BIART (LUCIEN) ** Entre frères et sœurs, 1 beau vol. in-8°, ill. par LALAUZE. Relié, tranches dorées, 11 fr.; toile tranches dorées, 10 fr.; broché. 7 »

———   Deux Amis, 1 beau vol. in-8°, ill. par G. BOUTET. Relié, 11 fr.; toile, 10 fr.; broché. . 7 »

Les Voyages involontaires { Monsieur Pinson, 1 vol. in-8° illustré par H. MEYER, relié, 11 fr.; toile, 10 fr.; broché . . . . 7 »

La Frontière indienne, 1 vol. in-8°, illustré par H. MEYER, relié, 11 fr.; toile, 10 fr.; broché. 7 »

Le Secret de José, 1 vol. in-8°, illustré par H. MEYER, relié 11 fr.; toile, 10 fr.; broché. . 7 »

Lucia, 1 vol. in-8° ill. par H. MEYER, relié, 11 fr.; toile, 10 fr.; broché. 7 »

BLANDY (S.). Le Petit Roi, 1 vol. in-8°, illustré par BAYARD. Relié, tr. dor., 11 fr.; toile, tr. dor., 10 fr.; br. 7 »

———   Les Epreuves de Norbert, 1 beau vol. in-8° illustré par A. BORGET et BENETT, relié, tr. dorées, 14 fr.; toile, tr. dorées, 12 fr.; broché. . . . 9 »

MADAME B. BOISSONNAS. *Une famille pendant la gu. rre 1870-71 (ouvr. couronné par l'Académie française), 1 beau vol. in-8°, ill. par P. PHILIPPO-TEAUX. Relié, tr. dor., 11 fr.; toile, tr. dor, 10 fr.; br. 7 »

BRÉHAT (ALFRED DE). * Les Aventures d'un petit Parisien, 1 vol. in-8°, ill. par MORIN. Relié, tranches dorées, 11 fr.; toile, tr. dor., 10 fr.; br. . . . 7 »

CANDÈZE (DOCTEUR). La Gileppe, 1 vol. illustré, par C. RENARD, relié, tr. dorées, 11 fr.; toile, tr. dorées, 10 fr.; broché. . . . . 7 »

———   Aventures d'un Grillon, 1 beau vol. in-8°, illustré par C. RENARD. Relié, tr. dorées, 11 fr.; toile, tr. dorées, 10 fr.; broché. . . . . 7 »

CAUVAIN (HENRI). †Le Grand Vainou, 1 beau vol. illustré, par MAILLART. relié, 11 fr.; toile, 10 fr.; br. 7 »

CLÉMENT (CHARLES). Michel-Ange. — Raphaël. — Léonard de Vinci, 167 dessins d'après les grands maitres. 1 magnifique volume gr. in-8, rel. tr. dorées 15 fr., toile, tr. dorées, 13 fr., broché. . . . . 10 »

DAUDET (ALPHONSE). Histoire d'un enfant (le Petit Chose), édition spéciale à la jeunesse. 1 beau vol illustré par P. PHILIPPOTEAUX. Relié, tr. dor., 11 fr.; toile, tr. dor., 10 fr.; br. . . . . 7 »

DESNOYERS (LOUIS). Aventures de Jean-Paul Choppart, 1 vol. illustré de nombreuses vignettes par GIACOMELLI, nouv. édit. augmentée de gravures hors texte par CHAM. 1 vol. in-8°. Relié, tranches dorées, 11 fr.; toile, tranches dorées, 10 fr.; broché..   **7** »

FATH (GEORGES). Un drôle de voyage, 1 beau vol. in-8° ill. Relié, tr. dor. 11 fr.; toile, tr. dor., 10 fr.; br.   **7** »

FLAMMARION (CAMILLE). Histoire du Ciel, 1 vol. Nombreuses grav. et une carte sidérale par BENETT. Gr. in-8°. Rel., tr. dor., 14 fr.; toile, tr. dor., 12 fr.; br.   **9** »

GENNEVRAYE. Théâtre de famille. 1 beau vol. in-8°, illustré par GEOFFROY. Relié, tr. dorées, 11 fr.; toile, tr. dorées, 10 fr.; broché. . . . .   **7** »

GRAMONT (LE COMTE DE). Les Bébés, poésies de l'enfance, illustrées par OSCAR PLETSCH. 1 vol. in-8°. Relié, tr. dor., 11 fr.; toile, tr. dor., 10 fr.; br.   **7** »

—— **Les bons petits Enfants** (volume en prose), vignettes par LUDWIG RICHTER. 1 vol. in-8°. Relié, tr. dorées, 11 fr., toile, tr. dorées, 10 fr.; broché. . . .   **7** »

GRIMARD (ED.). La Plante, 1 vol. in-8°, illustré de nombreuses vignettes. Relié, tranches dorées, 11 fr.; toile, tr. dor., 10 fr.; broché. . . . .   **7** »

—— **Le Jardin d'acclimatation** (*Le Tour du Monde d'un naturaliste*), 1 vol. grand in-8°, illustré de nombreux dessins par BENETT, LALLEMAND, etc. Relié, tr. dorées, 14 fr.; toile, tr. dorées, 12 fr.; broché...   **9** »

HUGO (VICTOR). *Le livre des Mères* (*les Enfants*), la fleur des poésies de Victor Hugo ayant trait à l'enfance, illustré par FROMENT. 1 vol. in-8°. Relié, tr. dorées, 11 fr.; toile, tr. dorées, 10 fr.; broché. . . . .   **7** »

LAPRADE (VICTOR DE). * **Le Livre d'un Père,** 1 vol. in-8°, illustré par FROMENT. Relié, tranches dorées, 11 fr.; toile, tranches dorées, 10 fr.; broché. .   **7** »

LAURIE (ANDRÉ). Mémoires d'un collégien. 1 vol. in-8° illustré par GEOFFROY. Relié, tr. dorées 11 fr.; toile tr. dorées, 10 fr.; broché. . . . .   **7** »

—— **La vie de collège en Angleterre,** 1 vol. in-8°, illustré par PHILIPPOTEAUX. Relié, tr. dorées, 11 fr.; toile, tr. dorées, 10 fr.; broché.   **7** »

—— † **Une année de collège à Paris,** 1 vol. in-8° illustré par GEOFFROY, relié, tranches dorées, 11 fr.; toile, tr. dorées, 10 fr.; broché. . . .   **7** »

LEGOUVÉ (E.). La Lecture en famille. 1 vol. in-8° illustré par BÉNETT, GEOFFROY, TONY JOHANNOT, etc. Relié, tr. dor., 11 fr.; toile, tr. dor.. 10 fr.; broché   **7** »

—— * **Nos Filles et nos Fils,** 1 vol. in-8°, illustré par PHILIPPOTEAUX. Relié, tranches dorées, 11 fr.; toile, tranches dorées, 10 fr.; broché.   **7** »

MACÉ (JEAN). * **Histoire d'une Bouchée de pain,** illustrée par FROELICH. 1 vol. in-8°. Relié, tr. dorées, 11 fr.; toile, tr. dorées, 10 fr.; broché.. . .   **7** »

—— * **Les Serviteurs de l'Estomac,** 1 beau vol. in-8°, illustré par FROELICH. Relié, tr. dor., 11 fr.; toile, tr. dor., 10 fr.; broché . . . .   **7** »

JEAN MACÉ **Les Contes du Petit Château, ill. par BERTALL. 1 beau vol. in-8°. Relié, tranches dorées, 11 fr.; toile, tranches dorées, 10 fr.; broché.   7 »

—— * Le Théâtre du Petit-Château, 1 beau vol. in-8° sur vélin, illustré par FROMENT. Relié, tr. dorées, 11 fr.; toile, tranches dorées, 10 fr.; broché. .   7 »

—— * Histoire de deux petits marchands de pommes (Arithmétique du Grand-Papa), illustrations de YAN'DARGENT. 1 vol. in-8°. Relié, tranches dorées, 11 fr.; toile, tranches dorées, 10 fr.; broché.   7 »

MALOT (HECTOR). * Romain Kalbris, dessins de E. BAYARD. 1 vol. in-8°. Relié, tr. dor., 11 fr.; toile, tr. dor., 10 fr.; broché . . . .   7 »

—— Sans Famille, couronné par l'Académie française, dessins de E. BAYARD, 1 vol. in-8° jésus, relié, tr. dor., 15 fr.; toile, tr. dor., 13 fr.; broché   10 »

MARELLE (CHARLES). Le Petit Monde, 1 vol. in-8°, illustré de nombreux dessins et vignettes. Relié, tr. dor., 11 fr.; toile, tr. dor., 10 fr.; br. . . . .   7 »

MAYNE-REID. (AVENTURES DE TERRE ET DE MER.) *Éditions adoptées pour la jeunesse.*

**Les Robinsons de terre ferme, 1 vol. in-8°, illustré par H. MEYER. Relié, tranches dorées, 11 fr.; toile, tr. dorées, 10 fr.; broché . . . . . .   7 »

—— * William le Mousse, 1 vol. in-8°, illustré par RIOU. Relié, tr. dor., 11 fr.; toile, tr. dor., 10 fr.; br. .   7 »

—— Les Jeunes Esclaves, 1 vol. in-8°, illustré par RIOU. Relié, tr. dor., 11 fr.; toile, tr. dor., 10 fr.; br.   7 »

—— **Le Désert d'eau, 1 vol. in-8°, illustré par BENETT. Relié, tr. dorées, 11 fr.; toile, tr. dor., 10 fr.; br.   7 »

—— Les Naufragés de l'île de Bornéo, 1 vol. illustré par FÉRAT. Relié, tr. dorées, 11 fr.; toile, tr. dorées, 10 fr.; broché . . . .   7 »

—— La Sœur perdue, 1 vol. in-8°, illustré par RIOU. Relié, tr. dor., 11 fr.; toile, tr. dor., 10 fr.; br. . .   7 »

—— ** Les Planteurs de la Jamaïque, 1 vol. in-8° ill. par FÉRAT. Relié, tranches dorées, 11 fr.; toile, tranches dorées, 10 fr.; broché . . . .   7 »

—— * Les deux Filles du squatter, 1 vol. in-8°, ill. par JOHN DAVIS. Relié, tranches dorées, 11 fr.; toile, tranches dorées, 10 fr.; broché. . . . . . .   7 »

—— Les jeunes Voyageurs, 1 vol. in-8°, ill. par JOHN DAVIS. Relié, tranches dorées, 11 fr.; toile, tr. dorées, 10 fr.; broché . . . .   7 »

—— Les Chasseurs de chevelures, 1 vol. in-8° ill. par PHILIPPOTEAUX. Relié, tranches dorées, 11 fr.; toile, tranches dorées, 10 fr.; broché . . . . . .   7 »

—— Le Petit Loup de Mer, 1 vol. in-8° illustré par BENETT, relié, tr. dor., 11 fr.; toile, tr. dor., 10 fr.; br.   7 »

MAYNE REID. Le Chef au bracelet d'or, 1 vol. in-8°, ill. p. BENETT, rel., tr. dor., 11 fr.; toile, tr. dor., 10 fr.; br.   7 »

MAYNE-REID. Les Exploits des Jeunes Boërs, 1 vol. in-8 illustré par Riou, relié tranches dorées, 11 fr.; toile, tranches dorées, 10 fr.; broché. . . . .   7 »

—— **La Montagne perdue.** 1 vol. in-8° ill. par Riou. Rel. tr. dor., 11 fr.; toile, tr. dor., 10 fr.; br.   7 »

DE MEISSAS (L'ABBÉ), Chapelain de Sainte-Geneviève. **Histoire Sainte,** comprenant l'Ancien et le Nouveau Testament, avec nombreuses vignettes par Gérard Séguin. 1 vol. gr. in-8°. Relié, tr. dorées, 14 fr.; toile, tranches dorées, 12 fr.; broché. . . . . . .   9 »

MULLER (EUGÈNE). **La Jeunesse des Hommes célèbres, illustrations par Bayard. 1 vol. in-8°. Relié, tr. dorées, 11 fr.; toile, tr. dor., 10 fr.; br. . . .   7 »

—— ****La Morale en action par l'Histoire,** 1 vol. in-8°, illustrations par P. Philippoteaux. Relié, tranches dor., 11 fr.; toile, tr. dor., 10 fr.; broché. .   7 »

—— † **Les Animaux célèbres,** illustrations par Geoffroy, 1 vol. in-8°, relié, tr. dorées, 11 fr.; toile, tranches dorées, 10 fr.; broché. . . . .   7 »

RATISBONNE (LOUIS). **La Comédie enfantine (couronnée par l'Académie française). PREMIÈRES ET DERNIÈRES SCÈNES, RÉUNIES EN UN VOLUME IN-8°, AVEC TOUTES LES GRAVURES DE FROMENT ET DE GOBERT de la première édition. Relié, tranches dorées, 11 fr.; toile, tranches dorées, 10 fr.; broché.   7 »

SAINTINE (X.-B.). **Picciola, 47ᵉ édition, illustré à nouveau par Flameng. 1 vol. in-8°. Relié, tranches dorées, 11 fr.; toile, tranches dorées, 10 fr.; broché.   7 »

SANDEAU (J.). ** La Roche aux Mouettes, illustré par Bayard et Férat. 1 vol. in-8°. Relié, tr. dorées, 11 fr.; cart. toile, tr. dor., 10 fr.; broché.   7 »

—— **Madeleine,** illus. par Bayard, 1 vol. in-8°. Rel., tr. dor., 11 fr.; cart. toile, tr. dor., 10 fr.; broché   7 »

—— † **Mˡˡᵉ de la Seiglière,** 1 beau vol. in-8°, ill. par Bayard, relié, tr. dor., 11 fr.; toile, tr. dor., 10 fr.; br.   7 »

SAUVAGE (ÉLIE). La Petite Bohémienne, illustrations par Frœlich. 1 vol. in-8°. Relié, tr. dor., 11 fr.; toile, tr. dorées, 10 fr.; br. . . . .   7 »

SÉGUR (LE COMTE ANATOLE DE). Fables, illustrées par Frœlich. 1 beau vol. in-8°. Rel., tr. dor., 11 fr.; cart. toile, tr. dor., 10 fr.; br. . . . . . .   7 »

P.-J. STAHL. * Contes et Récits de Morale familière (couronnés par l'Académie française), illustrés par Schuler, Bayard, de la Charlerie, Frœlich, etc. 1 vol. in-8°. Relié, tr. dor. 11 fr.; toile, tr. dor., 10 fr.; broché . . . .   7 »

—— **** Histoire d'un Ane et de deux jeunes Filles** (couronnée par l'Académie française). Vignettes par Th. Schuler. 1 vol. in-8°. Relié, tr. dorées, 11 fr.; toile, tranches dorées, 10 fr.; broché.   7 »

P.-J. STAHL. *Les Patins d'argent (Histoire d'une famille hollandaise), *ouvrage couronné par l'Académie française*, d'après M. MAPES DODGE. 1 vol. in-8°, illustré par Th. SCHULER. Relié, tr. dor., 11 fr.; toile, tr. dor., 10 fr.; broché . . . . . .   7 »

—— ** Maroussia *(ouvrage couronné par l'Académie française)*, d'après MARKOVOUZOA. 1 vol. in-8°, ill. par Th. SCHULER. Relié tr. dorées, 11 fr.; toile, tr. dorées, 10 fr.; broché . . . .   7 »

—— *Les Histoires de mon Parrain, 1 vol. in-8°, illustré par FŒLICH. Relié, tr. dorées, 11 fr.; toile, tranches dorées, 10 fr.; broché . . . . .   7 »

—— Les Quatre Filles du docteur Marsch, 1 vol. in-8° illustré par A. MARIE, relié, tr. dorées, 11 fr.; toile, tr. dorées, 10 fr.; broché . . . .   7 »

—— † Jack et Jane, 1 vol. in-8° illustré par GEOFFROY, rel. tr. dor., 11 fr.; toile, tr. dor., 10 fr.; broché.   7 »

P.-J. STAHL ET MULLER. * Le nouveau Robinson Suisse, revu et traduit par P.-J. STAHL et MULLER, mis au courant de la science moderne par JEAN MACÉ, environ 150 dessins de YAN'DARGENT. 1 vol. gr. in-8°. Relié, tr. dorées, 14 fr.; toile, tr. dor., 12 fr.; broché . . . .   9 »

LOUIS DU TEMPLE, CAPITAINE DE FRÉGATE. Les Sciences usuelles et leurs applications mises à la portée de tous. 1 vol. gr. in-8° orné de 300 fig. Relié, tranches dorées, 11 fr.; toile, tr. dor., 10 fr.; broché.   7 »

—— **Communications et transmissions de la pensée. 1 vol. in-8° orné de 180 fig. Relié, tranches dorées, 11 fr.; toile, tranches dorées, 10 fr.; broché. .   7 »

VIOLLET-LE-DUC. *Histoire d'un Dessinateur, texte et dessins par VIOLLET-LE-DUC, 1 vol. in-8°, relié, tr. dorées, 11 fr.; toile, tr. dor., 10 fr.; broché.   7 »

—— **Histoire d'une Maison. Texte et dessins par VIOLLET-LE-DUC. 1 vol. in-8°. Relié, tranches dorées, 11 fr.; toile, tranches dorées, 10 fr.; broché . . . . . .   7 »

—— *Histoire d'une Forteresse. Texte et dessins par VIOLLET-LE-DUC. 1 vol. in-8°. Relié, tr. dorées, 14 fr.; toile, tranches dorées, 12 fr.; broché . . . . . .   9 »

—— *Histoire de l'Habitation humaine. Texte et dessins par VIOLLET-LE-DUC. 1 vol. in-8°. Relié, tr. dorées, 14 fr.; toile, tr. dor., 12 fr.; broché . . . . . .   9 »

—— * Histoire d'un Hôtel de ville et d'une Cathédrale. Texte et dessins par VIOLLET-LE-DUC. 1 vol. in-8°. Relié, tranches dorées, 14 fr.; toile, tranches dorées, 12 fr.; broché. . . . .   9 »

Prix — Étrennes — Bibliothèques populaires — etc.

BIBLIOTHÈQUE

3 Fr.
Broché

D'ÉDUCATION & DE RÉCRÉATION

4 Fr.
Cartonné

VOLUMES IN-18

Brochés, 3 fr. — Cartonnés toile, tranches dorées, 4 fr.

<table>
<tr><td>Ampère (A.-M.)</td><td></td><td>*Journal et correspondance</td><td>1 v.</td></tr>
<tr><td>Andersen,</td><td></td><td>Nouveaux Contes suédois</td><td>1 v.</td></tr>
<tr><td>Aston (G.)</td><td></td><td>L'Ami Kips</td><td>1 v.</td></tr>
<tr><td>Bentzon</td><td></td><td>Yette</td><td>1 v.</td></tr>
<tr><td>Bertrand (J.)</td><td></td><td>*Les Fondateurs de l'astronomie</td><td>1 v.</td></tr>
<tr><td>Biart (Lucien)</td><td></td><td>**Avent. d'un jeune naturaliste</td><td>1 v.</td></tr>
<tr><td>—</td><td></td><td>**Entre frères et sœurs</td><td>1 v.</td></tr>
<tr><td>—</td><td>Voyage</td><td>Monsieur Pinson</td><td>1 v.</td></tr>
<tr><td>—</td><td>involontaires</td><td>La Frontière indienne</td><td>1 v.</td></tr>
<tr><td>—</td><td></td><td>†Le Secret de José</td><td>1 v.</td></tr>
<tr><td>Blandy (S.)</td><td></td><td>**Le petit Roi</td><td>1 v.</td></tr>
<tr><td>Boissonnas (Mme B.)</td><td></td><td>*Une famille pendant la guerre 1870-71 (ouv. cour.)</td><td>1 v.</td></tr>
<tr><td>Brachet (A.)</td><td></td><td>**Grammaire historique (préface de Littré) (ouv. couronné)</td><td>1 v.</td></tr>
<tr><td>Bréhat (de)</td><td></td><td>**Aventures d'un petit Parisien</td><td>1 v.</td></tr>
<tr><td>—</td><td></td><td>Aventures de Charlot</td><td>1 v.</td></tr>
<tr><td>Candèze (Dr)</td><td></td><td>Aventures d'un Grillon</td><td>1 v.</td></tr>
<tr><td>—</td><td></td><td>La Gileppe</td><td>1 v.</td></tr>
<tr><td>Chazel (Prosper)</td><td></td><td>Le Chalet des Sapins</td><td>1 v.</td></tr>
<tr><td>Clément (Ch.)</td><td></td><td>**Michel-Ange, Raphaël, et Léonard de Vinci</td><td>1 v.</td></tr>
<tr><td>Dequet</td><td></td><td>Histoire de mon Oncle</td><td>1 v.</td></tr>
<tr><td>Desnoyers (Louis)</td><td></td><td>Jean-Paul Choppart</td><td>1 v.</td></tr>
<tr><td>Durand (Hip.)</td><td></td><td>Les grands Prosateurs</td><td>1 v.</td></tr>
<tr><td>—</td><td></td><td>Les grands Poètes</td><td>1 v.</td></tr>
<tr><td>Egger</td><td></td><td>Histoire du Livre</td><td>1 v.</td></tr>
<tr><td>Erckmann-Chatrian</td><td></td><td>*Le Fou Yégof ou l'Invasion</td><td>1 v.</td></tr>
<tr><td>—</td><td></td><td>*Madame Thérèse</td><td>1 v.</td></tr>
<tr><td>—</td><td></td><td>*Histoire d'un Paysan :</td><td></td></tr>
<tr><td>—</td><td></td><td>Les États généraux (1789)</td><td>1 v.</td></tr>
<tr><td>—</td><td></td><td>La Patrie en danger (1772)</td><td>1 v.</td></tr>
<tr><td>—</td><td></td><td>L'An I de la République (93)</td><td>1 v.</td></tr>
<tr><td>—</td><td></td><td>Le Citoyen Bonaparte (1794-1815)</td><td>1 v.</td></tr>
<tr><td>Fath (G.)</td><td></td><td>Un drôle de Voyage</td><td>1 v.</td></tr>
<tr><td>Foucou</td><td></td><td>Histoire du travail</td><td>1 v.</td></tr>
<tr><td>Génin</td><td></td><td>La Famille Martin</td><td>1 v.</td></tr>
<tr><td>Gramont (Comte de)</td><td></td><td>Les Vers français et leur prosodie (ouv. cour.)</td><td>1 v.</td></tr>
</table>

GRATIOLET (P.)	*De la physionomie	1 v.
GRIMARD	Histoire d'une goutte de sève	1 v.
—	Le Jardin d'Acclimatation	1 v.
HIPPEAU (Mme)	*Cours d'économie domestique	1 v.
HUGO (Victor)	*Les Enfants (le livre des mères)	1 v.
IMMERMANN	La Blonde Lisbeth	1 v.
LAPRADE (V. de)	*Le Livre d'un père	1 v.
LAURIE (André)	†La Vie de collège en Angleterre	1 v.
LAVALLÉE (Th.)	Histoire de la Turquie	2 v.
LEGOUVÉ (E.)	*L'Art de la Lecture	1 v.
—	La Lecture en action	1 v.
—	*Conférences parisiennes	1 v.
—	*Les Pères et les Enfants au XIXe siècle (Enfance et Adolescence)	1 v.
—	*Les Pères et les Enfants au XIXe siècle (LA JEUNESSE)	1 v.
—	*Nos Filles et nos Fils	1 v.
LOCKROY (Mme)	*Contes à mes Nièces	1 v.
MACAULAY	*Histoire et Critique	1 v.
MACÉ (Jean)	*Arithmétique du Grand-Papa	1 v.
—	**Contes du Petit Château	1 v.
—	*Histoire d'une Bouchée de pain	1 v.
—	*Les Serviteurs de l'estomac	1 v.
MAURY (commandant)	*Géographie physique	1 v.
—	*Le Monde où nous vivons	1 v.
MORTIMER D'OCAGNE	Les Grandes Écoles de France	1 v.
MULLER (Eugène)	**Jeunesse des Hommes célèbres	1 v.
—	**Morale en action par l'histoire	1 v.
NOEL (Eugène)	La Vie des Fleurs	1 v.
ORDINAIRE	Dictionnaire de mythologie	1 v.
—	Rhétorique nouvelle	1 v.
RATISBONNE (Louis)	**Comédie enfantine (ouo. cour.)	1 v.
RECLUS (Elisée)	*Histoire d'un Ruisseau	1 v.
—	Histoire d'une Montagne	1 v.
RENARD	**Le Fond de la Mer	1 v.
ROULIN (F.)	*Histoire naturelle	1 v.
SANDEAU (Jules)	**La Roche aux Mouettes	1 v.
SAYOUS	*Conseils à une mère sur l'éducation littéraire	1 v.
—	*Principes de littérature	1 v.
SIMONIN	*Histoire de la Terre	1 v.
STAHL (P.-J.)	*Contes et récits de Morale familière (ouor. couronné)	1 v.
—	**Histoire d'un Ane et de deux jeunes Filles (ouor. cour.)	1 v.
—	*Les Patins d'argent (ouo. cour.)	1 v.
—	La famille Chester, adaptation	1 v.
—	*Les Histoires de mon parrain	1 v.
—	**Maroussia (ouo. cour.)	1 v.
—	Les 4 Peurs de notre général	1 v.
—	Les 4 Filles du Dr Marsch	1 v.
—	**Mon 1er Voyage en mer	1 v.

VOLUMES IN-18, AVEC OU SANS GRAVURES
BROCHÉS, 3 fr. 50. — CARTONNÉS, TR. DORÉES, 4 fr. 50
(Suite de la Collection *Éducation et Récréation.*)

ANQUEZ.	**Histoire de France.	1 v.
AUDOYNAUD.	Entretiens sur la Cosmograph.	1 v.
BERTRAND (Alex.)	**Lettres sur les révol. du globe	1 v.
BOISSONNAS (B.)	*Un Vaincu.	1 v.
FARADAY (M.)	*Histoire d'une Chandelle.	1 v.
FRANKLIN (J.)	Vie des Animaux	6 v.
HIRTZ (Mlle)	Méthode de coupe et de confection pour les vêtements de femmes et d'enfants. 154 gr.	1 v.
LAVALLÉE (Th.)	Frontières de la France (*cour.*)	1 v.
MAYNE-REID.	*William le Mousse.	1 v.
—	Les Jeunes Esclaves.	1 v.
—	**Le Désert d'eau.	1 v.
—	†Les Exploits des jeunes Boërs	1 v.
—	*Les Chasseurs de Girafes	1 v.
—	*Les Naufragés de l'île de Bornéo	1 v.
—	La Sœur perdue.	1 v.
—	**Les Planteurs de la Jamaïque.	1 v.
—	*Les deux Filles du Squatter.	1 v.
—	Les Jeunes voyageurs.	1 v.
—	**Les Robinsons de Terre ferme.	1 v.
—	Les Chasseurs de Chevelures.	1 v.
—	Le Chef au bracelet d'or	1 v.
—	Le petit Loup de mer.	1 v.
MICKIEWICS (Adam).	Histoire de la Pologne	1 v.
NODIER (Ch.)	Contes choisis.	2 v.
PARVILLE (de).	Un Habitant de la planète Mars.	1 v.
SILVA (de).	Le Livre de Maurice.	1 v.
SUSANE (général)	Histoire de l'Artillerie.	1 v.
TYNDALL.	**Dans les Montagnes.	1 v.
WENTWORTH-HIGGINSON	Histoire des États-Unis.	1 v.

VOLUMES IN-18. — PRIX DIVERS
(Suite de la Collection *Éducation et Récréation.*)

A. BRACHET.	*Dictionnaire étymologique de la langue franç. (*ouv. cour.*).	8 fr.
CHENNEVIÈRES (de).	Aventures du petit roi saint Louis devant Bellesme.	5 fr.
CLAVÉ (J.)	Principes d'économie politique	2 fr.
DUBAIL.	*Géogr. de l'Alsace-Lorraine.	1 fr.
GRIMARD (Ed.).	*La Botanique à la campagne.	5 fr.
LEGOUVÉ (E.).	*Petit Traité de la lecture.	1 fr.
—	L'art de la lecture (complément)	1 fr.
MACÉ (Jean).	*Théâtre du Petit-Château.	2 fr.
—	*Arithmétique du Grand-Papa (édit. populaire)	1 fr.
PETIT (A.).	Grammaire de la Ponctuation.	3 50
—	Extr. de la gram. de la Ponct.	» 50
SOUVIRON	Dict. des termes techniques.	6 fr.

LIBRAIRIE GÉNÉRALE

VICTOR HUGO

ŒUVRES COMPLÈTES (*Ne varietur*)

Édition définitive

SUR LES MANUSCRITS ORIGINAUX

DEVANT COMPRENDRE TOUTES LES ŒUVRES PARUES ET A PARAITRE

Les œuvres suivantes :

POÉSIE

*Odes et Ballades.
*Les Orientales.
*Les Feuilles d'automne. } 1 vol.
*Les Chants du crépuscule.
*Les Voix intérieures. } 1 vol
*Les Rayons et les Ombres.
*Les Châtiments.
*Les Contemplations. 2 vol.
*La Légende des Siècles. 4 vol.
*Les Chansons des Rues et
   des Bois.
*L'Année terrible.
*L'Art d'être Grand-Père.
*Le Pape.
*La Pitié suprême. } 1 vol.
*Religion et Religions.
*L'Ane.
*Les Quatre Vents de l'Esprit 2 vol.

HISTOIRE

*Histoire d'un Crime. 2 vol.
*Napoléon le Petit.
  Paris.

PHILOSOPHIE

*Littérature et Philosophie
  mêlées.
*William Shakspeare.

DRAME

*Cromwell. 1 vol.
*Hernani.
*Marion de Lorme. } 1 vol.
*Le Roi s'amuse.
*Lucrèce Borgia.
*Marie Tudor. } 1 vol.
*Angelo, tyran de Padoue.
*La Esmeralda.
*Ruy Blas. } 1 vol.
*Les Burgraves.
  Torquemada.

ROMAN

*Han d'Islande.
*Bug-Jargal.
*Le dernier Jour d'un } 1 vol.
  Condamné.
*Claude Gueux.
*Notre-Dame de Paris 2 vol.
*Les Misérables. 5 vol.
*Les Travailleurs de la mer. 2 vol.
*L'Homme qui rit. 2 vol.
*Quatre-vingt-treize.

ACTES ET PAROLES

*Avant l'Exil.
*Pendant l'Exil.
  Depuis l'Exil.

  Le Rhin.

formeront environ 45 volumes grand in-8° cavalier de 5 à 600 pages

IMPRIMÉS AVEC LE PLUS GRAND LUXE SUR PAPIER SPÉCIAL

Prix de chaque volume : 7 fr. 50

Les ouvrages parus le 1er décembre 1883 sont marqués d'un*

CONTES ET ROMANS POPULAIRES

Illustrés par BAYARD, BENETT, GLUCK et TH. SCHULER.

Maître Daniel Rock.............. 1 volume à		1 20
L'Illustre docteur Mathéus ...... —		1 50
Hugues le Loup............. —		1 40
Contes des bords du Rhin........... —		1 30
Joueur de clarinette........... —		1 60
Maison forestière .... —		1 20
L'ami Fritz............ —		1 50
Le Juif polonais........ —		1 30

Un très beau volume grand in-8° illustré de 171 dessins.

Broché, 10 fr.; toile, tr. dor., 13 fr.; relié, tr. dor., 15 fr.

*HISTOIRE D'UN PAYSAN

La Révolution française racontée par un paysan
Illustrations de Théophile SCHULER. L'ouvrage complet, en 1 volume,
broché, 7 fr.; toile, tr. dor., 10 fr.; relié, 12 fr.

CONTES ET ROMANS ALSACIENS

Illustrés par SCHULER.

*Histoire du Plébiscite........... 1 volume à		2 »
Les Deux frères....... —		1 50
*Histoire d'un sous-maître ...... —		1 30
**Le brigadier Frédéric.., ... —		1 20
Une campagne en Kabylie....... —		1 40
*Maître Gaspard Fix .... —		2 »
Souvenirs d'un ancien Chef de chantier —		1 10

Un très beau volume grand-in-8° illustré de 133 dessins par Schuler..
2 figures allégoriques par MATTHIS, 4 cartes par SÉDILLE.

Broché, 10 francs; toile, tr. dor., 13 francs; relié, 15 francs.

Contes Vosgiens, illustrés par PHILIPPOTEAUX, ... 1 fr. 30

Le Grand-Père Lebigre, illustré par LALLEMAND et BENETT, 1 fr. 30

Les Vieux de la Vieille, illustré par LIX, ... 1 fr. 40

LE BANNI, illustré par LIX .... 1 fr. 20

Quelques mots sur l'esprit humain, 1 vol. in-8°, non illustré, 1 fr.

Les œuvres d'ERCKMANN-CHATRIAN sont publiées aussi en 31 volumes in-18
à 3 fr. chacun et 2 volumes in-18 à 1 fr. 50. — Voir p. 28.

OUVRAGES DIVERS :
GAVARNI-GRANDVILLE

Le Diable à Paris, *Paris à la plume et au crayon,*
1,508 dessins, dont 600 grandes scènes et types avec
légendes de GAVARNI et 908 dessins par GRAND-
VILLE, BERTALL, CHAM, DANTAN, etc.; texte par
BALZAC, ALFRED DE MUSSET, VICTOR HUGO,
GEORGE SAND, STAHL, BARBIER, SUE, LAPRADE,
SOULIÉ, NODIER, GOZLAN, GUSTAVE DROZ,
ROCHEFORT, VILLEMOT, Mme DE GIRARDIN, etc.
L'ouvrage complet forme 4 beaux volumes grand
in-8°. Relié, tranches dorées, 44 fr.; toile, tranches
dorées, 40 fr.; broché................. 28 »

Prix de chaque vol. : relié, tranches dorées,
11 fr.; toile, tranches dorées, 10 fr.; broché..... 7 »

GRANDVILLE

Les Animaux peints par eux-mêmes, scènes de la vie privée et publique des animaux, sous la direction de P.-J. STAHL, avec la collaboration de BALZAC, GUSTAVE DROZ, BENJAMIN FRANKLIN, JULES JANIN, ALFRED DE MUSSET, EUGÈNE SUE, CHARLES NODIER, GEORGE SAND, P.-J. STAHL. 1 vol. grand in-8°, contenant 320 dessins. Chef-d'œuvre de Grandville. Relié, tranches dorées, 14 fr.; cartonné toile, tranches dorées, 12 fr.; broché . . . .   9 »

GŒTHE (KAULBACH)

Le Renard, traduit par E. GRENIER, illustré de 60 belles compositions par KAULBACH. 1 vol. gr. in-8°. Relié, tranches dorées, 11 fr.; toile, tranches dorées, 10 fr.; broché. . . . .   7 »

    Le même ouvrage, en édition populaire grand in-8°. Toile, tranches dorées, 5 fr.; broché. 2 50

GEORGE SAND

Romans champêtres. — 2 beaux vol. in-8°, illustrés par T. JOHANNOT. *La petite Fadette, la Fauvette du Docteur, André, la Mare au Diable, François le Champi, Promenades autour d'un Village.* Chaque vol., rel. tranches dorées, 15 fr.; toile, tranches dorées, 13 fr.; broché . . . .   10 »

TOUSSENEL

L'Esprit des bêtes, 1 vol. toile, tr. dor., 7 fr.; broché.   5 »

HISTOIRE, POÉSIE, VOYAGES, ROMANS, LITTÉRATURE
FRANÇAISE ET ÉTRANGÈRE

VOLUMES IN-18 A 3 FR.

Bugeaud (Gérôme)...	Jacquet Jacques............	1 v.
Cervantes........	Don Quichotte (trad. nouvelle par Lucien Biart).......	4 v.
Champort.........	(Édition Stahl)..........	1 v.
Colombey........	Esprit des voleurs........	1 v.
Daudet (Alphonse)...	Le Petit Chose...........	1 v.
—	Lettres de mon moulin.....	1 v.
Domench (l'abbé)...	La Chaussée des Géants....	1 v.
—	Voyages et avent. en Irlande..	1 v.
Durande (Amédée)...	Carl, Joseph et Horace Vernet.	1 v.
Erckmann-Chatrian..	**Le Blocus...........	1 v.
—	**Le Brigadier Frédéric.....	1 v.
—	Une Campagne en Kabylie...	1 v.
—	Confidences d'un joueur de clarinette............	1 v.
—	Contes de la montagne.....	1 v.
—	Contes des bords du Rhin...	1 v.
—	Contes populaires.........	1 v.
—	Contes Vosgiens..........	1 v.
—	*Le Fou Yégof...........	1 v.
—	La Guerre.............	1 v.
—	Histoire d'un Conscrit de 1813.	1 v.
—	Hist. d'un homme du peuple..	1 v.
—	*Hist. d'un paysan, compl. en	4 v.
—	*Histoire d'un sous-maître...	1 v.
—	L'illustre docteur Mathéus..	1 v.
—	*Madame Thérèse.........	1 v.
—	— Edition allemande avec les dessins hors texte, 1 v., 3 fr.	
—	*Maître Gaspard Fix.......	1 v.
—	Le Grand-Père Lebigre.....	1 v.
—	La Maison forestière......	1 v.
—	Maître Daniel Rock.......	1 v.
—	Waterloo..............	1 v.
—	*Histoire du plébiscite......	1 v.
—	*Les Deux Frères.........	1 v.
—	Souvenirs d'un ancien chef de chantier.............	1 v.
—	L'ami Fritz, pièce........	1 v.
—	Alsace..............	1 v.
—	Les Vieux de la Vieille....	1 v.
—	Le Banni.............	1 v.
Esquiros (Alph.)...	L'Angleterre et la vie anglaise.	5 v.
Favre (Jules)......	Discours du bâtonnat......	1 v.
Flavio..........	Où mènent les chemins de traverse............	1 v.
Genevray........	Une Cause secrète........	1 v.
Gordon (Lady).....	Lettres d'Égypte........	1 v.
Gournot.........	Essai sur la jeunesse contemporaine............	1 v.

GOZLAN (Léon)	Émotions de Polydore Marasquin.	1 v.
GRAMONT (comte de)	Les Gentilshommes pauvres	1 v.
—	Les Gentilshommes riches	1 v.
JANIN (Jules)	La Fin d'un monde. Le neveu de Rameau	1 v.
—	Variétés littéraires	1 v.
KŒCHLIN-SCHWARTZ	Un Touriste au Caucase	1 v.
LAVALLÉE (Théophile)	Jean sans Peur	1 v.
MULLER (Eugène)	La Mionette	1 v.
MORALE UNIVERSELLE	Esprit des Allemands	1 v.
—	— Anglais	1 v.
—	— Espagnols	1 v.
—	— Grecs	1 v.
—	— Italiens	1 v.
—	— Latins	1 v.
—	— Orientaux	1 v.
OFFICIER EN RETRAITE (un)	L'Armée française en 1879	1 v.
OLIVIER (Juste)	Le Batelier de Clarens	2 v.
PICHAT (Laurent)	Gaston	1 v.
—	Les Poètes de combat	1 v.
—	Le Secret de Polichinelle	1 v.
POUJARD'HIEU	Les Chemins de fer	1 v.
—	La Liberté et les intérêts matériels	1 v.
PRINCESSE PALATINE	Lettres inéd.(trad. par Roland)	1 v.
QUATRELLES	Les Mille et une Nuits matrimoniales	1 v.
—	Voyage autour du grand monde	1 v.
—	La Vie à grand orchestre	1 v.
—	Sans Queue ni Tête	1 v.
—	L'Arc-en-ciel	1 v.
—	Petit Manuel du parfait Causeur parisien	1 v.
—	Casse-Cou	1 v.
—	†Tout feu tout flamme	1 v.
RIVE (DE LA)	Souvenirs sur M. de Cavour	1 v.
ROBERT (Adrien)	Le Nouveau Roman comique	1 v.
ROLLAND (A.)	Mendelssohn (Lettres)	1 v.
ROQUEPLAN	Parisine	1 v.
SAND (George)	Promenades autour d'un village	1 v.
SOURDEVAL (DE)	Le Cheval à côté de l'homme et dans l'histoire	1 v.
STAHL (P.-J.)	LES BONNES FORTUNES PARISIENNES :	
	— Les Amours d'un pierrot	1 v.
	— Les Amours d'un notaire	1 v.
—	Histoire d'un homme enrhumé. Voyage d'un étudiant	1 v.
—	Histoire d'un Prince et Voyage où il vous plaira	1 v.

STAHL (P.-J.)	L'Esprit des Femmes et les Femmes d'esprit	1 v.
—	De l'Amour et de la Jalousie	
TEXIER et KAMPPEN	Paris capitale du monde	1 v.
TOURGUÉNEFF (J.)	Dimitri Roudine	1 v.
—	Fumée (préface de MÉRIMÉE)	1 v.
—	Une Nichée de gentilshommes	1 v.
—	Nouvelles moscovites	1 v.
—	Histoires étranges	1 v.
—	Les Eaux Printanières	1 v.
—	Les Reliques vivantes	1 v
—	Terres vierges	1 v.
TROCHU (Général)	Pour la vérité et pour la justice	1 v.
—	La politique et le siège de Paris	1 v.
VALLERY RADOT (René)	L'Étudiant d'aujourd'hui	1 v.
VILARS (François)	†Un homme heureux	1 v.
WILKIE COLLINS	La Femme en blanc	2 v.
—	Sans Nom	2 v.
H. WOOD (Mᵐᵉ)	Lady Isabel	2 v.

LIVRES IN-18 EN COMMISSION (3 FR.)

ANONYME	Mary Briant	1 v.
ARAGO (Etienne)	Les Bleus et les Blancs	2 v.
BAIGNIÈRES	Histoires modernes	1 v.
—	Histoires anciennes	1 v.
BASTIDE (A.)	Le Christianisme et l'esprit moderne	1 v.
BERCHÈRE	*L'Isthme de Suez	1 v.
BOULLON (E.)	Chez nous	1 v.
CARTERON (C.)	Voyage en Algérie	1 v.
CHAUFFOUR	Les Réformateurs du xvıᵉ siècle	2 v.
DOLLFUS (Charles)	La Confession de Madeleine	1 v.
DUVERNET	La Canne de Mᵉ Desrieux	1 v.
FAVIER (F.)	L'Héritage d'un misanthrope	1 v.
GRENIER	Poèmes dramatiques	1 v.
HABENECK (Ch.)	Chefs-d'œuvre du théâtre espagnol	1 v.
HUET (F.)	Histoire de Bordas Dumoulin	1 v.
LANCRET (A.)	Les Fausses Passions	1 v.
LAVALLEY (Gaston)	Aurélien	1 v.
LAVERDANT (Désiré)	Don Juan converti	1 v.
—	Le Renaissances de don Juan	2 v.
LEFÈVRE (André)	La Flûte de Pan	1 v.
—	La Lyre intime	1 v.
—	Les Bucoliques de Virgile	1 v.
LESAACK (Dʳ)	Les Eaux de Spa	1 v.
NAGRIEN (X.)	Prodigieuse Découverte	1 v.
RÉAL (Antony)	Les Atomes	1 v.
SIMONIN (Louis)	Les Pays lointains	1 v.
STEEL	Haôma	1 v.
VALLORY (Mᵐᵉ)	A l'aventure en Algérie	1 v.
WORMS DE ROMILLY	Horace (traduction)	1 v.

LIVRES EN COMMISSION
Prix divers

ANONYME.	Le Prisme de l'âme.	6 fr.
—	Mademoiselle Segeste.	2 fr.
—	Rome.	6 fr.
ANTULLY (Albéric d').	Fantaisie.	2 fr.
BRUIÈRE (S.).	Une Saison en Allemagne. . .	1 fr.
GUIMET (Émile).	L'Orient d'Europe au fusain, in-18	2 fr.
—	Esquisses scandinaves, 1 vol. in-18	3 fr.
—	Aquarelles africaines.	2 50
LAVERDANT (Désiré) . .	Appel aux artistes	1 fr.
PAULTRE (E.).	Capharnaüm.	6 fr.
PIRMEZ.	Jours de solitude, 1 vol. in-8.	6 fr.
RAYNALD	*Histoire de la Restauration. .	5 fr.
RIVE (DE LA).	Souvenir de M. de Cavour. .	6 fr.
SCHNÉEGANS (A.) . , . .	Contes. 1 vol. in-18	2 fr.

VOLUMES IN-18 A PRIX DIVERS

ARAGO (E.).	L'Hôtel de Ville et le Gouvernement du 4 septbre 1870-71.	3 50
L. AUBERT.	Lettres sur l'instruct. oblig. .	» 50
BERTHET (André). . . .	Mes Lunes.	2 »
CHEVREUX (Mme).	André Marie et J.-J. Ampère. 2 vol. à 3 fr. 50.	7 »
CHARRAS (colonel). . . .	Hist. de la Guerre de 1815. 2 vol. avec atlas	7 »
A. DECOURCELLE	Les Formules du docteur Grégoire (Diction. du Figaro).	2 »
ERCKMANN-CHATRIAN..	Juif polonais, pièce en 3 actes.	1 50
— —	Lettre d'un électeur à son député	» 50
— —	Quelques mots sur l'esprit humain.	1 50
FAVRE (Jules).	Conférences et mélanges . . .	3 50
FERRY (Jules).	Les affaires de Tunisie.	2 »
J. HETZEL	Aux députés, sur la reprise des échéances.	» 50
HUGO (Victor).	Les Châtiments. 1 vol. in-18 .	2 »
—	Napoléon le Petit. 1 vol. in-18.	2 »
JAUBERT	Souvenirs de Mme Jaubert. . . .	3 50
LEGOUVÉ (E.)..	Samson et ses Élèves.	2 »
—	*Lamartine.	1 50
—	Maria Malibran.	» 75
—	La question des femmes. . . .	1 »
MACÉ (Jean).	Morale en action	1 »
—	Anniv. de Waterloo. 1 v. in-32.	» 15
—	La Ligue de l'enseig., nos 1, 2, 4, à	» 25

Macé (Jean)........	Une carte de France; le Gulf-Stream. 1 vol. in-32.....	» 25
Merson (Olivier)....	Ingres, sa Vie et ses Œuvres, 1 vol. in-32...........	1 50
Nadar...........	Le Droit au vol.........	1 »
Proudhon.........	La Guerre et la Paix. 2 vol.	2 »
Quathelles........	Une date fatale........	1 »
—	Les Amours extravagantes de la princesse Djaluvana....	3 50
Sée (C.).........	La loi Camille Sée.......	3 50
Stahl (P.-J.)......	Entre bourgeois.........	» 50
Susane (Général)....	L'artillerie avant et depuis la guerre.............	» 50
Verne (Jules)......	Neveu d'Amérique, comédie en 3 actes...........	1 50
Viollet-le-Duc. ..	Exposé des faits relatifs au Musée de Pierrefonds....	» 50

VOLUMES IN-8, A PRIX DIVERS

About (Edmond)....	Rome contemporaine......	5 »
—	La Question romaine......	4 »
Anonyme.........	Vingt mois de présidence...	5 »
Bertrand (J.)......	Arago et sa vie scientifique..	1 »
—	Les Fondateurs de l'astronomie.........	6 »
—	*L'Académie et les Académiciens...........	7 50
Blanc et Arton....	Œuvre parlementaire du comte de Cavour...........	7 50
Charras (Colonel)...	Histoire de la guerre de 1815..	7 50
Delahante (A.)....	Une famille de finance au XVIIIᵉ siècle, 3 vol........	20 »
Erckmann-Chatrian .	Le Fou Chopine (pièce)....	» 50
Lafond (Ernest)....	Les Contemporains de Shakspeure :	
—	Ben Johnson (2 vol.)......	6 »
—	Massinger —	6 »
—	Beaumont et Fletcher......	6 »
—	Webster et Ford........	6 »
Pallain..........	Traité de la Législation du Trésor (épuisé)........	8 »
Richelot	*Gœthe, ses Mém. et sa Vie (4 vol.) à	6 »
Strauss (D.-F.)....	Nouv. Vie de Jésus (traduite par Ch. Dollfus et A. Nefftzer), 2 vol. à	6 »
Trochu..........	L'Empire et la Défense de Paris	8 »
Verne (Jules)... ..	Le Tour du Monde en 80 jours (pièce)............	» 50
—	*Les Enfants du capitaine Grant (pièce)....	» 50
—	*Michel Strogoff (pièce)....	» 50

ENSEIGNEMENT PROFESSIONNEL
Bibliothèque des Professions
INDUSTRIELLES, COMMERCIALES
ET AGRICOLES

Le cartonnage de chaque volume se paye 0 80 c. en sus des prix marqués

SÉRIE A. — SCIENCES EXACTES

P. Leprince. Principes d'algèbre, 1 vol. . . . . 5 »
Lenoir (A.). Calculs et comptes faits, 1 vol. . . . . . 4 »
Ch. Rozan. Leçons de géométrie, 1 vol. et 1 atlas . . . 6 »
Ortolan et Mesta. Dessin linéaire, 1 vol. avec atlas . . . . 6 »

SÉRIE B. — SCIENCES D'OBSERVATION
CHIMIE — PHYSIQUE — ÉLECTRICITÉ

Dr Sace. Éléments de chimie, 3 vol. . . . . 7 »
Hetet. Chimie générale élémentaire, 3 vol. . . . . . . 10 »
Chevallier. L'étudiant photographe, 1 vol. . . . . . . 3 »
Gaudry. Essai des matières industrielles, 1 vol. . . . . . 4 »
B. Miege. Télégraphie électrique, 1 vol. . . . . 3 »
Du Temple. Introduction à l'étude de la Physique, 1 vol. . 4 »
Fresenius. Potasses, soudes, 1 vol. . . . . 3 »
Liebig. Introduction à l'étude de la Chimie, 1 vol. . . . . 3 »
J. Brun. Fraudes et maladies du vin, 1 vol. . . . . . 3 »
Dr Lunel. Les falsifications, 1 vol. . . . . 5 »
Noqués. Minéralogie appliquée, 3 vol. . . . . 10 »
Du Temple. Transmissions de la pensée et de la voix, 1 vol. 4 »
Snow-Harris. Leçons d'électricité, 1 vol. . . . . . . 3 »
Laffineur. Hydraulique et hydrologie, 1 vol 3 50
R. Clausius. Théorie mécanique de la chaleur, 2 vol. . . . 15 »

SÉRIE C. — ART DE L'INGÉNIEUR
PONTS ET CHAUSSÉES — CONSTRUCTIONS CIVILES

Guy. Guide du géomètre arpenteur, 1 vol. . . . . 4 »
Birot. Guide du conducteur des Ponts et Chaussées et de
   l'agent voyer, 1 vol. avec atlas . . . . 8 »
G. Cornet. Album des chemins de fer, 1 vol. . . . . . 10 »
Viollet-le-Duc. Comment on construit une maison, 1 vol. . 4 »
Frochot. Cubage et estimation des bois, 1 vol. . . . . . 4 »
Pernot. Guide du constructeur, 1 vol. . . . . 5 »
Damenet. Maçonnerie, 1 vol. . . . . 5 »
Bouniceau. Constructions à la mer, 1 vol. et 1 atlas . . 18 »
Emion. Exploitation des chemins de fer. Voyageurs, 1 vol. 4 »
   —   —   — Marchandises, 1 vol. 4 »
Vanalphen. Poids des métaux, 1 vol. . . . . 5 »

SÉRIE D. — MINES & MÉTALLURGIE
GÉOLOGIE — HISTOIRE NATURELLE

Dana. Manuel du géologue, 1 vol. . . . . 4 »
D. L. Métallurgie pratique, 1 vol. . . . . 4 »
Fairbairn. Le fer, 1 vol. . . . . 4 »
J.-B.-J. Dessoye. Emploi de l'acier, 1 vol. . . . . 4 »

Landrin. Traité de l'acier. 1 vol. . . . . 5 »
C. et A. Tissier. Aluminium et métaux alcalins. 1 vol. . . 9 »
Guettier. Alliages métalliques. 1 vol. . . . . 9 »
Drapiez. Minéralogie usuelle. 1 vol. . . . . 9 »
Malo. Asphalte et bitumes. 1 vol. . . . . 4 »

SÉRIE E. — MACHINES MOTRICES

Laffineur. Roues hydrauliques. 1 vol. 3 50
Dinde. Engrenages. 1 vol. 3 50

SÉRIE F.—PROFESSIONS MILITAIRES & MARITIMES

Doneaud. Droit maritime. 1 vol. . . . . 3 »
Bousquet. Architecture navale. 1 vol. . . . . 9 »
Tartara. Code des bris et naufrages. 1 vol. . . . . 7 »
Steerk. Poudres et salpêtres. 1 vol. . . . . 6 »

SÉRIE G. — ARTS & MÉTIERS
PROFESSIONS INDUSTRIELLES

Basset. Culture et alcoolisation de la betterave. 1 vol. . . 3 »
Rouland. Nouveaux barèmes de serrurerie. 1 vol. . . . . . 4 »
Dubief. Guide du féculier et de l'amidonnier. 1 vol. . . . . 4 »
Souviron. Dictionnaire des termes techniques. 1 vol. . . . . 6 »
Dromart. Carbonisation des bois. 1 vol. . . . . 4 »
A. Ortolan. Guide de l'ouvrier mécanicien. 1 vol. avec atlas 12 »
Jaunez. Manuel du chauffeur. 1 vol. . . . . 3 »
Violette. Fabrication des vernis. 1 vol. . . . . 6 »
Th. Chateau. Corps gras industriels. 1 vol. . . . . 5 »
Mulder. Guide du brasseur. 1 vol. . . . . 6 »
Houzé (J.-P.). Le livre des *Métiers manuels*. 1 vol. . . . 5 »
J.-F. Merly. Livre du charpentier. 1 vol. . . . . 8 »
Fol. Guide du teinturier. 1 vol. . . . . 15 »
Leroux. Filature de la laine. 1 vol. . . . . 4 »
De Courten. Collodion sec au tannin. 1 vol. . . . . 2 »
Moreau, L. Guide du bijoutier. 1 vol. . . . . 2 »
Laffineur. Hydraulique urbaine et agricole. 1 vol. . . . . . 5 »
Dr Lunel. Guide du parfumeur. 1 vol. .•. . . . . 3 »
    —   Guide de l'épicerie. 1 vol. . . . . 3 »
Monier. Essai et analyse des sucres. 1 vol. . . . . 5 »
Dubief. Fabrication des liqueurs. 1 vol. . . . . 6 »
    —   Vinification. 1 vol.. . . . .

SÉRIE H. — AGRICULTURE
JARDINAGE, HORTICULTURE, EAUX ET FORÊTS, CULTURES INDUSTRIELLES, ANIMAUX DOMESTIQUES, APICULTURE, PISCICULTURE, ETC.

Grimard. Manuel de l'herboriseur. 1 vol. . . . . 5 »
Laffineur. Guide de l'ingénieur agricole. 1 vol. . . . . . . 3 »
Gayot. Habitations des animaux. Écuries et étables. 1 vol. 3 »
    —   —   Bergeries, porcheries. 1 v. 3 »
Pouriau. Sciences physiques appliquées à l'agriculture.
    2 vol. . . . . 14 »
Kielmann. Drainage. 1 vol. . . . . 2 »
Gobin. Entomologie agricole. 1 vol. . . . . 3 »
Serigne. La vigne et ses maladies. 1 vol. . . . . 3 »

Gossin. Conférences agricoles. 1 vol. . . . . 4 »
Bourgoin-d'Orli. Cultures exotiques. 1 vol. . . . . 4 »
Dubos. Choix de la vache laitière. 1 vol. . . . . 4 »
Dubief. Le trésor des vignerons et marchands de vins. 1 v. 3 »
Mariot-Didieux. L'Éducateur de lapins. 1 vol. 3 50
— Éducation des poules. 1 vol. 3 50
— — Oies, canards. 1 vol. . . . 3 50
— Le chasseur médecin. 1 vol. . . . . . . 2 »
Courtois-Gérard. Culture maraîchère. 1 vol. . . . . 5 »
Gobin. Culture des plantes fourragères. 2 vol. . . . . 4 »
J. Reynaud. Culture de l'olivier. 1 vol. . . . . 4 »
Fleury-Lacoste. Le Vigneron. 1 vol. . . . . 3 »
Courtois-Gérard. Jardinage. 1 vol. 3 50
Kolts. Culture du saule et du roseau. 1 vol. . . . . 2 »
Sicard. Culture du cotonnier. 1 vol. . . . . 2 »
Lunel. Acclimatation des animaux domestiques. 1 vol. . . . 3 »
F. Fratobe. Guide de l'ostréiculteur. 1 vol. . . . . 3 »
Touchot. Vidange agricole. 1 vol. . . . . 1 »
Pourlau. Chimiste agriculteur. 1 vol. . . . . 6 »
Lerolle. Botanique appliquée. 1 vol. . . . . 6 »

SÉRIE I. — ÉCONOMIE DOMESTIQUE
COMPTABILITÉ, LÉGISLATION, MÉLANGES

Dubief. Fabrication des vins factices. 1 vol. . . . . 2 »
Lunel. Economie domestique. 1 vol. . . . . 2 »
Germinet. Chauffage par le gaz. 1 vol. . . . . 4 »
Dubief. Le liquoriste des dames. 1 vol. . . . . 3 »
Hirtz. Coupe et confection des vêtements de femmes et
d'enfants. 1 vol. 3 50
Dufréné. Droits des inventeurs. 1 vol. . . . . 3 »
Baude. Calligraphie. 1 vol. . . . . 2 »
Lescure. Traité de géographie. 1 vol. . . . . 3 »
Block (Maurice). Premiers principes de législation pra-
tique. 1 vol. . . . . 4 »
Emion. Manuel des expropriés. 1 vol. . . . . 1 »
Lunel. Hygiène et médecine usuelle. 1 vol. . . . . 2 »
J. d'Omalius d'Halloy. Manuel d'Ethnographie. 1 vol. . . . 4 »

SÉRIE J. — FONCTIONS
EMPLOIS DE L'ÉTAT, DÉPARTEMENTAUX ET COMMUNAUX, SERVICES PUBLICS

Mortimer d'Ocagne. Les grandes écoles de France. 1 v. 3 »
J. Albiot. (Code départemental.) Manuel des conseillers
généraux. 1 vol. . . . . 4 »
Lelay. Lois et règlements sur la douane. 1 vol. . . . . 4 »
Lafolay. Nouveau manuel des octrois. 1 vol. . . . . 4 »

SÉRIE K. — BEAUX-ARTS, DÉCORATION
ARTS GRAPHIQUES, ETC.

Viollet-le-Duc. Comment on devient un dessinateur. 1 vol.
orné de 110 dessins par l'auteur. . . . . 4 »
Pellegrin. Perspective. 1 vol. . . . . 4 »

LIVRES D'AMATEURS

GRAND LUXE
ÉDITIONS ILLUSTRÉES

Contes de Perrault, illustrés par GUSTAVE DORÉ, la grande édition in-folio. Cartonnage riche . . . . 70 »

Daphnis et Chloé. Traduction d'AMYOT, complétée par P.-L. COURIER. 42 compositions au trait, en couleur dans le texte, par BURTHE. Préface par AMAURY DUVAL. Magnifique édition in-folio en deux couleurs, imprimée par CLAYE. Cartonnage riche. . . . . 50 »

Lemercier (ALFRED) **et Bocquin.** — GAVARNI, aquarelles fac-similé (chromolithographies), album en feuilles composé de 6 planches. Prix. . . . . 30 »

Gavarni. — Œuvres CHOISIES, album in-folio. Cartonné. Quelques exemplaires seulement. . . . . . . 22 »

Grandville et Kaulbach. — Œuvres CHOISIES, album in-folio. Broché. . . . . 20 »
—   Cartonné. . . . . 23 »

L'Oraison dominicale, dessins de FRŒLICH. Album in-4°, contenant 10 planches à l'eau-forte, relié, toile. 18 »

Sept Fables de La Fontaine, dessins de FRŒLICH. Album in-4°, illustré de 10 planches, broché . . . . . 5 »

Les Richesses gastronomiques de la France — LORBAC (CH. DE), texte.—LALLEMAND (CH.), illustrations : LES VINS DE BORDEAUX, 1ʳᵉ partie. *Généralités, cultures, vendanges, classification, châteaux vinicoles,* CRUS CLASSÉS. Broché.. . . . . 25 »

— SAINT-EMILION, *son histoire, ses monuments et ses vins.* Broché . . . . 8 »

IMPRIMERIES RÉUNIES, C. — MOTTEROZ, ADMINISTRATEUR-DIRECTEUR

Original en couleur

NF Z 43-120-B

www.ingramcontent.com/pod-product-compliance
Lightning Source LLC
Chambersburg PA
CBHW050156030726
47505CB00005B/1396